2,-

R2

grafit

Chemnitzer Str. 31, D-44139 Dortmund
Internet: http://www.grafit.de
E-Mail: info@grafit.de

Umschlagillustration: Peter Bucker
Druck und Bindearbeiten: GGP Media, Pößneck
ISBN 3-89425-278-2
2. 3. 4. 5. / 2005 2004

Gabriella Wollenhaupt

Grappa im Netz

Kriminalroman

grafit

Die Autorin

Gabriella Wollenhaupt wurde 1952 in Neuwied geboren und ist als Fernsehredakteurin in Dortmund tätig, wo sie auch seit vielen Jahren lebt.

Als Kriminalschriftstellerin debütierte sie im Frühjahr 1993 mit *Grappas Versuchung.* Es folgten *Grappas Treibjagd, Grappa macht Theater, Grappa dreht durch, Grappa fängt Feuer, Grappa und der Wolf, Killt Grappa!, Grappa und die Fantastischen Fünf, Grappa-Baby, Zu bunt für Grappa, Grappa und das große Rennen, Flieg, Grappa, flieg!* und *Grappa und die acht Todsünden.*

Die Personen

Anton Brinkhoff .... taucht in eine neue Welt ein
Eberhard .... weiß alles besser
Maria Grappa .... verfängt sich im Netz
Der Große Lamborghini .. sieht nicht viel in den Sternen
Dr. Ada Hecke .... zieht ihr Programm durch
Guido Hecke .... wird erwachsen
Peter Jansen .... erwischt es voll
Dr. Julius Kaligula .... tanzt auf zu vielen Hochzeiten
Thaurus von Massenberg .... steckt im Karrierestau
Jakob Nagel .... überzeugt durch Abwesenheit
Gudrun Ottawa .... ist ein echter Profi
Tom Piny .... lockt keine Vögel an
Barbara Rutzo .... fackelt nicht lange
Jalaluddin Rumi .... macht viel Wind
Strammer Hengst .... galoppiert durch die Chatrooms
SCUM .... jagt in der Wildnis des World Wide Web
Anneliese Schmitz .... redet noch immer wenig
Franzi Urban .... holt sich endlich, was sie will
Uli Urban (›Quincy‹) .... stolpert über sich selbst

Sehnsucht

Sehnsucht gab mir ihr weites Kleid,
seine Naht ist lang wie die Ewigkeit.
Streicht die Sehnsucht um das Haus,
trocknen die plaudernden Brunnen aus.
Die Tage kommen wie Tiere daher,
du rufst ihre Namen, sie atmen nur schwer.
Du suchst dich im Spiegel, der Spiegel ist leer,
hörst nur der Sehnsucht Schritt,
du selbst bist nicht mehr.

Max Dauthendey (1867–1918)

Für Ilonka Ottawa,
die mich zu kühnen Kombinationen anregte

Pudel, Hengst und Kant

Ein Trommelwirbel informierte mich darüber, dass eine E-Mail in meiner Box lag. Eberhard lag eingerollt auf dem Sofa. Er schreckte hoch, hob unwirsch den Kopf und blinzelte.

»Sorry, Löwe«, murmelte ich.

Wer isses denn? Wieder das Pferd?, fragte der Kater.

»Der ist kein Pferd, der nennt sich Hengst«, korrigierte ich. *»Strammer Hengst!«*

Egal, jeder Hengst ist ein Pferd.

»Aber nicht jedes Pferd ein Hengst.«

Jeder Pudel ist ein Hund, aber nicht jeder Hund ein Pudel!

»Eberhard!« Ich war begeistert. »Woher kennst du denn Kant?«

Wieso? Wer ist Kant? Ein Hengst oder ein Pudel?

Ich lachte. »Erklär ich dir später.«

Was schreibt er denn?

»Er fragt, ob ich seine Stute sein will.«

Wieso? Du bist doch kein Pferd, sondern eine Frau!

»Eben. Jede Stute ist ein Pferd – wenigstens meistens –, aber nicht jedes Pferd eine Frau.«

Der Kater verließ das Sofa und fixierte eine Stubenfliege an der Wand.

»Soll ich zum Halali blasen?«, fragte ich.

Doch Eberhard hatte keinen Sinn für waidmännische Rituale – mit einem gewaltigen Satz sprang er gegen die Wand, glitt an ihr ab und landete wenig elegant auf dem Boden.

Die Fliege schwebte gelassen durchs Zimmer.

»Du lernst aber wirklich nix dazu«, seufzte ich. »Wie oft hast du dir nun schon bei der Fliegenjagd die Nase poliert?«

Eberhard schenkte sich die Antwort, berappelte sich und begann, sich das schwarze Fell zu putzen.

Ich wandte mich wieder meinem Rechner zu, las die E-Mail zu Ende. Der *Stramme Hengst* kündigte an, mir beim nächsten Mal ein erotisches Foto von sich schicken zu wollen. *Damit du weißt, was dich erwartet, Kleines!*, endete die Nachricht.

Ich gähnte und fuhr den Rechner herunter. Mit Bildern von männlichen Geschlechtsteilen jedweder Größe und jedweden Zustandes hätte ich inzwischen die Wände tapezieren können.

»Das sind die Nachteile der elektronischen Kommunikation«, dozierte ich in Richtung Eberhard, »jeder kann ungehindert in deine Privatsphäre eindringen.«

Zieh doch den Stecker raus, wenn du dich belästigt fühlst, riet mein neunmalkluger Kater.

»Geht nicht«, widersprach ich. »Job ist Job.«

Eigentlich hätte das Wochenende so schön sein können. Schön – das bedeutete in erster Linie: Ruhe. Nur der Kater und ich, abgeschirmt vor den Störungen der feindlichen Welt. Genug zu essen im Haus, ausreichend Wein im Kühlschrank, Bücher, Musik und den Schlüssel von innen umgedreht.

Na gut, Glotze musste auch sein, immerhin war ich seit ein paar Monaten bei einem Regionalsender beschäftigt – aushilfsweise. Der Verleger des *Bierstädter Tageblattes* hatte sich an einer Trägergesellschaft eines TV-Kanals beteiligt und mich ›ausgeliehen‹. Ich hatte schon früher mal fürs Fernsehen als freie Lohnsklavin gearbeitet und war in einem sechswöchigen Crash-Kurs für den Job wieder fit gemacht worden.

Ich betreute die Rubrik ›Gesellschaft und Polizei‹ – was immer das beinhalten mochte. Jedenfalls war es ein völlig anderer Job als beim *Tageblatt*, der Zeitung, bei der ich seit über zehn Jahren für die Skandalgeschichten und die Polizeistorys zuständig war. Ein Job, der mich voll ausfüllte und den ich über alles liebte. Jeden Tag passierte etwas Neues, über das es zu schreiben lohnte – ob es nun Politiker auf Abwegen, gequälte Tiere, Massenkarambolagen, Kapitalverbrechen oder die sentimentalen kleinen Geschichten aus der Provinz waren.

Bei der Arbeit beim TV kam es nicht mehr nur auf Worte an, sondern auf Bilder und Töne. Im Schlepptau hatte ich also immer einen Kameramann und einen Tonassistenten. Und das mir, wo ich mit Teamarbeit schon immer Probleme gehabt hatte. Außerdem war so eine verdeckte Recherche nahezu unmöglich.

Der Sender hieß *TV Fun* und war seit drei Wochen *on air.* Zunächst mit einem täglichen Magazin von einer halben Stunde.

Jetzt galt es neue Formate zu entwickeln, die das Publikum an den Sender binden sollten. Eine mittägliche Kochshow würde in einer Woche starten. Die Verantwortung dafür war mir zum Glück erspart geblieben, denn hier lag der Schwerpunkt auf den kulinarischen Besonderheiten der näheren Umgebung. Und die gingen nur selten über Pfefferpotthast und Möpkenbrot hinaus. Gesponsert wurde die Show von Bierstädter Brauereien, sodass fast immer nur Bier als Getränk empfohlen wurde, was mir kulturell und auch sonst gegen den Strich ging.

Ich bastelte an einer Sendereihe, die sich mit einsamen Herzen, willigen Körpern und ungestillten Sehnsüchten befassen sollte: *Astro-Flirt-Show* – so der Titel der Sendung. Eine Live-Show vor Studiopublikum mit männlichen und weiblichen Kandidaten.

Während der Vorbereitung der Flirtsendung hatte ich den *Strammen Hengst* im Internet kennen gelernt … und ein paar Männer mehr, mit so fantasievollen Namen wie *Schlüpferstürmer*, *Mister-Lover-Lover* und *Wilder-Widder.*

Es war nicht so einfach, geeignete Kandidaten für die Show zu finden. Deshalb trieb ich mich an manchen Abenden stundenlang in Chatrooms und bei Single-Services herum – auf der Suche nach witzigen und halbwegs intelligenten Männern und Frauen, die fernsehtauglich waren. Ich hatte mir den Nicknamen *TV-Frau* gegeben.

Leider waren die interessanteren Kandidaten in der Regel erst abends online, außerhalb meiner regulären Arbeitszeit. So hatte ich nach manch anstrengendem Tag im Sender am Feierabend noch ein paar harte Stunden in Chatrooms vor mir.

Eberhard wusste meine abendliche Tätigkeit zu schätzen, weil sie mich an die Wohnung fesselte. Seitdem die männlichen Teile des Katers dem Messer eines Tierarztes zum Opfer gefallen waren, hatte er nicht mehr den Drang, ständig abzuhauen, und war auch insgesamt ruhiger geworden, mochte aber nicht lange Zeit allein sein.

Eberhard und ich waren gerade dabei, uns bettfertig zu machen, als mein Handy klingelte. Ich stand im Bad und hatte die neue Creme gegen Falten im Gesicht verteilt, die Hautschüppchen ablösen und die Zellbildung neu anregen sollte. Da ich die Hände voller Schmiere hatte, ignorierte ich das penetrante Gebimmel.

»Kannst du nicht mal drangehen, Eberhard?«, muffelte ich den Kater an. »Wozu hab ich dich eigentlich?«

Er sah mich mit seinen Opalaugen an und verließ schnurstracks das Bad.

»Du wirst doch wohl nicht …?«, lachte ich und folgte ihm vorsichtshalber.

Nein, der Kater vergriff sich nicht an meinem mobilen Telefon, er setzte sich mit aufgestellten Ohren davor und starrte auf das Display.

»Meinst du, es ist wichtig?«, fragte ich.

Der Kater schwieg.

Ich guckte selbst nach, es war die Telefonnummer von Tom Piny, die dort erschien.

»Der kann warten!«, entschied ich und ging ins Bad zurück, um meine Toilette fortzusetzen.

Piny war mein Freund und Kollege – leider arbeitete er

für die Konkurrenzzeitung. Aber egal. Jetzt war ich ja beim Fernsehen und mit der Veröffentlichung von heißen Storys in der Regel schneller als er – das elektronische Medium hatte eben einen zeitlichen Vorsprung.

Trotzdem war Wadenbeißer Piny, sein Kürzel lautete – eingebildet, wie er war – TOP, manchmal flexibler als ich, weil er nicht ein ganzes Fernsehteam mit sich rumschleppen musste.

Mein Handy signalisierte durch einen Piepston, dass mir Piny eine Nachricht hinterlassen hatte. Ich stellte das Gerät ab.

»Hat Zeit«, gähnte ich. »Komm, Kater, lass uns schlafen gehen.«

Kein Trieb, kein Stress

Am nächsten Morgen fiel mir Pinys Anruf wieder ein und ich hörte die Mailbox ab.

»Ich weiß etwas, was du nicht weißt«, sagte Piny, »willst du es wissen, rufst du mich an.«

Angeber, dachte ich.

Eberhard saß gähnend vor mir und wartete auf sein Frühstück.

»Erst bin ich dran«, murrte ich. Ich stellte fest, dass kein Brot mehr da war.

Aber zum Glück gab es ja die Bäckerei um die Ecke! Anneliese Schmitz, die Bäckersfrau, hatte sich auf meine Bedürfnisse eingestellt und auch immer eine Notration von Eberhards Nobelfutter auf Lager.

Das Telefon klingelte schon wieder.

»Bist du denn überhaupt nicht mehr neugierig, Grappa-Baby?«, fragte Piny.

»Du erzählst es mir ja doch«, entgegnete ich. »Also?«

»Jakob Nagel ist verschwunden!«, behauptete Tom.

»Ich weiß. Er hat Urlaub.«

»Hatte – bis letzte Woche!«

»TOP! Lass dir die Infos doch nicht aus der Nase ziehen!«

»Ich hatte Freitag einen Termin im Oberbürgermeisterbüro. Und war pünktlich da. Doch Nagel tauchte nicht auf. Plötzlich brach Hektik aus, die Hühner in Nagels Büro wurden völlig nervös. Ich sperrte meine Ohren auf und bekam mit, dass Nagel nicht in seinem Flieger gesessen hat.«

»Und?« Ich war ziemlich desinteressiert. »Dann hat er noch ein paar Tage drangehängt. Und außerdem: Warum machst ausgerechnet du dir Sorgen um den Oberbürgermeister? Wer beklagt denn in schöner Regelmäßigkeit in den Kommentaren seine Führungsschwäche? Wirft ihm Inkompetenz vor? Vielleicht hat er sich das zu Herzen genommen und ist in ein buddhistisches Kloster gegangen.«

»Ich wusste gar nicht, dass es im Jemen Buddhisten gibt«, warf TOP ein.

»Wieso Jemen?«

»Grappa! Er war auf einer Abenteuerreise im Jemen. Ohne Handy, Zivilisation, Ehefrau und seine persönliche Referentin. Seitdem du bei der Glotze arbeitest, kriegst du wirklich nichts mehr mit!«

»Stimmt. Ich habe verdammt nochmal andere Sorgen. Ich kaue an dieser Single-Show herum, von der ich dir erzählt habe. Es nervt mich total.«

»Hättest ja nicht zum TV gehen müssen. Also, was ist? Interessiert dich Nagel oder nicht?«

»Klar. Kannst dich ja melden, wenn du Näheres weißt.«

»Lass mal, Grappa!« Jetzt war er auch noch eingeschnappt. »Ich will mich nicht aufdrängen. Du kannst die Story in meiner Zeitung nachlesen. Ciao!« Er hängte ein.

»Männer!«, sagte ich zu Eberhard. »Sind gleich sauer, wenn sie nicht die ungeteilte Aufmerksamkeit kriegen.«

Der Kater schnurrte und strich um meine Beine.

»Hunger?«, fragte ich.

Natürlich!

Ich nahm das Goldkantenfutter und füllte das Glasschälchen. Der Kater machte sich konzentriert über die Bröckchen her.

Wenig später verließ ich das Haus, hielt bei der Bäckerei Schmitz, um schnell ein belegtes Brötchen zu essen und eine Tasse Kaffee zu trinken.

Die Bäckersfrau räumte gerade die Brote ins Regal.

»Morgen«, sagte ich.

»Morgen«, erwiderte sie. Und schickte das obligatorische »Wie isses?« gleich hinterher.

»Muss.« Ich war wieder dran. »Und selbst?«

»Muss.«

»Dasselbe wie immer?«

»Genau.«

Sie kletterte von ihrer kleinen Stiege und schnappte sich ein Körnerbrötchen. Es sah unglaublich gesund aus und schmeckte auch so. Anneliese Schmitz ließ mich in dem Glauben, dass dieses Gebäck viel weniger Kalorien hatte als die duftenden, goldgelben, knusprigen Brötchen, die in einer Extrakiste neben der Theke standen.

Ein Seufzer entrang sich meiner Brust. Aber mit Anneliese Schmitz wollte ich es mir nicht verderben. Sie hielt mich für unfähig, mein Leben in geordneten bürgerlichen Bahnen zu leben, und hatte es sich zum Ziel gesetzt, dafür zu sorgen, dass ich wenigstens meinen Kater regelmäßig fütterte.

»Sie brauchen einen Mann, der auf Sie aufpasst!« Das war einer ihrer Lieblingssätze. Danach folgten: »Sie essen zu wenig Obst und trinken zu viel Wein«, und: »Wer war denn der nette Mann, der Sie gestern besucht hat?«

Die letzte Frage zu stellen, dafür hatte es jedoch schon einige Monate keinen Anlass mehr gegeben.

Schweigend mümmelte ich mein Brötchen. Gleich musste die Frage nach dem Kater kommen.

»Was macht der Schwatte?« Da war sie.
»Der ist ganz lieb, seitdem die Dinger weg sind«, antwortete ich ohne Schnörkel.
»War klar«, nickte sie. »Kein Trieb, kein Stress.«
»So isses!«, stimmte ich zu.
»Und sonst?«
»Was?«
»Was macht die Liebe?«
»Nix. Viel Stress, keinen Trieb.«
Mit dem Handrücken fegte ich die Krümel vom Bistrotisch. »So, ich muss.«
Sie nahm den Schein und gab mir raus. »Schönen Tach noch!«

Eiszapfen

Die Redaktion von *TV Fun* war neben dem Verlagshaus des *Bierstädter Tageblattes* untergebracht worden – in einem Pavillon, der eigens für diesen Zweck errichtet worden war. Klar, dass die technische Ausstattung vom Allerfeinsten und auf dem neuesten Stand war, dafür waren die Büros der Redakteure mit alten Möbeln ausgestattet worden, die beim *Tageblatt* keiner mehr wollte. Das Programm sollte möglichst kostengünstig sein und deshalb wurde überall heftig gespart. Auch ich hatte ein Büro bezogen, dessen Mobiliar ziemlich schäbig wirkte. Aber ich arbeitete ja nicht für *Schöner wohnen.*
Die Uhr an der Wand erinnerte mich an die Programmkonferenz. Sie würde in einer Viertelstunde beginnen und ich hatte heute das Konzept für die Show vorzutragen.
Ich mochte diese Konferenzen nicht. Ein falsches Wort und du bist der Verlierer. Ein richtiges Wort und du hast noch mehr Arbeit an der Hacke.
Ich sortierte meine Vorlagen und las noch einmal den

Text, mit dem ich im Internet und in Anzeigen Probanden – aber eigentlich waren es ja Opfer – für die Single-Show suchen wollte:

Er sucht sie / Sie sucht ihn / Er sucht ihn / Sie sucht sie: TV Fun sucht humorvolle, originelle, aufgeschlossene Singles, die eine neue Liebe finden wollen, Lust auf netten, lockeren Talk haben und Mut genug, bei der neuen TV-Single-Sendung zum Verlieben ›Astro-Flirt‹ mitzumachen. Bewerbungen bitte an: TV Fun, Abteilung: Unterhaltung, Kennwort: ›Astro-Flirt‹. Voraussetzungen: Sie oder er ist volljährig. Zusätzlich zu den üblichen Angaben (Alter, Größe, Beruf usw.) benötigt die Redaktion eine aussagekräftige Selbstbeschreibung mit einem Foto, einem Motto, das Ihre Lebenseinstellung widerspiegelt, und eine Beschreibung Ihres Traumpartners. In einem Casting werden Sie genau über die Sendung und Ihre Rolle informiert.

Mir gefiel der Text – doch das bedeutete nicht viel.

Mit durchgedrücktem Kreuz verließ ich mein Zimmer und stöckelte Richtung Konferenzraum. Zum Glück nahm auch Peter Jansen, mein früherer Chef, an den Sitzungen teil, die von Dr. Ada Hecke, der Programmchefin, geleitet wurden. Jansen sollte auf Wunsch der Verlagsleitung uns TV-Leuten mit aktuellen Informationen auf die Beine helfen.

Dr. Ada Hecke schien einer amerikanischen Anwaltsserie entsprungen zu sein. Gestylt, kühl, niemals verrutschte ihr Make-up, Kleidergröße 38 und diszipliniert bis in die Fingerspitzen. Genau der lebende Vorwurf für mich. Ich war wenig geschminkt, eher aufbrausend als zahm und kämpfte ständig mit dem Gewicht. Meist jedoch konnte und wollte ich mich der Faszination von frischen Mandelhörnchen, trockenen Weinen und italienischer Pasta nicht entziehen.

Es wunderte mich, dass mich der ›Eiszapfen‹, so ihr Spitzname, bisher in Ruhe hatte arbeiten lassen. Ihre ironischen Attacken hatten mich noch nicht ereilt – danach, so ein Kameramann, bliebe einem nur sofortiger Suizid oder winselnde Unterwerfung. Ich hatte mir vorgenommen, keine der beiden Möglichkeiten zu wählen, falls es mich doch einmal treffen sollte.

»Unsere Quoten sind nicht die besten«, empfing uns die Programmchefin. »Und solange wir so im Keller sind, werden wir nicht die Werbung akquirieren können, die wir brauchen, um wenigstens kostendeckend zu arbeiten. Damit begrüße ich Sie alle zur Programmkonferenz und wünsche uns gemeinsam eine kreative Woche.«

Das war ihre Masche: erst eins in die Fresse und dann freundlich aufhelfen.

Die Tür öffnete sich und Peter Jansen schlenderte in den Raum, in der rechten Hand einen Becher Kaffee, in der linken einen Stapel der aktuellen Zeitung.

»Morgen zusammen«, sagte er laut – fast in Eiszapfens Entree hinein. Er legte die Zeitungen auf den Tisch, wir alle bedienten uns.

Jansen unterschied sich schon allein durch seine Kleidung von den geschniegelten Typen, die den Raum bevölkerten. Er trug verwaschene Jeans und keine schmalen Sommerwollhöschen, sein Hemd hatte keinen gestärkten Kragen, die Ärmel waren bis zu den Ellenbogen hochgekrempelt und einen Schlips hatte ich noch nie an ihm gesehen. An seinen Fingern klebte Druckerschwärze und ihn umwehte allenfalls ein leiser Knoblauchgeruch und kein auf männlich getrimmter Herrenduft.

Jansen setzte sich neben mich, stellte den Kaffeebecher zu rasant auf den Tisch und die Brühe schwappte über.

Dr. Ada Hecke fixierte den nassen Fleck, als würde sein Dasein sie persönlich beleidigen. Jansen griff nach einer Zeitung und legte sie auf die Flüssigkeit, damit sie aufgesaugt wurde.

»Guten Morgen, Herr Kollege.« Dr. Ada Hecke war wieder ganz Chefin. »Schön, dass Sie sich Zeit nehmen konnten.«

»Aber immer«, dröhnte Jansen in die Gesellschaft der dezenten Flüsterer. »Besonders wenn ich etwas beizutragen habe zum Tagesprogramm.«

»Ach, ja?«, dehnte die Programmchefin. Sie hielt die Printmedien für veraltet und überflüssig. »Dann schießen Sie mal los, Herr Jansen.«

»Aber gerne, gnädige Frau. Der Bierstädter Oberbürgermeister Jakob Nagel wird vermisst. Er ist vermutlich während einer Urlaubsreise im Jemen von islamischen Terroristen verschleppt worden.«

Verdammt, dachte ich, es stimmt wirklich, Tom Piny hatte den richtigen Riecher gehabt.

»Woher wissen Sie das?«, fragte Frau Hecke.

»Als Journalist hat man so seine Quellen«, grinste Jansen. »Heute Nachmittag gibt es eine Pressekonferenz zu diesem Thema. Ich nehme an, dass diese Information wichtig für den Sender ist, oder? Tut mir Leid, dass ich Ihr Tagesprogramm damit in Unordnung bringe.«

»Ich werde diesen Termin wahrnehmen«, sagte ich laut und deutlich.

»Das ist eine gute Idee«, meinte Jansen, »Frau Grappa kennt die Abläufe bei Polizei und Stadtverwaltung. Sie war jahrelang die Polizeireporterin beim *Blatt.*«

»Das ist uns bekannt«, nickte Ada Hecke. »Ich bin damit einverstanden, dass Frau Grappa den Fall bearbeitet. Wie weit sind Sie eigentlich mit Ihrem Konzept für die Single-Show?«

»Ich habe den Text für die Internetaktion kopiert«, erklärte ich. »Und ich hoffe, dass ich in der nächsten Woche ein erstes Casting ansetzen kann. In drei Wochen könnten wir dann auf Sendung gehen.«

»Sehr schön«, sagte Ada Hecke, doch ihre Miene entsprach nicht den Worten, die sie verwandte. »Ich habe hier ein interessantes Angebot von einem Astrologen, der den Teilnehmern im Studio live die Zukunft voraussagen will. Sie verstehen? Zwei Singles interessieren sich füreinander, teilen ihre Daten mit und bekommen gleich ein Horoskop gestellt.«

»Das ist eine gute Idee«, gab ich zu. »Die meisten Leute, die sich für eine solche Show bewerben, dürften zunächst ein bisschen verkrampft sein. Und ein Astrologe könnte diese Momente gut überbrücken.«

»Nehmen Sie Kontakt zu dem Sternendeuter auf«, schloss Ada Hecke das Thema ab. »Und fragen Sie nach den Honoraren für den Humbug. Wenn er nicht zu teuer ist, nehmen wir ihn.«

Ich grinste. Wenigstens in Sachen Astrologie schien Hecke mit mir einer Meinung zu sein.

»Jetzt zu unserer Quote von gestern.« Der Eiszapfen machte eine Kunstpause. Die Zuschaueranalysen waren in Minutenschritte aufgeteilt, sodass jeder Filmemacher erkennen konnte, ob sein Werk goutiert worden war oder nicht.

Das regionale Wetter und die Stauprognose schnitten schon wieder am besten ab. Beim Wetter verstand ich das ja, aber warum interessierten sich die Leute, die abends TV guckten, für die Stauvorhersage, die ohnehin immer dieselben Autobahnen und Bundesstraßen betraf?

Ada Heckes persönlicher Referent verteilte die Kopien der Analyse. Die Nervosität im Raum stieg, auch ich kam mir vor wie in der Schule, obwohl ich gestern keinen eigenen Film im Programm gehabt hatte.

Thaurus von Massenberg – so hieß der Referent. Irgendwann würde ich ihn mal fragen, wer sich den großkotzigen Namen für ihn ausgedacht hatte. Massenberg war ein schmächtiger Giftzwerg. Er hatte den Spitznamen ›Königspudel‹, denn sein Haar war klein gelockt und hing ihm bis zu den Schultern. Und vermutlich hatte auch Massenbergs Hundeblick den Namensfindungsprozess erleichtert – er hing an Heckes Mund, als würde ihm göttlicher Nektar entströmen.

»Widerlich!«, flüsterte Barbara Rutzo, die neben mir saß. »Dieses schmierige Grinsen von dem Kerl!«

Barbara bot dem Sender komplette Beiträge an. Sie war ein Allroundtalent, filmte nicht nur, sondern schnitt ihre Filme auch selbst. Das war für den Sender billiger, als sich noch einen zusätzlichen Kameramann, einen Tonassistenten, einen Cutter und einen Autor zu leisten.

TV Fun arbeitete mit vielen solcher freien Mitarbeiter, die ordentlich Geld verdienen konnten, wenn sie gute Themen vorschlugen und fleißig waren. Es war ein harter Job – trotz allem. Die Freien waren vom Wohlwollen der Redakteure abhängig, wurden gern mal im Preis gedrückt, wenn die Konkurrenz groß war, und im Krankheits- oder Urlaubsfall blieben die Honorare aus. Eine Arbeit, der man nur nachgehen konnte, wenn man jung, clever und ziemlich schmerzfrei war.

Die Analyse lag vor uns. Sie basierte auf zweitausend Zuschauern, die sich einen Decoder an ihr Gerät hatten anschließen lassen, damit die Werte an eine Firma für elektronische Medienanalysen weitergeleitet werden konnten. Der Rest der benötigten Daten wurde durch telefonische Zufallsbefragungen ermittelt – und landeten per E-Mail in Heckes Büro. Der Sender brauchte diese Zahlen, denn sie waren bares Geld wert. Immerhin richteten sich die Preise für die Werbekunden danach.

»Knapp eine Million. Eindeutig zu wenig. Im Konkurrenzprogramm lief das Champions-League-Spiel – das hat die Quote bei allen gedrückt. Auch die Öffentlich-Rechtlichen haben darunter zu leiden gehabt. RTL hatte mit seiner Millionärs-Show wieder mal den größten Marktanteil.«

»Da können wir mit unseren TV-Fun-Regenschirmen nicht mithalten«, warf der Kulturredakteur ein. »Und die Polaroid-Kamera bei unserem Straßenrätsel reißt es wohl auch nicht raus.«

»Wir können uns Formate mit hohen Preisgeldern nicht leisten«, stellte Thaurus von Massenberg fest. »Wir legen Wert auf ein Qualitätsprogramm, in dem es um Inhalte geht.«

Beifallheischend sah er seine Chefin an. Mir wurde übel, ich konnte unterwürfige Menschen nicht ausstehen.

»Präziser hätte ich es nicht ausdrücken können, lieber Thaurus«, lächelte die Hecke – voller Sarkasmus. »Danke, dass Sie mich immer wieder so perfekt interpretieren! Nun zu den einzelnen Beiträgen. Wetter und Stauprognose liegen – erwartungsgemäß – vorn, es folgen die Regionalnachrichten und das Rezept des Tages, unser beliebter *Ruhrpott.* Was gab es gestern denn Leckeres?«

Die Frage war an die freie Mitarbeiterin gerichtet, die sich um die Kochsendung kümmerte.

»Schwarzwurzeltarte an Pesto-Sabayon im Dialog mit der Hühnerleber«, antwortete sie brav.

Ich prustete los.

»Frau Grappa?« Dr. Ada Hecke guckte irritiert.

»Ich find's komisch«, grinste ich. »Beim *Bierstädter Tageblatt* hatten wir einen Bombenerfolg mit Pfefferpotthast, Möpkenbrot und süß-sauren Kutteln. Und ich stell mir grad vor, wie das Pesto-Sabayon das Wort an die Hühnerleber richtet und mit ihr in einen Dialog tritt. Was die beiden sich wohl zu sagen haben?«

Auch Peter Jansen lachte. »Sie werden wahrscheinlich die tagesaktuellen Leberwerte diskutieren ...«

»Vielleicht singt die Leber auch ein Lied: *Ich wollt, ich wär im Huhn ...*«, steuerte Barbara Rutzo zum Thema bei.

Jetzt lachten fast alle am Tisch. Fast. Königspudel Thaurus sah verwirrt zu seiner Chefin und traute sich erst, verhalten zu schmunzeln, als sie die Mundwinkel nach oben zog.

»Es freut mich, dass hier am Tisch so eine gute Stimmung herrscht«, lächelte Dr. Ada Hecke. »Nun schauen wir mal, ob unsere Zuschauer das Programm von gestern im Detail genauso witzig fanden. Also – der Bericht über den Jahresempfang der Industrie- und Handelskammer konnte unsere Kunden nicht begeistern, erst bei den Nachrichten stieg das Interesse wieder. Die Story mit dem Kängurujungen, das aus dem Beutel der Mutter gefallen ist, hatte einen erheblichen Zuspruch. Tiere kommen eben immer gut. Der Bericht war auch sehr liebevoll gedreht – großes Lob für Sie, Frau Rutzo.«

Alle guckten auf Barbara, die entspannt im Stuhl saß.

Der Eiszapfen lobte selten. In den Augen der Reporter, die noch neu waren, blitzte Neid. Für manche lief die Schonzeit bald ab, denn sie lieferten wenig Ideen. Und so groß war der Kuchen nicht, den es zu verteilen galt.

»Nun zu den Themen für unser Regionalmagazin heute Abend. Frau Grappa wird den Film über den verschwundenen Oberbürgermeister machen. Vielleicht bietet sich zu dem Thema sogar ein Studiogast an. Dann sollten wir heute das Firmenporträt über die Technologie-Firma im Industriepark senden. Mit dem Geschäftsführer habe ich telefoniert und er will einige Werbespots schalten. Welches Servicethema steht heute an?«

Die Frage war an den Chef vom Dienst gerichtet.

»Wir senden heute eine weitere Folge des Freibadtestes«, kündigte der Redakteur an. »Und verknüpfen unsere Informationen natürlich wie immer mit einer entsprechenden Internetpräsentation. Dazu plane ich ein Call-in. Die Zuschauer können Infos über ihr Schwimmbad einholen genauso wie Beschwerden oder Lob loswerden.«

»Was sonst noch? Hat noch jemand Themenvorschläge?« Ada Hecke ließ ihren Blick über die Runde schweifen, ohne jemand Bestimmten zu fixieren.

»Es gibt da einen interessanten Prozess vor dem Amtsgericht«, meinte der Gerichtsreporter. »Ein Mann hat Kautabak auf die Motorhaube des Autos seines Nachbarn gespuckt. Der verklagt ihn jetzt.«

»Und?«, fragte der Eiszapfen.

»Der Spucker bestreitet die Tat«, vervollständigte der Kollege seine Angaben, »und nun fordert der Geschädigte eine DNA-Analyse, die beweisen soll, dass der Speichel von dem Beklagten stammt.«

»Das ist gut!«, freute sich der Chef vom Dienst. »Kriegen wir O-Töne von dem Kläger und dem Spucker?«

Der Gerichtsreporter versicherte, sich darum bemühen zu wollen. Der Kollege Uli Urban war schon lange im Geschäft und hatte sich den Hintern auf den harten Gerichtsbänken platt gesessen – ein armes Schwein, das auf die Rente wartete. Jetzt hatte es ihn zum Fernsehen verschlagen – ein Medium, das ihm ganz und gar nicht lag. Aber was blieb ihm übrig? Die großräumige Pleite eines einst milliardenschweren Medienkonzerns im Süden Deutschlands hatte zu großer Arbeitslosigkeit unter Journalisten geführt. *TV Fun* hatte gnadenlos abgeschöpft – und zwar diejenigen, die im Gehalt nach unten gedrückt werden konnten.

Urban hatte natürlich – wie alle – einen Spitznamen: Er wurde Quincy genannt, wie der Dinosaurier unter den Gerichtsmedizinern in der Uralt-Serie des US-Fernsehens. Das verdankte er seinem zerknitterten Gesicht und dem Job, aus Toten und ihren Hinterbliebenen irgendwelche Storys rauszuquetschen, die einigermaßen bebildert werden konnten.

Der Rest der Konferenz war Alltag. Der Kelch einer öffentlichen Abstrafung war heute an uns allen vorübergegangen.

»Kannst du mir sagen, warum ich mir das antue?«, fragte ich Peter Jansen, als wir durch den Flur gingen.

»Du wolltest doch endlich mal wieder was Neues machen, Grappa-Baby«, erinnerte er mich.

»Echt? Da kann ich mich gar nicht mehr dran erinnern«, log ich.

»Bereust du es etwa?«

»Das werde ich dir sagen, wenn ich wieder in meinem alten Büro sitze und dort meine Mandelhörnchenkrümel verteile.«

»Okay. Ein Indianer kennt keinen Schmerz«, stellte Jansen fest. »Augen zu und durch, Grappa!«

Wenig später trennten sich unsere Wege – Peter Jansen ging geradeaus: zu den vertrauten Räumen des *Bierstädter Tageblattes.*

Körbchengrößen

Tom Piny grinste über beide Ohren, als er mich und mein Team erblickte. »Na, siehst du, Grappa, ich hab dir doch gesagt, dass Nagel verschwunden ist. Nicht dass ihn jemand wirklich vermisst.«

Ich ließ mich neben TOP auf den Stuhl fallen. Die Atmosphäre, in der Staatsanwaltschaft und Polizei ihre Pressekonferenzen abzuhalten pflegten, war immer staubtrocken und das künstliche Neonlicht Gift für die Aufnahmen. Es verpasste dem vitalsten Menschen eine gelblich-fahle Blässe und versaute jeden O-Ton, denn die Röhren gaben einen hohen gleichmäßigen Laut von sich, der erst in der Schnittbearbeitung zu hören war. Zu allem Unglück waren die Wände in einem hellen, matten Beige getüncht und die Fenster befanden sich im Rücken des Polizeipräsidenten und des Staatsanwaltes, sodass ihnen das Gegenlicht das Aussehen von Außerirdischen verlieh.

Ich hatte Barbara Rutzo für die Kamera engagiert und mir einen gerade verfügbaren Tonassistenten ›geschossen‹.

TOP sah meine Kamerafrau wohlwollend an. »85 D«, murmelte er verträumt, als Barbara die Kamera auf die Schulter nahm, um sich dem Antlitz des Oberstaatsanwaltes unauffällig zu nähern.

»Nutzt dir nix«, grinste ich. »Die Frau steht nicht auf Männer.«

»Ach, was?« Piny war überrascht. »Welche Vergeudung von Ressourcen!«

TOP war der einzige Mann, den ich kannte, der Frauen über ihre Körbchengrößen definierte und seine Trefferquote war genial. Merkwürdigerweise fühlten sich die ›Opfer‹ niemals in ihrer Würde als Frau verletzt, wenn Piny seinen Kennerblick über ihre Hügellandschaften schweifen ließ.

»Guten Tag, meine Damen und Herren«, hob der Polizeipräsident an. »Ihnen ist ja bereits aus der Einladung bekannt, um was es heute geht. Herr Oberbürgermeister Nagel ist seit etwa einer Woche verschwunden. Niemand kennt seinen Aufenthaltsort. Wie Sie sicher wissen, war Nagel auf einer Urlaubsreise in einem islamischen Land, das nach Auskunft des Auswärtigen Amtes zu dem Rückzugsgebiet der terroristischen Al-Kaida-Kämpfer gehört. Wir machen uns ernsthafte Sorgen um Leib und Leben des Herrn Oberbürgermeisters. Die deutsche Botschaft im Jemen hat Kontakt zu den dortigen Behörden aufgenommen.«

Der Polizeipräsident schaute den Oberstaatsanwalt an.

»Unsere bisherigen Ermittlungen«, begann dieser, »konzentrierten sich auf die Reisegruppe, mit der Herr Nagel unterwegs war. Die Gruppe war gerade auf einer Tour durch die Wüste und wurde von einem einheimischen Fahrer begleitet. Zurzeit läuft eine Suchaktion in dem Gebiet, das ziemlich unzugänglich ist.«

»Gehen Sie davon aus, dass Herr Nagel entführt wurde?«, fragte TOP.

»In den vergangenen Jahren ist das Land leider immer wieder durch die Entführung von Touristen in die Schlagzeilen gekommen«, antwortete der Staatsanwalt. »Diese bedauerlichen Aktionen sind aber – so die jemenitischen Behörden – nicht gegen die Ausländer persönlich gerichtet. Bisher sind meist auf dem Verhandlungsweg Einigungen erzielt worden. Wir gehen also davon aus, dass Herr Nagel – falls er wirklich entführt worden sein sollte – nicht persönlich gemeint ist, sondern durch Zufall Opfer einer Verschleppung wurde. Einen politischen Hintergrund können wir momentan jedenfalls nicht erkennen.«

»Dazu müsste er ja erst mal richtige Politik gemacht haben«, grummelte Piny.

»Hör auf!«, schnauzte ich ihn an. »Hast du denn überhaupt kein Mitleid? Nagel liegt vielleicht schon im Wüstensand und die Geier machen sich über ihn her!«

Piny zuckte unbeeindruckt mit den Schultern. »Seit wann liest du wieder Karl May?«, flüsterte er. Dann fragte er grinsend in die Runde: »Man hört, dass die Familie des Topterroristen Bin Laden aus dem Jemen kommt. Sehen Sie hier Zusammenhänge? Wollen die Terroristen mit der Entführung Nagels vielleicht einige ihrer Leute aus den Gefängnissen befreien? Oder den US-Präsidenten dazu bringen, die Al-Kaida-Kämpfer in Guantanamo Bay freizulassen?«

Oberstaatsanwalt und Polizeipräsident schwenkten ihre Blicke zu einem Mann, der unauffällig am Fenster stand.

»Die Fragen zur aktuellen Weltpolitik sollte vielleicht Herr Rumi beantworten. Herr Rumi ist Islamexperte des Auswärtigen Amtes.«

Der Mann trat etwas ins Licht, ich gab Barbara Rutzo ein Zeichen, damit sie ihre Kamera auf ihn richtete.

»Die Familie Bin Laden hat ihre Wurzeln tatsächlich im Jemen. Die USA hatten die jemenitische Regierung nach den Terroranschlägen vom 11. September aufgefordert, konsequent gegen islamistische Extremisten im Land vorzugehen. Präsident Saleh hatte daraufhin US-Präsident Bush zugesagt, zwei oder drei Leute festzunehmen, die Osama Bin Laden unterstützt haben sollen. Doch leider handelte die Regierung in Sanaa ausgesprochen halbherzig. Im Dezember 2001 kam es zu einem Panzer- und Luftangriff auf das Gebiet des Al-Dschalal-Stammes im

Osten des Landes, weil sich die Stammesführer weigerten, die Verdächtigen auszuliefern.«

»Und wie geht es jetzt weiter?«, fragte der Kollege von der BILD-Zeitung. Die Frage war genial, denn genau das fragten sich wohl alle hier im Raum.

»Wir müssen das Ergebnis der Suchaktion abwarten«, antwortete der Polizeipräsident. »Es ist eine Sonderkommission gebildet worden. Und eine Hotline geschaltet. Lassen Sie uns gemeinsam hoffen, dass unser Oberbürgermeister seine Amtsgeschäfte bald wieder wohlbehalten aufnehmen kann.«

»Die sollen den Teufel nicht an die Wand malen«, wünschte TOP. »Endlich hätte Bierstadt mal eine Chance!«

»Du bist ein herzloser Mensch«, schnaubte ich.

»Sehen wir uns gleich im *Catilina?*«, fragte Piny.

»Ich komme nach«, versprach ich, »sobald ich mir die Statements von den Vortänzern hier geholt habe. Sag Luigi, er soll die Pizza *Diabolo* mit der doppelten Dröhnung Peperoni belegen!«

Roter Pfeffer

Ein Gefühl der Geborgenheit hüllte mich ein, als ich mein Lieblingsrestaurant betrat. Knoblauchduft und der Geruch von frisch gebackenem Brot empfingen mich, die Vorspeisen präsentierten sich frisch und schön drapiert unter einer Glashaube und an einem Tisch im hinteren Bereich des Raumes hockte Tom Piny, der den italienischen Anspruch der *Trattoria Catilina* durch chronisches Trinken von Bier ignorierte.

Sein Bierstädter Pils hatte er schon zur Hälfte geleert. Ich setzte mich und der Kellner brachte unaufgefordert ein Glas Prosecco und eine große Flasche Wasser.

»So, alles im Kasten«, erklärte ich und nippte am prickelnden Alkohol.

Ich nahm mein Handy und rief das Bildarchiv an. »Ich brauche Bilder von Jakob Nagel, aber bitte aktuell, und alles über den Jemen, was wir kriegen können. Bilder von den Landschaften, der Hauptstadt, der Tihama-Wüste und von touristischen Einrichtungen. Kriegt ihr das in zwei Stunden hin?«

»Wie kompliziert!«, meinte TOP. »Ich hätte nicht den Nerv für so was. Einen Block, einen Bleistift, eine Stunde Zeit – und mein Artikel ist fertig.«

»Ja. Fernsehen ist kompliziert, aber es macht auch Spaß, mit Bildern zu arbeiten. Du kannst viel besser die Emotionen der Leute zeigen. Trotzdem – ich bin wahrscheinlich froh, wenn das halbe Jahr vorbei ist. Ich rieche lieber Zeitungspapier und Druckerschwärze als Herrenparfums und Monte Christos.«

»Du bist auch zu alt, um wirklich endgültig umzuschwenken«, sagte Piny charmant und knabberte Brot.

»Herzlichen Dank«, knurrte ich.

»Nun sei nicht sauer, Grappa«, grinste er.

»Wie könnte ich«, erwiderte ich säuerlich. »Auf der Gebrauchsanleitung meiner neuesten Faltencreme steht, dass meine Leidenszeit in spätestens drei Wochen endgültig vorbei ist.«

»Ist die Creme tödlich?«, fragte er frech.

»Ekel!«

Die Pizzen kamen.

Auch Piny stand auf feurige Sachen und knibbelte eine rote Schote von meinem Teig.

»Sind die sehr scharf?«, fragte er.

»Es geht«, antwortete ich und sah ihm erwartungsfroh zu, wie er die Peperoni in den Mund schob, kaute und hinunterschluckte. Wenige Sekunden später riss er die Augen auf, seine Gesichtsfarbe veränderte sich und er saß sehr aufrecht.

»Ist was?«, erkundigte ich mich scheinheilig.

Er konnte nicht antworten, schnappte nach Luft.

»Siehst du!« Ich prostete ihm zu. »Kleine Sünden und üble Nachrede werden sofort bestraft. Nicht nur von Gott, sondern auch von mir.«

Geständnis

Zurück im Sender sichtete ich das Material und wählte die O-Ton-Passagen aus, die ich für den Film brauchen würde, notierte die Timecodes. Dies erleichterte den Cutterinnen und mir später die Arbeit.

Ich holte mir einen Kaffee aus der Kantine, ging in mein Zimmer, fuhr den PC hoch und gab den Begriff *Jemen* in eine Suchmaschine ein.

Es gab genug Material über das arabischen Land und jede Menge Fotos. Ich war überrascht, wie traumhaft schön die Landschaft des Jemen zu sein schien. Die Gegend war bereits von den Römern geschätzt und *Arabia felix*, glückliches Arabien, genannt worden. Für ein islamisches Land war die Verfassung einigermaßen fortschrittlich – Frauen hatten sogar das Wahlrecht. In Urzeiten hatte dort der Sage nach die berühmte Königin von Saba geherrscht. Allerdings machte das die Sache für Jakob Nagel auch nicht gemütlicher.

Es klopfte. Barbara Rutzo trat ein. »Wie findest du das Material?«, wollte sie wissen.

»Alles bestens«, beruhigte ich sie.

»Der Mann tut mir Leid«, sagte sie. »Ich möchte nicht in seiner Haut stecken.«

»Der taucht schon wieder auf«, meinte ich mit wenig Überzeugung in der Stimme. »Jedenfalls können wir von der Geschichte noch lange zehren. Wenn ich nur nicht noch diese Single-Show planen müsste!«

Barbara lachte. Ich betrachtete sie und fragte mich, wie es kam, dass sie keine Männer mochte. Sie war ein totaler Männerwunschtraum. Dichtes blondes Haar, frisches Gesicht mit blauen Kulleraugen, eine gute dralle Figur und eine sanfte Stimme.

»Mein Kollege eben war völlig hin und weg von dir«, berichtete ich.

»Der dicke Typ von der *Allgemeinen?*«

»Sag bloß nicht Dicker zu ihm, wenn du ihn mal triffst«, warnte ich sie. »Er ist ständig dabei, abzunehmen ... Die verrücktesten Diätpläne habe ich von ihm bekommen. Einmal hat er mir sogar eine Sherry-Diät aufgeschwatzt! Ich war den ganzen Tag blau, und als der Rausch nachließ, habe ich richtig Hunger gekriegt. Er ist übrigens ein Experte für Körbchengrößen. Er behauptet, dass du 85 D hast.«

»Was es nicht alles für Idioten gibt!«, feixte sie.

»Er ist ganz harmlos. Glücklich verheiratet. Darf ich dich mal was fragen?«

»Klar, Grappa.«

»Hast du eine Freundin?«

»Zurzeit nicht. Warum? Willst du dich bewerben?«, grinste sie.

»O je! An mir hättest du wenig Spaß. Ich bin erotisch total auf Männer fixiert.«

»Das dachte ich von mir auch mal. Bis mir auffiel, dass ich viel lieber mit Frauen zusammen bin. Immer und überall.«

»Verstehe. Ich kann auch gut mit Frauen, aber nicht bei jeder Gelegenheit. Bist du eigentlich mal diskriminiert worden deshalb?«

»Nein. Das Medienvolk ist ein bisschen toleranter – glaube ich. Und Frau Dr. Hecke hat natürlich sowieso nichts dagegen, sie ist ja eine von uns.«

»Von uns?«, fragte ich.

»Ich will damit sagen, dass sie auch lesbisch ist.«

»Echt? Auf die Idee wär ich nie gekommen. Ich dachte immer, die vernascht den Königspudel in der Mittagspause!«

»So kann man sich täuschen«, sagte Barbara. »Und jetzt muss ich wieder los. Mach's gut.« Sie verschwand.

Ich brauchte anderthalb Stunden, um den Film fertig zu stellen.

Der Chef vom Dienst nahm ihn ab. Kein Meisterwerk, denn es fehlten aktuelle Bilder. Die Aufnahmen aus dem Jemen stammten aus einem Reisemagazin und die Sequenzen mit Jakob Nagel aus Ratssitzungen und Pressekonferenzen, die längst Vergangenheit waren. Neu waren nur die Statements vom Morgen.

Ich schaffte es nach der Arbeit noch so eben in meinen Supermarkt, bevor er schloss. Wein, Salat, Tomaten, eine Kugel Büffelmozzarella, Espresso und Eberhards Goldkantenfutter in den von ihm bevorzugten Kompositionen: Ente mit Erbsen, Rind mit Gemüse und Shrimps in Sahnesoße – alles ökologisch bestimmt nicht korrekt, aber das Vieh aß nun mal nichts anderes.

Auslauf wegen Madonna

Abgehetzt kam ich zu Hause an, Eberhard trottete mir gelangweilt und gähnend entgegen.

»Wie war dein Tag?«, fragte ich.

Wie schon?, muffelte er.

»Ich weiß«, sagte ich. »Du willst nach draußen. Aber denk an die vielen Kater in der Gegend. Die machen dich fertig.«

Ich hab mich verliebt, teilte der Kater lapidar mit.

»Ach, was?«, lachte ich. »Hast du heimlich im Internet gechattet? Ich wusste gar nicht, dass die auch einen Lovechannel für Haustiere haben.«

So was hab ich nicht nötig, sagte Eberhard von oben herab. *Sie wohnt gegenüber.*

»Was? Die kleine Rote mit den vier weißen Pfötchen?«

Drei. Sie hat nur drei weiße Füßchen.

»Und? Hast du schon einen Plan, wie du ihr den Hof machen willst?«

Ich muss raus hier, antwortete der Kater, *wenigstens für ein paar Stunden am Tag.*

Ich seufzte. Er schien noch nicht richtig begriffen zu haben, was sein entmannter Zustand im Alltagstest bedeutete.

»Komm mal auf meinen Arm, Löwe«, sagte ich und hob ihn hoch. »Ich muss dir was sagen.«

Mach nicht so ein Theater, schnurrte er, *ich weiß, was du mir sagen willst. Dass ich kein richtiger Mann mehr bin.*

»Genau!« Ich war erleichtert.

Erinnerst du dich an meinen letzten Ausflug?, fragte er.

»Natürlich. Eine Woche nach deiner Operation bist du vom Balkon gesprungen und kamst erst nach acht Stunden wieder.«

Ich habe meine Katertour durch die Gegend gedreht. Und dabei etwas festgestellt.

»Und was, bitte?«

Die Mädels mögen mich noch immer.

»Tja, Pech, das nutzt ihnen aber nichts mehr«, sagte ich. »Die können noch so baggern – bei dir bleibt die Hose tot.«

Eben nicht!, behauptete der Löwe.

»Ach, was! Angeber!«

Ich stand nie auf flüchtig-wilden Sex, gab er vor.

»Dann wärst du aber der erste Mann, der so was ablehnt. Und nun sag schon! Was war am Tag deines Verschwindens?«

Es geht doch noch. Du hast mich zu spät zu diesem Verbrecher gebracht.

»Du willst mir weismachen, dass du immer noch die nötige Standhaftigkeit mitbringst?«

Du bist mal wieder wenig dezent! Eberhard sprang von meinem Arm. *Aber wenn du es genau wissen willst: Ich lege mich auf den Rücken und lass mich verwöhnen.*

Der Kater war mal wieder drollig.

»Das ist typisch Mann. Sich bedienen lassen. Also gut! Wie wollen wir den Auslauf regeln?«

Madonna verlässt gegen zehn Uhr morgens die Wohnung und verschwindet Richtung Wald.

»Madonna? Hübscher Name. Geschmack hast du ja«, konstatierte ich. »Na, dann: Ich lasse dich morgens raus, bevor ich zur Arbeit fahre. Und wie soll es dann weitergehen? Du weißt, dass ich abends manchmal erst spät nach Hause komme. Ich kann dir ja schlecht einen Schlüssel umhängen.«

Ich lasse mir was einfallen. Und jetzt habe ich Hunger.

Nachdem ich des Katers Schüssel ordentlich gefüllt hatte, nahm ich den Wein und setzte mich an den PC. Mein privater Mail-Account meldete zahlreiche Posteingänge.

Mein Buchversender bestätigte die Verschickung der von mir bestellten CDs und Bücher, und mein neuer Schwarm, der *Stramme Hengst*, hatte mir einen Text und eine angehängte Datei gemailt. Er hatte sie *Mein bestes Stück* betitelt.

»O je«, seufzte ich. Ich hatte eine leise Ahnung, was mich erwarten würde. Die anderen E-Mails enthielten Bewerbungen für die Astro-Single-Show. Der Aufruf im Internet zeigte erste Erfolge.

Eberhard sprang auf den Schreibtisch und rollte sich neben dem PC zusammen. Er hatte sich angewöhnt, mir beim abendlichen Chatten zuzusehen. Ich kraulte ihn hinter den Öhrchen. »Satt geworden, Löwe?«

Er schloss die Augen halb und räkelte sich.

»Schade, dass es diese Partnervermittlungen nicht für zu spät kastrierte Kater gibt«, sinnierte ich. »Aber – es wäre ja auch schwer für dich, mit deinen kleinen, dicken Pfötchen die Tasten zu treffen.«

Wieso? Ich würde dir alles diktieren!

»Was? Du würdest mich zu deiner Tippse machen, du Frechdachs?«

Klar. Was schreibt das Pferd?

»Nicht viel – nur dass ich mir das angehängte Foto anschauen soll.«

Das will ich auch sehen!

Der Kater erhob sich und starrte auf den Monitor. Ich nahm noch einen Schluck Wein und öffnete das Dokument.

»Mannomann!«, entfuhr es mir.

Auch Eberhard guckte wie versteinert. Dann wurden seine Opalaugen schmal.

»Neidisch?«, fragte ich grinsend.

Du glaubst doch nicht, dass die Virilität des Mannes in dieser Gegend sitzt?

»Eigentlich schon«, gab ich zu.

Der Kater warf den Kopf in den Nacken und sprang vom Tisch, ohne mich eines Blickes zu würdigen. Auch gut, endlich hatte ich meine Ruhe.

Ich schaute nach den nächsten Mails. Drei Männer waren unter den Bewerbern.

Zunächst öffneten sich die Anhänge mit den Fotos und ich verstand mal wieder den Satz, dass das Grauen verschiedene Gesichter haben kann.

Der erste nannte sich *Mann ohne Hirn*, was ja eigentlich auf eine gesunde Selbsteinschätzung schließen ließ. Sein Motto lautete:

> *Lass uns spielen auf dem Instrument unserer Gefühle – und wünschen, dass wir eins werden mit der Musik, die daraus entsteht. Klick mich an, wenn du mitspielen magst …*

Ich sah mir das Foto an. Nein, den konnte ich nicht guten Gewissens vor eine Fernsehkamera stellen. Der Hirnlose stand in seinem Bad. Der Oberkörper war nackt, auf der Brust schimmerte etwas Dunkles, vermutlich ein paar letzte Haare. Die Schultern waren rund und wabbelig, ein massives Doppelkinn verdeckte den Hals. Die Haarpracht war wohl endgültig gewichen, als das Gehirn dem Kopf entnommen worden war, ein Bierbauch hing über einer heftig gemusterten Unterhose.

Die Frage nach seiner Traumfrau beantwortete er so:

Good vibrations. Dass die Schmetterlinge im Bauch zu schwirren anfangen. Ausstrahlung, Augen, Stimme, Herz und Sinnlichkeit. Das gewisse Etwas.

Immer diese Schmetterlinge! Ich hatte diesen Satz schon oft gelesen. Sie »schwirrten« und »flatterten« in Bäuchen, manchmal wurden sie auch »entfacht«. Ähnlich erging es den Flugzeugen, die manchmal in Bäuchen starteten und landeten.

Ich überlegte, wie ich den Zustand des Verliebtseins wohl beschreiben würde: eher als vorübergehenden Schwachsinn, eine Selbsttäuschung, die früher oder später schmerzlich erkannt wird? Oder als eines der schönsten Hochgefühle, die Menschen haben können, als allumfassende Seligkeit, die mich von einem Entzücken zum anderen trägt? Nein, ich wollte nicht darüber nachdenken – es gab ja keinen aktuellen Anlass für mich.

Ich wandte mich wieder meiner Mailbox zu. Die zweite Empfehlung hatte den Nicknamen: *Knuddelbär35.* Sein Bewerbungstext war hochromantisch:

Ich habe Sehnsucht nach mehr … stell dir vor … die Sonne geht unter … wir beide … gehen gemeinsam Hand in Hand … am Strand entlang … wir steigen in ein Boot und fahren zusammen aufs Meer hinaus … genießen die Stille und die Zweisamkeit … wir schauen uns an und fühlen beide das Gleiche … es ist schön … dieses Gefühl des Angekommenseins, des Verstandenwerdens … lass uns diesen Moment gemeinsam genießen und erleben …

Leider hatte der *Knuddelbär* kein Foto beigefügt, weil keiner in seinem Bekanntenkreis im Besitz eines Scanners war. Ich schaute auf die Gewichtsangabe im Fragebogen: 1,67 m und 95 Kilo.

»Du liegst weit über dem zugelassenen Schlachtgewicht, *Knuddelbär*«, murmelte ich, »das Boot wird gnadenlos absaufen!«

Der dritte nannte sich *SMarter Lord.* Der Nickname deutete auf jemanden aus der Sadomaso-Fraktion.

Ich las:

Sie ist still, wenn ich es will. Sie ist laut, wenn ich es will. Sie macht mich glücklich. Sie macht mich traurig. Sie fordert mich. Sie braucht mich. Sie gehorcht mir. Sie will mich. Ich will sie.

Aber auch der Lord erfüllte nicht einmal annähernd die TV-Kriterien. Für jemanden, der sich eine Frau untertan machen will, hatte er einfach den falschen Beruf und das noch falschere Aussehen und das ganz falsche Alter. Der Lord war Rentner, kämmte sich sein Resthaar quer über den Schädel und war schon fünfundsechzig Jahre alt.

Ich drückte den Delete-Knopf. Wenn das so schleppend weiterging, würde ich nie im Leben Kandidaten für meine Show zusammenbekommen, dachte ich frustriert.

Ich goss mir Wein nach, um noch einen kurzen Ausflug in den *Dark Room* zu wagen. In diesem Chatroom konnte man live mit Leuten reden und schnell auf den Punkt kommen.

Kaum hatte ich den Raum betreten, als mich der *Stramme Hengst* anklickte.

Wie hat dir mein Foto gefallen?

Gähn, schrieb ich zurück.

Ich hab noch andere. Willst du sie sehen?

Lass mal. Ich hab deins ans Gesundheitsamt geschickt. Die können dir vielleicht helfen.

Sehr lustig. Was ist mit deiner Show? Hast du genug Leute gefunden?

Was geht dich das an?

Mehr, als du denkst. Es ist übrigens gefährlich, mit dir zu reden.

Was du nicht sagst!

Du kannst mir ruhig glauben. Erinnerst du dich an ›Schlüpferstürmer‹?

Ja. Warum?

Er ist tot.

Tot? Was ist passiert?

Er hat mir erzählt, dass ihr Mails ausgetauscht habt. Nun lebt er nicht mehr. Er wurde ermordet.

Wie das?

Ich schicke dir ein Dokument. Aus 'nem Blatt.

Sag mir deinen Namen!, forderte ich.

Ich bin doch nicht blöd. Will nicht auch so enden.

Ich bekam die Frage gestellt, ob ich mir über die Risiken und Nebenwirkungen des Runterladens eines Dokumentes im Klaren war, und klickte mit der Maus auf den OK-Button. Es dauerte einige Augenblicke, dann war der Artikel da.

GIFTMORD IM HOTELZIMMER – so die Überschrift der Meldung, die schon einige Tage alt war.

Als das Zimmermädchen im Hotel Esplanade gestern früh das Zimmer eines Hotelgastes aufschloss, machte es eine schreckliche Entdeckung. Albert K. (42), Vertreter für Oberhemden, lag leblos im Bett. Der Hotelarzt konnte nur noch den Tod feststellen, nach ersten Ermittlungen der Polizei ist der 42-Jährige jedoch keines natürlichen Todes gestorben. In einem Glas wurden Spuren eines Pulvers gefunden, bei dem es sich um Gift handeln könnte. Der Zustand des Zimmers lässt außerdem darauf schließen, dass Albert K. zum Zeitpunkt seines Todes nicht allein war.

Nach Recherchen unserer Zeitung hatte der Mann zuletzt Besuch von einer unbekannten Frau, die er wohl in der Hotelbar kennen gelernt hatte. Nach Aussagen von Zeugen folgte die Frau Albert K. aufs Zimmer.

Die Staatsanwaltschaft hat eine Obduktion der Leiche angeordnet, die Ermittlungen laufen auf Hochtouren, nach der Frau wird gefahndet.

Danke für den Artikel, schrieb ich dem Hengst. *Aber wie kommst du darauf, dass ich mit der Sache was zu tun habe?*

Meine Frage ging ins Leere, denn der *Hengst* war wohl schon wieder in den Weiten des World Wide Web verschwunden.

Merkwürdig war das schon! *Schlüpferstürmer* war einer meiner ersten Bekanntschaften im Chat gewesen, ein Typ, der immer gut drauf war und eine Zote nach der anderen parat hatte. Er wäre die Idealbesetzung für meine Show gewesen: nicht auf den Mund gefallen, mit allen Wassern gewaschen und einigermaßen telegen – nach seinem Foto zu urteilen. Und er hatte keine Skrupel gezeigt, über sich und seine erotischen Vorstellungen zu reden.

Aber – was ging es mich an? Albert K. hatte es wohl einfach ein bisschen zu toll getrieben und eine Frau zu viel mit seinen erotischen Attacken genervt. Wie hatte einer seiner Lieblingssätze gelautet? *Ein biskchen Schwund is imma!* Wie Recht er hatte!

Lolli-Tour

Das Verschwinden von Oberbürgermeister Jakob Nagel ließ die Stadt und ihre Menschen fast unbeeindruckt. Niemand schien den Mann zu vermissen. Das enttäuschte mich ziemlich und ich überlegte, woran das wohl liegen könnte.

Es musste die Herzlosigkeit unserer Gesellschaft sein, in der jeder nur den eigenen Vorteil sucht und in der das Wertesystem langsam zusammenbricht. Nein, das durfte ich nicht zulassen. Immerhin hatte ich einen Teil meiner Schulzeit in einem Nonnenkloster verbracht, und das sollte nicht ganz vergeblich gewesen sein!

Heroische Gefühle beseelten mich, während ich in meinem Büro saß und mich in die Lektüre der wichtigsten Tageszeitungen vertiefte.

Tom Piny hatte ordentlich zugeschlagen. In seinem Kommentar zu Nagels vermuteter Entführung hatte er zwei Gründe angeführt, warum es für die Stadt und ihre Menschen besser sei, wenn der Oberbürgermeister seinen Urlaub im Jemen noch einige Monate ausdehnen würde:

> Die Abwesenheit von Jakob Nagel bringt für die Stadt und ihre Menschen auch Vorteile: Der SPD-Fraktionsvorsitzende bekommt das Gefühl, er habe wirklich etwas zu sagen, und die Wand zwischen Nagels Büro und dem Büro seines Vorgängers, Gregor Gottwald, kann endlich eingerissen werden.

Fairerweise hatte Piny aber auch zwei Gründe genannt, die für Nagels Rückkehr sprachen: nämlich dass der durchschnittliche Intelligenzquotient im Rathaus seit des Oberbürgermeisters Verschwinden auf eine kaum messbare Größe geschrumpft war und dass die verwaltungsinterne Autistenselbsthilfegruppe sich einen neuen Trainer suchen musste.

Aber ich hatte ja noch andere Sorgen. Ich musste mich dringend um meine Sendung kümmern. Heute war der Astrologe dran. Ich hatte mich mit ihm bei ihm zu Hause verabredet. Der Termin war in drei Stunden.

Die Suchmaschine im Internet spuckte zahlreiche Dokumente aus, nachdem ich den Namen des Sterndeuters eingegeben hatte. Doch bevor ich mir eins davon ansehen konnte, klingelte mein Handy.

»Bist du im Büro, Grappa?«, fragte Peter Jansen ein wenig atemlos.

»Ja, klar. Was ist los?«

»Es soll ein Bekennerschreiben aus dem Jemen geben«, berichtete mein früherer Chef, »ich habe mit der deutschen Botschaft in Sanaa gesprochen. Ein Stamm mit einem unaussprechlichen Namen hat zugegeben, Jakob Nagel in seiner Gewalt zu haben.«

»Also doch!«, rief ich aus. »Was steht genau drin?«

»Weiß ich nicht«, antwortete er. »Sie wollen den Text erst an das Auswärtige Amt mailen. Und ob die den Inhalt des Schreibens ohne weiteres den Medien zugänglich machen, ist ja mehr als fraglich.«

»Gibt es Forderungen? Lösegeld? Die Freilassung irgendwelcher politischer Gefangener?«

»Grappa! Ich habe keine Ahnung. Kannst du nicht mal diesen Rumi anrufen?«

»Meinst du den Typen, der auf der Pressekonferenz war?« Ich erinnerte mich an die Gestalt, die zunächst so unauffällig in der Ecke gestanden hatte.

»Ja, der.«

»Warum rufst du ihn nicht selbst an?«

»Weil ich ein Mann bin, Grappa«, erklärte Jansen. »Der hat dich nicht aus den Augen gelassen – so wurde mir berichtet.«

»Wer erzählt denn so was? Ist mir gar nicht aufgefallen«, sagte ich wahrheitsgemäß.

»So was fällt dir ja nie auf«, behauptete Jansen. »Obwohl du einiges zu bieten hast.«

»War das jetzt ein Kompliment oder willst du mich daran erinnern, dass die nächste Diät angesagt ist?«, muffelte ich.

»Klar war das ein Kompliment«, log Jansen. »Also – ruf ihn an und versuch ihn um den Finger zu wickeln. Außerdem bist du beim Fernsehen, das macht mehr her, als einer kleinen Lokalzeitung ein paar Infos zu geben.«

»Okay, ich versuch's und melde mich dann, ja?«

Gehorsam rief ich also im Auswärtigen Amt an und fragte nach Herrn Rumi.

»Um was geht es?«, fragte die Vorzimmerdame.

»Das möchte ich Herrn Rumi lieber selbst mitteilen«, säuselte ich.

»Dann ist es privat?« Sie klang streng.

»Genau.«

»Moment!«

Die Warteschleife sang die *Ode an die Freude* und nach dem »feuertrunken« meldete er sich.

»Hallo, hier ist Maria Grappa von *TV Fun*, dem netten kleinen Sender mit Herz aus Bierstadt-City«, legte ich mit lieblicher Stimme los. »Erinnern Sie sich noch an mich, Herr Rumi? Ich war mit einem Kamerateam bei der Pressekonferenz gestern. Die Frau mit dem roten T-Shirt.«

»Ja, natürlich«, sagte er. »Was kann ich für Sie tun? Ich habe wenig Zeit.«

Na ja, dachte ich, besonders höflich ist der aber nicht zu dir. Jansen hatte sich wohl verguckt.

»Es geht um das Bekennerschreiben, das im Jemen aufgetaucht ist. Können Sie mir etwas zum Inhalt sagen?«

»Zu gegebener Zeit schon.«

»Und was heißt das?« Ich bemühte mich, den Kleinmädchenton in meiner Stimme beizubehalten.

»Dass wir das Schreiben zunächst intern beraten und prüfen und dann eine Pressemitteilung herausgeben.«

Der Typ ist ein unfreundlicher Muffelkopf, dachte ich.

»Oh, das ist aber unschön«, seufzte ich. »Ich wollte unsere Zuschauer eigentlich schon heute auf den neuesten Stand bringen. Was mache ich denn jetzt? Können Sie mir nicht ein kleines bisschen helfen?«

Welches Geschleime! Jansen nannte diesen Ton bei mir ›Lolli-Tour‹. Doch der Trick zog immer weniger und meine Trefferquote ließ inzwischen zu wünschen übrig.

»Das ist Ihr Problem, wie Sie Ihre Sendezeit füllen«, sagte Rumi kühl, »und jetzt entschuldigen Sie mich! Ich habe gerade erst mein Büro bezogen und muss noch einige Dinge ordnen. Einen schönen Tag noch.« Er legte den Hörer auf.

»Mistkerl!«, brüllte ich wütend.

Barbara Rutzo stürzte in mein Zimmer. »Mit wem brüllst du denn hier rum?«, wunderte sie sich.

Ich erklärte ihr die Lage, informierte den Chef vom Dienst und kündigte an, dass ich nur einen Nachrichtenfilm für das abendliche Programm beisteuern konnte. Der Text war schnell geschrieben:

> Neue Fakten im Fall Jakob Nagel: Im Jemen ist ein Bekennerschreiben einer radikal-islamischen Gruppe aufgetaucht, das zurzeit im Auswärtigen Amt überprüft wird. Über die Forderungen der Entführer, die den Oberbürgermeister von Bierstadt während eines Ausfluges in die Tihama-Wüste – hier Archivbilder – verschleppt haben, herrscht noch Unklarheit. Der Krisenstab will die Öffentlichkeit erst später informieren. Der zuständige Mitarbeiter des Auswärtigen Amtes erklärte gegenüber *TV Fun,* dass er erst mal sein Büro einrichten müsse, bevor er sich intensiv um den Fall kümmern könne.

Barbara bot an, den Mini-Film mit Archivmaterial zu bebildern.

»So. Dann fahre ich jetzt zu meinem Astrologen«, kündigte ich an. »Ein Blick in die Sterne kann ja nicht schaden.«

»Du fährst wegen Nagel dorthin?«, fragte Barbara ungläubig.

»Nein. Ich soll ihn für die Single-Show casten.«

»Frag ihn doch nach dem Versteck von Nagel«, schlug die Kamerafrau vor. »Und dann fahren wir beide in den Jemen und befreien ihn. Ich mach die Kamera und du den Text.«

»Das wär mir lieber, als eine Show mit notgeilen Kerlen und schwatzhaften Scharlatanen zu konzipieren.«

Widder, Löwe, Stier, Jungfrau

In der Handtasche hatte ich meine astrologischen Angaben und die Daten des schwarzen Löwen, der nach dem Sternenkalender kein Löwe, sondern ein Stier war. Von Astrologie hatte ich wenig Ahnung. Ich las zwar immer gern die Aufdrucke auf den Zuckerstückchen, die den Kaffeekännchen in Cafés beigelegt werden, vergaß sie aber auch schnell wieder. Bei mir stand meist unter ›positiven Eigenschaften‹: *ehrlich und kämpferisch,* und als negative Merkmale: *ungeduldig und jähzornig.*

Ehrlich und kämpferisch war ich ja, aber ungeduldig und jähzornig – das würde ich niemals zugeben.

Die Autobahn war fast leer. Im Spätsommer war diese hügelige Landschaft am schönsten, niedrige Apfelbäume säumten die sauberen Straßen und auf den Wiesen vor den Fichtenwäldern äste auch schon mal ein Reh.

Die Sommerluft fegte durch meine Haare, ich hatte den Deckel meines Cabrios versenkt und genoss die Sonne.

Lamborghinis Hütte war nicht zu übersehen. Wie ein gestrandetes Schiff lag die Villa auf einem parkähnlichen Grundstück: unnahbar, blendend weiß und von einem silberfarbenen Zaun umschlossen, der in der Nachmittagssonne glänzte, als habe Saturn persönlich hier sein Domizil gewählt.

Als ich mich näherte, bemerkte ich, dass überall kleine Kameras angebracht waren, die sich unmerklich drehten und Bilder der Umgebung einfingen. Ich hatte nichts zu verbergen, denn meine Mission war ja hochoffiziell. Trotzdem überlegte ich instinktiv angesichts solcher bewachten Häuser, wie ich notfalls die elektronischen Wächter überlisten oder ausschalten könnte, falls es nötig werden sollte.

Ich drückte den Klingelknopf am Tor, dessen Gitter

mich überragte. Über mir sah ich kleine Speere mit aggressiven Spitzen.

Eine Stimme plärrte aus der Sprechanlage und fragte nach meinem Begehr. Ich antwortete brav und das Tor sprang auf.

Eine große Blondine trat aus der zweiflügeligen Tür. Sie trug zwar die Dienstmädchen-Farben, doch der Rock war zu kurz, die Bluse zu eng und um einen Knopf zu viel aufgeknöpft, als dass sie als Expertin für grobe Hausarbeit durchgehen konnte.

»Herr Lamborghini erwartet Sie!«, schnurrte sie.

Ich trottete hinter ihr her, verglich meine Kleidung mit der ihren und schnitt nicht besonders gut ab. Das nächste Gehalt geht für Klamotten drauf, beschloss ich.

In der Halle des Hauses hatte der Sternenfritze die Decke dunkelblau gehalten und mit Sternzeichen bemalen lassen. Widder, Löwe, Zwilling erkannte ich auf Anhieb, aber auch die Planeten Saturn, Venus, Mars und der Mond waren kunstvoll mit silberner oder goldener Farbe markiert. Sphärische Klänge waberten durch den Raum, sie waren gerade so laut, dass sie wahrgenommen wurden, und leise genug, dass man sich nicht von ihnen belästigt fühlte.

»Einen Augenblick, bitte!« Die Blondine entschwand.

Da war noch etwas. Ich schnüffelte. Es roch leicht nach Moschus. Der Mann weiß, wie er die Leute einlullt, dachte ich, er bedient Auge, Ohr und Geruchssinn. Mal sehen, was er für den Intellekt auf der Pfanne hat.

Ich blickte möglichst unauffällig zu dem gemalten Himmelszelt hoch. Auch dort waren Kameras angebracht, die waren aber in der Decke versenkt und fest installiert, konnten also nicht schwenken. Weil sie aber in allen vier Ecken Bilder aufzeichneten, war der Raum für einen heimlichen Beobachter vollständig einsehbar.

Ich überlegte, ob Lamborghini mich abcheckte, um ein Gefühl für mich zu bekommen. Nichts anderes tat ich ja auch. Die Plakate an der Wand, die von seinen Auftritten als Medium zeugten, waren in Gold gerahmt, überall hingen Fotos von Prominenten, die sich handschriftlich für Lamborghinis Dienste bedankten. Was fehlte, waren Fotos des Meisters selbst, auch im Internet hatte ich kein einziges Bild des Astrologen gefunden.

Merkwürdig, dachte ich, das scheint System zu haben. Meine Spannung stieg, ohne dass ich es wollte, und es hielt mich nicht auf dem voluminösen Fauteuil, in das ich mich fallen gelassen hatte.

Mich überfiel das dumpfe Gefühl, dass mich jede Menge Augen begafften, und ich begann meine Haare zu ordnen, in meiner Tasche zu kramen und im Raum auf und ab zu gehen. Was würde ich wohl von mir denken, wenn ich mich so sähe?

Nervös, zappelig, wenig souverän. Nein, das durfte nicht sein.

Energischen Schrittes ging ich wieder zum Sessel zurück, ließ mich nieder, griff in meine Tasche und holte ein paar Papiere heraus. Es waren meine Kontoauszüge, doch ich las sie, als seien sie überaus spannend. Was auch irgendwie stimmte, denn ich war ja wirklich gespannt, ob ich das Minus in der nächsten Zeit würde ausgleichen können.

Ich bemühte mich um eine ruhige, reduzierte Körpersprache und schlug die Beine übereinander.

Nach einiger Zeit schaute ich auf meine Uhr und seufzte. Ich kramte mein Handy aus der Tasche und wählte die Nummer einer Freundin, die zurzeit in Urlaub und nicht erreichbar war.

Während mir der Anrufbeantworter seinen Spruch ins Ohr versenkte, plapperte ich drauflos, erzählte einen Schwank aus dem Sender und besprach mit ihr die Speisenfolge einer gerade erfundenen Party – immer wissend, dass ich beobachtet wurde.

»Ich muss jetzt Schluss machen«, sagte ich zu dem Telefon, »ich bin dienstlich unterwegs … bei einem Sternendeuter. – Nein, nein, nicht für mich. Für den Sender. Ciao, bis bald.«

Ich drückte das Handy aus und drehte mich um, denn ich hatte einen Luftzug am Hals verspürt.

Da stand er und beobachtete mich. Ich ging auf ihn zu. Der Meister war kleiner als ich mit meinen 1,72 m, wog mit Sicherheit auch weniger, denn er war das, was landläufig eine halbe Portion genannt wird. Aber das spielte fürs TV keine Rolle. Bei Interviews im Stehen stellten wir solche abgebrochenen Riesen auf Podeste, damit sie über die Tischkante gucken konnten.

Der Kopf, dachte ich, der ist Klasse!

»Willkommen in meinem Heim!«, begrüßte mich der Große Lamborghini und breitete die Arme einladend aus. »Ich bin tief betrübt, dass ich Sie habe warten lassen.«

Was für ein Gesülze, dachte ich, aber die Stimme ist nicht von schlechten Eltern!

»Danke für den netten Empfang«, lächelte ich. »So entspannt unter einem Sternenhimmel sitzen zu dürfen – das hat man ja nicht alle Tage.«

»Kommen Sie bitte mit ins Arbeitszimmer«, meinte Lamborghini und wies mir den Weg. »Ich habe bereits Kaffee für uns bestellt. Sie trinken doch Kaffee, oder? Ein Teetyp scheinen Sie jedenfalls nicht zu sein.«

»Sie haben ja wirklich hellseherische Fähigkeiten!«, rief ich aus.

»Und Sie sind so ironisch, wie Widder nun einmal sind. Besonders wenn noch der Löwe als Aszendent hinzukommt.«

»Schlimm?«

»Nicht schlimm«, entgegnete er. »Stark und nicht zu unterschätzen. Aber dazu kommen wir später.«

Sein Arbeitszimmer war spartanisch eingerichtet. Mehrere Computer, eine aufwändige Stereoanlage und wenig Möbel. An den Wänden Karten, auf denen irgendwelche Sternen- und Planetenkurven eingezeichnet waren.

Er rückte einen Stuhl vom Glastisch ab, ich setzte mich. Er platzierte sich gegenüber.

Die Blondine in der Hausmädchentracht stöckelte ins Zimmer, setzte den Kaffee und das Geschirr ab und schwirrte wieder davon. Sie hatte dem Meister nicht in die Augen geschaut – und ich konnte verstehen, warum. Er hatte nämlich die strahlendsten und blausten Augen, die ich jemals gesehen hatte. Ob er Drogen nahm? Aufputschmittel?

»Sie sind sehr telegen«, sagte ich. »Sie haben sicherlich schon Fernseherfahrung?«

»Bislang konnte ich diesem Medium nichts abgewinnen«, erklärte er.

»Und? Was hat Ihre Meinung geändert?«

»Ich habe einsehen müssen, dass man sich gewissen zivilisatorischen Entwicklungen nicht ewig verschließen kann.« Er deutete auf seine Computer. »Und ich kann einfach viel mehr Menschen erreichen – sie mit der Macht der Sterne bekannt machen.«

In knappen Worten erklärte ich ihm das Konzept der Sendung und fragte: »Trauen Sie sich zu, während einer Live-Sendung einigermaßen glaubwürdige Horoskope zu erstellen?«

»Einigermaßen glaubwürdig?« Die markanten Züge des Astrologen wurden um noch einiges markanter.

»Pardon! Das mit der Glaubwürdigkeit habe ich nicht so gemeint«, sagte ich.

Wo bist du bloß nur gelandet, Grappa, dachte ich, dass du solchen Scharlatanen in den Hintern kriechen musst?

»Ich habe hier die Daten von zwei Personen mitgebracht«, kam ich zur Sache. »Geburtstag, Jahr, Uhrzeit der Geburt und Geburtsort. Nehmen wir an, dass Sie den beiden – einer Frau und einem Mann – voraussagen sollen, ob sie zusammenpassen und eine gemeinsame Zukunft haben. Also genau die Aufgabe, die Sie in der Flirtshow auch erfüllen müssten. Trauen Sie sich das zu?«

Lamborghini erhob sich, ging zu seinem PC und sagte: »Geben Sie mir die Daten?«

Ich kramte den Zettel mit meinem und des Katers Geburtstag aus dem Beutel und reichte ihn rüber.

»Widder Aszendent Löwe«, murmelte er. »Das dürften Ihre Angaben sein, Frau Grappa.«

»Ja«, lächelte ich. »Und die anderen Daten gehören meinem derzeitigen Lebensabschnittspartner. Er heißt Eberhard.«

»Ein Stier!«, stellte Lamborghini fest.

Na ja, dachte ich, dazu hätte ich ja nun keinen Astrologen gebraucht! »Eigentlich ist er ein Löwe«, grinste ich. »Sagt er jedenfalls.«

»Nicht ganz! Er ist Stier und die Jungfrau ist sein Aszendent«, beharrte Lamborghini. Der Meister tippte die Vornamen und die anderen Zahlen in eine Maske, über der in sternenblauen Lettern *Liebe und Erotik* stand. Dann klickte er auf das Suchsymbol.

Einige Sekunden später erschien die Berechnung auf dem Monitor.

»Ich lasse die Analyse anfertigen und wir können sie dann ausführlich besprechen«, kündigte er an, gleich darauf begann der Drucker mit seiner Arbeit.

Lamborghini nahm die Blätter und setzte sich wieder an den Tisch. »Zuerst zu Ihnen, Frau Grappa. Ich lese Ihnen vor, was das von mir entwickelte Astro-System berechnet hat: *Der Aszendent Löwe verleiht Ihnen eine freundliche und leidenschaftliche Natur. Die körperliche Liebe genießen Sie verspielt und kindlich. Sie strahlen Selbstvertrauen aus, sind geradlinig, offen, sehr charmant und eher unkompliziert. Ihr feuriger innerer Antrieb lässt Sie die treibende Kraft in jeder Beziehung sein.*«

»Sehr schmeichelhaft«, meinte ich anerkennend. »Und was ist mit Eberhard?«

»Zu dem kommen wir gleich«, kündigte der Meister an. »Wollen Sie nicht den Rest Ihrer Analyse hören? Hier ist sie: *Sie brauchen ausgesprochen viel körperliche Zuwendung. Eine platonische Liebesbeziehung ließe Sie unerfüllt. Sie sollten Ihr Feuer auf eine niedrigere Flamme einstellen, sonst könnten Sie Ihren Liebhaber überfordern. Das wäre auch für Sie selbst gut, denn Ihr Hunger nach Erfahrungen ist immens; letztendlich hindert Sie aber Ihr kaum zu stillendes sexuelles Verlangen daran, die wirklich wert- und genussvollen Augenblicke in einer Liebesbeziehung auszukosten. Werden Sie ruhiger in der Liebe und höchster Genuss ist Ihnen sicher. Die lodernde Flamme Ihrer Leidenschaft kann die Liebe schöner machen, wenn Sie sie unter Kontrolle halten.*«

»Na toll!«, lachte ich. »Ist das nun gut oder schlecht?«

»Jedenfalls deutlich. Das liegt an der Kombination Widder und Löwe«, erklärte er. »Das sind beides sehr präsente Zeichen. Kommen Sie eigentlich gut mit diesem Mann zurecht? So im Alltagsleben?«

»Na ja, es ist manchmal kompliziert mit uns«, sagte ich wahrheitsgemäß. »Er besteht auf so blöden Ritualen, dass das Essen pünktlich auf dem ... äh ... Tisch steht, dass er seine Streicheleinheiten kriegt und jeden Abend in mein Bett darf. Eigentlich kann man ihn als kleinen Macho bezeichnen. Er kommandiert mich ganz schön rum.«

Lamborghini nickte bedächtig und nestelte mit seinen Zetteln. »Intellektuell ist er Ihnen überlegen«, sinnierte der Meister mit kritischem Blick auf seine Analyse. »Und das lässt er Sie manchmal auch spüren. Er ist eben Stier mit Jungfrau. Da wünscht er sich zwar eine starke, unabhängige und selbstständige Person als Partnerin, seine Ideale sind allerdings so hoch angesetzt, dass sie kaum jemand erfüllen kann.«

»Davon kann ich ein Lied singen«, meinte ich trocken. »Aber ich weiß, wie ich ihn kriegen kann. Gutes Essen und gelegentliche Streicheleinheiten.«

»Mich wundert es – ehrlich gesagt –, dass Sie überhaupt zusammenleben. Geht das schon lange?«

»Na ja«, räumte ich ein. »Ein knappes Jahr, schätze ich. Er hat sich früher ziemlich rumgetrieben, war bestimmt kein Kostverächter.«

»Wollen Sie wissen, wie es erotisch zwischen Ihnen aussieht?«

»Wenn Sie es schon mal errechnet haben«, nickte ich, »dann her damit.«

»Sie sind experimentierfreudig, er neigt dazu, sich in eingefahrenen Gleisen zu bewegen, aus Furcht, von seinen Gefühlen überrollt zu werden. Grundsätzlich braucht er in der Liebe ein vorher festgelegtes Szenario, weil allzu viele Überraschungen ihn daran hindern, sich ganz hinzugeben. Er ist aber sehr warmherzig und großzügig. Er tut alles dafür, damit es seiner Partnerin gut geht. Allerdings ist er oft unnachgiebig und stur.«

»Genau getroffen«, nickte ich. »Und treu ist er auch nicht! Jetzt will er sogar geregelten Ausgang haben! Nur, um sich mit rothaarigen Weibern rumzutreiben.«

Lamborghini sah mich etwas verwirrt an.

»Darf ich Ihnen einen Rat geben?«, fragte er dann.

»Aber natürlich«, lächelte ich.

»Sie sollten die Beziehung zu diesem Mann aufgeben.« Der Astrologe machte ein zerknittertes Gesicht. »Sie beide sind vom Temperament wie Feuer und Wasser. Das kann auf Dauer nicht gut gehen!«

*bussiauffangundzurückwerf

Wieder im Büro öffnete ich meinen Mail-Account. Die Anzeigenkampagne im Internet und in den Zeitungen zeigte vermehrt Wirkung. Ich konnte mich vor Bewerbungen für die Single-Show kaum noch retten. Es schien, als wollten die Singles der gesamten Region ihr ödes Leben durch einen Auftritt in der Show ändern.

Ich durchforstete die einzelnen Angebote und sortierte

sie. Die unter Zwanzig- und über Sechzigjährigen kamen von vorneherein nicht in Frage. Die einen waren halt zu jung – *TV Fun* war ja schließlich keine Jugendsender – und den über Sechzigjährigen traute keiner mehr zu, noch Interesse an Erotik zu haben.

Erotik. Sie stand natürlich im Vordergrund der Show, denn nur so konnte Quote gemacht werden. Ein Opa, der eine Begleiterin für ein Konzert des Bierstädter Akkordeon-Vereins mit anschließendem Grünkohlessen suchte, zog nicht so wie die achtunddreißigjährige Krankenschwester, die endlich mal die lesbische Liebe erleben wollte. Auch gebundene Männer und Frauen waren ›zugelassen‹, die lediglich Affären suchten, um ihr freudloses Eheleben aufzupeppen. Klar, dass die Männer hier weniger Hemmungen hatten als die Frauen.

Die Rechtschreibkenntnisse ließen bei den meisten zwar zu wünschen übrig, aber sie hatten eine Comicsprache erfunden, um Tätigkeiten oder Gefühlsregungen auszudrücken. Das las sich dann so:

**tassekaffeelatterüberschieb*
**ganzdollknuddelundmehr*
**bussiauffangundzurückwerf*

Das Hauptthema der ersten Astro-Single-Show war: *Affäre gesucht!* Über Moral dachte ich in diesem Zusammenhang lieber nicht nach. Leicht genervt pickte ich mir einige Bewerber heraus und rief sie an. Ich wollte in Erfahrung bringen, ob sie ihre Wünsche auch artikulieren konnten, und stellte fest, dass mir wildfremde Menschen intimste Dinge erzählten, nur weil ich vom Fernsehen war und sie ins Fernsehen wollten.

Keine wirkliche Überraschung, denn die Sucht, sich völlig zu entblößen, wurde ja von den Medien ständig gefördert, um die Marktanteile zu erhöhen.

Mein Telefon klingelte und erlöste mich von der Rekrutierung der Kandidaten. Es war Peter Jansen. »Hast du bei Rumi was rausgekriegt?«, kam er gleich zur Sache.

»Dieser Rumi hat mich so was von abblitzen lassen«, regte ich mich auf. »Der konnte sich kaum an mich erinnern, der Typ! Also finde selbst raus, was du wissen willst! Ich quäle mich gerade mit Ehemännern und Ehefrauen herum, die fremdgehen und das auch noch öffentlich im Fernsehen herausposaunen wollen.«

»Mensch, Grappa! Langsam bin ich auch davon überzeugt, dass das doch kein Job für dich ist!«

»Stimmt«, seufzte ich. »Wäre ich jetzt beim *Tageblatt*, würde ich im Jemen nach Jakob Nagel suchen.«

»Klar«, lachte mein ehemaliger Chef, »du würdest mit deinem Cabrio durch die Wüste brettern und den OB raushauen. Aber nimm deinen frechen Kater mit – und setz ihn auf deine Schultern. Die rufen dann sofort den heiligen Krieg aus!«

»Jedenfalls hatte ich mir meinen Job hier etwas interessanter vorgestellt.«

»Ach, Grappa! Bei mir läuft im Moment auch nicht alles glatt.«

»Was ist denn?«

»Es ist alles so völlig verfahren.«

»Oh! Willst du auf den Arm?«

»Lieber in den Arm«, gestand Jansen.

»Peter! Was ist los? Du hast doch was!«

»Ich hab mich verliebt.«

»Du?« Ich war entsetzt.

»Was soll denn das heißen?«, gab er zurück.

»Wieso verliebst du dich?«, fragte ich erschüttert.

»Grappa! Ich bin ein Mann in den besten Jahren. Warum sollte ich mich nicht verlieben können?« Jansen schien beleidigt.

»Weil du dich noch nie verliebt hast, solange ich dich kenne.«

»Na und? Ich bin auch nur aus Fleisch und Blut!«

»Ist ja gut«, beschwichtigte ich, »und in wen, wenn ich fragen darf? In mich etwa?« Ich kicherte.

»Grappa, bevor ich mich in dich verliebe, werde ich schwul!«

»Sehr charmant! Aber so was soll auch schon vorgekommen sein – dass jemand später berufen ist und dann plötzlich alles aus ihm rausbricht und ...«

»Grappa! Hörst du mir eigentlich zu?«

O weia, dachte ich, den hat es wirklich erwischt.

»Wer ist es?«, wollte ich wissen.

»Nicht am Telefon. Können wir uns treffen?«

»Ja, klar. Heute Abend bei mir?«

»Ja. Um acht?«

»Ist gut. Peter?«

»Ja?«

»Hat Gerda es gemerkt? Oder die Kinder?«

»Nein, ich glaube nicht. Ich bin selbst noch ganz verwirrt. Und weiß nicht, wie ich mich verhalten soll.«

Liebeleien

Jansen verliebt! Auf dem Weg nach Hause zermarterte ich mir das Hirn, wer wohl das Objekt seiner Begierde sein könnte. Aber mir fiel partout niemand ein.

Ich kaufte noch schnell etwas Wein und zwei Flaschen seiner Limonade. Jansen durfte keinen Alkohol mehr trinken.

Eberhard saß hinter der Tür, als ich aufschloss. Ich nahm ihn hoch und drückte ihn an mich. Sein schwarzes Fell war so weich, sauber und roch so gut. Er ließ die Liebkosungen schnurrend über sich ergehen.

»So, Löwe, genug geschmust«, sagte ich und setzte ihn wieder auf den Boden. »Wir kriegen gleich Besuch. Auch ein Kater, der sich verliebt hat, genau wie du. War die kleine Rote von gegenüber heute wieder spazieren?«

Sie ist weg.

»Weg? Was heißt das?«

Heute Mittag kam ein großer Wagen. Da wurden die Möbel reingestellt. Und sie hat man rausgebracht. In einem Korb.

»Oh, Löwe! Das tut mir Leid. Dann sind die Leute weggezogen und haben sie mitgenommen. Und was machen wir jetzt?«

Lass mich raus, dann suche ich mir eine Neue.

»War ja die ganz große Liebe, was? Vielleicht solltest du doch in meiner Single-Show auftreten«, schlug ich vor. »Im deutschen Privatfernsehen gibt es nichts, was unmöglich ist.«

Ich ging in die Küche, um die Getränke kalt zu stellen. Eberhard folgte mir, sprang auf den Tisch und setzte sich auf das *Bierstädter Tageblatt.*

»Ich war heute bei dem Astrologen und habe uns ein Partnerhoroskop stellen lassen«, erzählte ich.

Aha. In des Katers Opalaugen glomm nicht besonders viel Interesse.

»Wir passen nicht zueinander«, fuhr ich fort. »Unsere Temperamente sind zu unterschiedlich. Besonders in der Erotik.«

Ach, was? Welche Erotik?

»Ich hab dem Sternenfritzen deine Daten gegeben. Du bist Stier mit Aszendent Jungfrau und ich Widder mit Löwe.«

Ich versteh kein Wort. Was sollen die vielen Tiere?

»Wir Menschen sind bekloppt. Kümmere dich nicht drum.«

Was hat er denn nun gesagt?

Ich kicherte. »Dass du im Bett ein Langeweiler bist!«

In welchem Bett?

»Dann halt im Katzenkorb!«

Und du?

»Ich? Ich bin die fleischgewordene Erotik!«

Das hat er gesagt?

»So in etwa.«

Warum hast du dann keinen Lover?

»Weil ich zu schade für die meisten Männer bin.«

Und wie kommst du damit klar?

»Ich reiße mich zusammen. Genau wie du, mein süßes Raubtier!«

Ich muss ja – weil du mich einsperrst. Sonst hätte ich Madonna längst rumgekriegt.

»Was gefällt dir nun eigentlich an der?«

Ich würde mich über die erotischen Vorzüge oder Defizite einer Dame niemals öffentlich äußern.

»Eberhard! Machst du wieder auf vornehm?«

Der Kater antwortete nicht. Sah ich da ein Grinsen in seinem Gesicht? Seine Schnurrhaare zitterten jedenfalls verdächtig.

»Der Sternenfritze hat aber noch was gesagt. Und das wird dich freuen.«

Was?

»Er meinte, dass du intelligenter bist als ich.«

Na, siehst du, schnurrte der Kater zufrieden.

Bevor Jansen kam, sah ich noch nach meiner Post. Meine Mailbox hatte sich schon wieder mit einigen Bewerbungen gefüllt und mein Verehrer, der *Stramme Hengst,* hatte mir eine E-Mail zukommen lassen.

Hallo, Süße, schrieb er, *du bist ein Todesengel. Schon wieder ist einer deiner Chatpartner tot. Bringst du sie selbst um oder hast du wen dafür?*

Was wollte dieser Typ von mir? Ich öffnete das angehängte Dokument. Ein gescannter Zeitungsartikel. Wieder eine männliche Leiche in einem Hotel. Na und?

Ich hatte am Morgen in einem Boulevardblatt über den Fall gelesen. Es ging um den sechsundvierzigjährigen Manfred K., der vergiftet in dem Hotelzimmer gefunden worden war. An die Überschrift erinnerte ich mich noch lebhaft: *VOM BLIND DATE INS JENSEITS.* Ich konnte mich nicht erinnern, jemals Kontakt zu diesem Mann gehabt zu haben.

Der *Stramme Hengst* hatte einen Knall. Ich drückte die Antworttaste und schrieb: *Lass mich in Frieden, du Gestörter!*

Es klingelte. Das musste Peter Jansen sein. Ich öffnete die Tür und da stand er. Wie immer leicht zerzaust und ein wenig verlegen wirkend.

»Hallo, Grappa. Schön, dass du Zeit für mich hast.«

Wärme durchflutete mich. Spontan umarmte ich ihn und sagte: »Komm rein. Ich freue mich, dass du da bist.«

Jansen lächelte ein wenig kläglich. Eberhard kam aus der Küche, beschnüffelte ihn und trollte sich. Klar, der Bauch war voll und der Kater war an Männern, die meine Wohnung betraten, nur interessiert, wenn sie eindeutige erotische Absichten hatten und er rumnörgeln konnte.

»Also! Wer ist sie?«, fragte ich neugierig, als sich Jansen im Wohnzimmer auf dem Sofa niedergelassen hatte.

»Ich weiß ja gar nicht, ob alles so stimmt, was ich mir da so einbilde«, begann er. »Ich war so lange nicht mehr verliebt, dass ich das Gefühl gar nicht mehr kenne. Vermutlich ist alles nur halb so wild.«

»Nein, dieses Gefühl kennt jeder Mensch, egal, wie alt er ist und wie lang das letzte Mal her ist«, widersprach ich.

»Wahrscheinlich habe ich eine Midlifecrisis.« Jansen fuhr sich mit der Hand durchs Haar, zerzauste es noch mehr, wusste nicht wohin mit seinen Armen, legte sie schließlich auf den Schoß, zwang sich, ruhig zu sitzen.

»Möchtest du etwas trinken?«

Jansen nickte. Ich ging in die Küche und holte die Limonade und den Wein aus dem Kühlschrank. Der Kater lag eingerollt auf dem Tisch und schnarchte leise.

Ich ging mit den Getränken ins Wohnzimmer zurück. Der große Mann saß noch immer wie ein Häufchen Elend in meinen Polstern. »Hier!« Ich reichte ihm ein Glas und goss mir den Wein ein. »Sag mir endlich, wie sie heißt.«

»Ada Hecke.«

Ich verschluckte mich und sagte: »Weißt du, was ich verstanden habe? Ada Hecke.«

»Ja! Frau Hecke.«

»Nein!« Ich machte eine heftige Bewegung und stieß prompt das Glas um. »Du spinnst!«

»Warum?« Jansen war verletzt.

»Weil sie ... sie ist ...« Ich brach ab. Wie kam ich aus dieser Nummer raus? »Was, zum Teufel, findest du denn an der?«

Jansen stellte sein Glas wütend auf den Tisch. »Was soll das denn heißen, Grappa? Wenn ich gewusst hätte, dass du mich so runterputzt, wäre ich nicht zu dir gekommen!«

»Okay. Entschuldige! Tut mir Leid!«, sagte ich zerknirscht. »Lass uns in Ruhe darüber reden.«

»Genau deshalb bin ich gekommen«, nickte Jansen und trank hastig die Limonade aus, als sei er am Verdursten.

»Warum Frau Hecke?«, wiederholte ich trotzdem.

»Ich mag ihre Art«, bekannte er. »So kühl, so unglaublich um Professionalität bemüht. Stets darauf bedacht, keine Schwäche zu zeigen, die Erste zu sein, alles im Griff zu haben.«

»Ich finde sie ziemlich verkrampft«, gestand ich.

»Grappa! Das ist alles nur Fassade. Ich bin sicher, dass sie ganz anders ist, wenn sie einmal schwach sein darf.«

Es ist schlimmer als erwartet, dachte ich, er ist auf Goldsuche und schon eifrig am Buddeln.

»Und du willst sie befreien? Damit sie endlich wieder Frau sein darf?«, fragte ich. »Ihr zeigen, wie schön es ist, in deinen Armen weich und weiblich zu sein, was?«

»Warum höre ich Ironie in deiner Stimme, Grappa? Du nimmst mich und meine Gefühle nicht ernst.«

»Ich nehme dich immer ernst«, widersprach ich. »Aber sie kann mit deiner Zuneigung nichts anfangen. Du musst ganz schnell raus aus der Sache.«

»Was soll denn das heißen?« Jetzt war er wütend.

»Ich muss es dir sagen: Ada Hecke mag keine Männer. Sie ist lesbisch!«

Jansen erstarrte. »Was sagst du da?«, krächzte er nach ein paar Augenblicken.

»Tut mir Leid.«

»Das glaube ich nicht«, brauste Jansen auf. »Sie sieht nicht aus wie eine Lesbe!«

»Wie, bitte, sehen Lesben aus?«, fragte ich.

»Weiß nicht. Jedenfalls nicht wie Ada.«

»Glaubst du, Lesben tragen Männerkleidung? Oder haben tiefe Stimmen? Oder greifen jeder Frau an den Hintern?«

»Nein, natürlich nicht«, räumte er ein.

»Was wirst du jetzt machen?«

Jansen saß zurückgelehnt und in sich zusammengesunken auf dem Sofa.

»Ich werde sie einfach fragen. Und wenn sie mir bestätigt, was du behauptest, werde ich versuchen, das Ganze zu vergessen.«

»Gut!«, nickte ich.

»Du hast ja Recht, Grappa«, sagte Jansen matt. »Ich weiß, dass es nicht geht. Ich bin verheiratet, habe Kinder. Was soll ich nur tun?«

»Lern sie erst mal ein bisschen näher kennen«, schlug ich vor. »Lad sie zum Essen ein – ihr seid ja schließlich Kollegen. Stell deine Gefühle zurück, kriege raus, ob sie was von dir will, ob sie überhaupt der Mensch ist, den du meinst. Das Verrückte am Verliebtsein ist doch, dass man sich selten in den realen Menschen verliebt, sondern in seine eigene Vorstellung von ihm. Eigentlich ist man in sich selbst verknallt.«

»Interessante Theorie, Grappa«, murmelte Jansen. »Hört sich auch logisch an. Nur dass diese Klassefrau lesbisch sein soll, das will nicht in meinen Kopf.«

Brief aus der Wüste

Am nächsten Tag informierte der Krisenstab die Öffentlichkeit über die Forderungen der Entführer Nagels. Das Auswärtige Amt hatte zugestimmt, dass die Bierstädter Kommission eine Pressekonferenz geben durfte – unter der Leitung von Jalaluddin Rumi, wie auf dem Namensschild zu lesen war.

»Sie wissen ja sicherlich schon, meine Damen und Herren«, begann Rumi, »dass in der deutschen Botschaft im Jemen ein Bekennerschreiben der Entführer eingegangen ist. Sie haben zugegeben, den Oberbürgermeister dieser Stadt in ihrer Gewalt zu haben. Als Beweis haben sie ein Polaroidfoto beigefügt, das Ihnen gleich in Kopie ausgehändigt wird. Gleichzeitig stellen die Entführer eine Reihe von Forderungen auf.«

Tom Piny saß neben mir und flüsterte: »Der guckt wieder nur dich an, Grappa!«

»Spinner!«, zischte ich zurück. »Hör endlich auf mit dem Mist!«

»Haben Sie eine Frage, Frau Grappa?« Rumi lächelte und guckte tatsächlich auf mein Dekolletee.

Ich zog den Ausschnitt meines T-Shirts nach oben. Geiler Kerl, dachte ich.

»Nein, noch nicht«, gab ich öffentlich Entwarnung. »Kommt aber noch!«

Auch Piny glotzte mir in den Ausschnitt und kicherte. »Noch immer 85 C, Grappa?«

»Halt die Klappe!« Ich war jetzt echt sauer und rückte ein Stück von ihm ab.

»Für die Freilassung von Jakob Nagel wird ein Lösegeld von hundert Millionen Euro gefordert.«

Ein Raunen ging durch die Journalistenschar und manche hüstelten belustigt. Sätze wie: »Die Stadt ist doch eh schon pleite«, und: »Da kann die Partei aber lange sammeln«, schallten durch den Raum.

»Wie viel wollen die wohl, wenn sie ihn behalten?«, fragte TOP halblaut.

Einige Kollegen lachten. Ich jedoch blitzte Tom böse an. »Kannst du nicht einmal ernst sein?«

»Die Entführer haben noch weitere Wünsche«, fuhr Rumi fort.

Das allgemeine Gebrabbel verstummte, mein Kameramann richtete das Objektiv wieder auf den Mann vom Auswärtigen Amt.

»Das Bierstädter Rathaus soll ein moslemisches Zentrum werden, alle geschlechtsreifen Bierstädter Frauen sollen künftig einen Schleier tragen und das Ausschenken von Alkohol in der Öffentlichkeit ist künftig verboten. Werden alle diese Forderungen erfüllt, wird der Oberbürgermeister wohlbehalten nach Bierstadt zurückkehren.«

»Das ist ein Scherz, oder?«, fragte Tom Piny in die Runde. Über sein Gesicht zog sich ein feistes Grinsen. Andere Kollegen machten Witze wie: »Manchen Frauen würden Ganzkörperschleier gut stehen«, und: »Kein Bier mehr in Bierstadt – der neue Slogan für die Stadt«.

»Ich darf um Ruhe bitten!« Rumi war sichtlich angesäuert. »Es handelt sich um keinen Scherz! Uns bleibt leider nichts anderes übrig, als uns mit den Forderungen auseinander zu setzen. Sie wissen, dass die Bundesregierung im Fall von Entführungen eine eher harte Linie bevorzugt. Hier handelt es sich allerdings um einen besonderen Fall.«

Rumi machte eine Pause, um sich die Aufmerksamkeit des Plenums zu sichern.

»Geldforderungen oder die Freipressung politischer Gefangener – das kannten wir bereits. Aber dass Terroristen aus einer unbedeutenden Stadt mitten in Deutschland eine moslemische Enklave machen wollen – das ist neu.«

»Genau!«, rief ich aus. »Warum gerade Bierstadt? Warum gerade Jakob Nagel? Und unser Rathaus hat die Stadt doch schon an *Burger King* verkauft und es von denen zurückgemietet! Was soll das Ganze? Und Frauen mit Schleier! So ein Blödsinn. Sind Sie sicher, dass es sich nicht um einen schlechten Gag handelt?«

»Ja, es wäre in der Tat schade, wenn die Frauen in Bierstadt verschleiert gingen«, stimmte Rumi zu und sah mir diesmal voll in die Augen.

»Er meint dich, Grappa«, kicherte TOP. »Der Typ baggert dich an!«

Ich ignorierte ihn und fragte: »Wie lange wollen Sie den Oberbürgermeister in Gefangenschaft lassen? Wer entscheidet, was geschieht? Und wann es passiert?«

»Ich will Ihnen einmal kurz die Situation im Jemen beschreiben. Eine Gefahr für den Oberbürgermeister geht nicht allein von den Entführern aus, sondern auch von den USA. Ferngesteuerte US-Flugzeuge filzen nämlich regelmäßig das jemenitische Wüstengebiet Rub al-Khali – sie suchen nach Terroristen und feuern auch auf sie.«

»Und dann schießen sie die Leute einfach von oben ab?«, fragte ein Kollege. »Ein unbemanntes Flugzeug? Ich wusste gar nicht, dass so etwas möglich ist.«

»Doch ist es. Ich will Ihnen ein Beispiel nennen, das international bekannt wurde.«

Rumi arbeitete ohne Manuskript, war sehr konzentriert, hatte eine angenehme Stimme und schöne Zähne. Aus welchem Land aus Tausendundeiner Nacht er wohl stammte? Ich konnte ihn mir gut auf einem heißblütigen arabischen Hengst vorstellen, das Krummschwert am Gürtel und über die goldgelben Dünen galoppierend – wie weiland Lawrence von Arabien.

»Im November 2002 wurde der Kaidamann Ali Bin Sinian al-Harethi durch eine CIA-Aktion getötet. Al-Harethi galt als Gefolgsmann Bin Ladens. Er hatte sich monatelang in der Rub al-Khali verbergen können. Der Angriff ist von einer ferngesteuerten Drohne ausgeführt worden. Sie feuerte auf al-Harethis Auto, in dem noch fünf weitere Al-Kaida-Mitglieder saßen. Alle wurden getötet.«

»Und was hat dieser Mann getan, dass man ihn einfach so abgeknallt hat?«, fragte ich. »Reichte es, dass er Anhänger von Bin Laden war?«

»Etwas mehr ist da schon vorgefallen. Al-Harethi ist an dem Bombenanschlag auf den US-Zerstörer *Cole* beteiligt gewesen. Sie erinnern sich? Im Oktober 2000 kamen im Hafen von Aden siebzehn amerikanische Seeleute um. Was ich aber veranschaulichen wollte: Jeder, der sich in dieser Wüste aufhält, ist gefährdet. Nicht allein durch Terroristen, sondern auch durch die USA und ihre Kriegstechnologie.«

»Was geschieht denn jetzt?«, wollte jemand wissen.

»Wir werden versuchen, mit den Entführern Kontakt aufzunehmen. Diesen Menschen muss klar gemacht werden, dass Gewaltakte in einer zivilisierten Gesellschaft ein untaugliches Mittel zur Durchsetzung von Forderungen sind. Unsere Haltung ist und bleibt hart: Die Bundesregierung wird keine der Forderungen erfüllen!«

Die Kollegen und ich stellten noch ein paar Fragen, dann verteilte ein Mitarbeiter der Behörde Abzüge des Fotos, das die Entführer von Jakob Nagel geschossen hatten. Bierstadts Oberbürgermeister saß auf einem Klappstuhl, flankiert von zwei schwer bewaffneten Männern mit Turban, die in lange, helle Gewänder gehüllt waren. Die Gesichter der Entführer waren durch mächtige schwarze Bärte unkenntlich gemacht. Der OB trug legere Kleidung: Polohemd, Jeans, keine Kopfbedeckung. Augenscheinlich war er unverletzt, mir fiel nur auf, dass seine Brille fehlte.

»Der arme Mann!«, sagte ich voller Mitleid. »Es muss doch eine Möglichkeit geben, ihn freizubekommen!«

»Ich werde mein Bestes tun«, meldete sich Rumi wieder zu Wort. »Ich kenne mich in dem Gebiet gut aus und habe seit Jahren Kontakt zu den Stämmen dort. Das sind keine hartgesottenen Terroristen. Ihnen fehlt der theoretische politische Überbau. Sie betrachten Entführungen von Touristen eher als Mutprobe. Deshalb glaube ich auch, dass Herr Nagel nicht gezielt verschleppt worden, sondern ein Zufallsopfer ist. Das ist aber nur eine Vermutung von mir.«

»Das hilft ihm auch nicht weiter, dass er zufällig gekidnappt wurde«, warf ich ein, »das Ergebnis bleibt gleich.«

Nach der Pressekonferenz schleppte ich Jalaluddin Rumi vor die Kamera und interviewte ihn. Da ich das Mikrofon sehr dicht an sein Gesicht halten musste, fielen mir seine intelligenten schwarzen Augen auf und ich bemerkte, dass seine Nasenflügel zitterten, wenn er sich konzentrierte. Vielleicht beben die auch noch bei anderen Gelegenheiten, die ich nicht kenne, grinste ich innerlich. Oh, Grappa, dachte ich dann, befindest du dich im Landeanflug auf eine neue Affäre?

Mein zweites Ich warnte: Finger weg! Moslems neigen zur Haremsbildung und hängen einem antiquierten Frauenbild an.

Schau dir seine schönen Zähne an, mischte sich mein lüsternes Ich in die Debatte, und stell dir vor, sie knabbern an dir rum.

»Haben Sie noch weitere Fragen, Frau Grappa?«, riss er mich aus meinen Gedanken.

»Nein, nein«, sagte ich schnell und merkte, dass sich mein Gesicht rot verfärbte. »Alles wunderbar. Vielen Dank.«

Wie peinlich! Rumi ahnte meine unpassenden Gedanken bestimmt, denn er lächelte maliziös.

»Wann fliegen Sie in den Jemen?«, fragte ich um Sachlichkeit bemüht. Meine Gesichtsfarbe war wieder normal.

»In drei Tagen. Erst geht es morgen nach Berlin zurück.«

»Dann wünsche ich Ihnen viel Glück für Ihre Verhandlungen!« Meine Güte, wie sanft ich sein konnte.

Der Kameramann fragte, ob noch was abzudrehen sei. »Wir haben alles«, sagte ich, etwas ärgerlich darüber, dass er mich auf den Boden zurückholte. »Du kannst schon mal zum Wagen gehen und einladen.«

Er packte Stativ und Rekorder und trollte sich.

»Haben Sie eine Idee, wo man in Bierstadt so richtig gut essen kann?«, fragte Rumi.

»Welche Richtung bevorzugen Sie denn?«, antwortete ich unbestimmt.

»Ich esse alles, was schmackhaft und gut ist«, lächelte er. »Können Sie mir etwas empfehlen?«

»Es gibt da was Neues«, sagte ich. »Direkt neben dem neuen Konzerthaus. Es heißt *Strawinsky.*«

»Dann gehen wir also ins *Strawinsky.*«

»Wir?«

»Ja, ich hoffe, dass Sie mich begleiten!« Er war sich seiner Sache ziemlich sicher.

»Ich muss erst den Film für heute Abend fertig stellen«, entgegnete ich. »Aber nach der Sendung hätte ich Zeit.«

»Gut. Ich muss auch noch einige Telefonate führen. Wann also?«

Wir verabredeten uns für 19 Uhr im Foyer des Konzerthauses. Zeit genug für mich, nach Hause zu fahren und mich noch etwas aufzurüschen.

Aussicht auf Frieden

Aha, sagte Eberhard.

»Was ist?«, tat ich unschuldig. Mit Schrecken hatte ich bemerkt, dass ich den Reißverschluss meiner Hose nur noch mit Mühe nach oben ziehen konnte. Wütend stieg ich aus dem Teil wieder raus und suchte etwas eine Nummer größer im Kleiderschrank. Da ich saisonalen Gewichtsschwankungen unterlag, hatte ich mir Hosen in drei verschiedenen Größen zugelegt.

»Guck nicht so«, sagte ich zum Kater. »Deine zweifelhafte Herkunft entschuldigt noch lange nicht deinen unverfrorenen Blick!«

Bist gut im Futter, meinte der Kater hämisch.

»Manche Männer stehen drauf«, gab ich zurück.

Der heute Abend auch?

»Das geht dich nichts an«, blaffte ich.

Viel Erfolg jedenfalls. Wird ja mal wieder Zeit.

»Wie meinst du das denn?«

Sex macht dich immer so friedlich. Aber schlepp ihn bloß nicht hierher!

»Ich hätte dir die Zunge abschneiden lassen sollen!« Aufgebracht schleuderte ich ein Buch, das gerade griffbereit lag, nach ihm.

Eberhard fauchte, machte einen Sprung zur Seite, das Buch rutschte über das Parkett und donnerte gegen die Wand.

Die perfekte Liebhaberin, las der Kater mit Blick auf das Cover. *Na, dann streng dich mal an!*

»Raus hier!«, brüllte ich und das Mistvieh trollte sich endlich.

Ich fand eine passende Hose, wählte ein dunkellila T-Shirt mit rundem, tiefem Ausschnitt und halblangen Ärmeln und einen bestickten Gürtel mit passendem Seidentuch.

Im Bad nochmal Puder auf die Nase und Lipgloss auf den Mund, die Wangen mit schimmerndem Pulver strahlend gemacht und fertig. Mehr machte eh keinen Sinn, ich fühlte mich immer unwohl, wenn mir schmieriges Makeup die Poren verklebte.

Die Uhr sagte mir, dass ich noch etwas Zeit hatte. Ich warf den PC an und schaute in meine Mailbox. Nichts Besonderes, bis auf eine Nachricht von *Strammer Hengst.* Ich öffnete den Brief und las:

Der nächste Tote wird in wenigen Tagen in einem Hotel in Bierstadt gefunden werden. Vielleicht kümmerst du dich ja dann endlich drum!

Ich grübelte eine Weile, dann drückte ich die Antworttaste und schrieb: *Pluster dich nicht so auf! Was habe ich mit der Sache zu tun? Geh mit deinen Infos zur Polizei und lass mich endlich in Ruhe!*

Der Text ging ab. Ganz wohl war mir aber nicht. Sollte ich vielleicht die Polizei über die E-Mails informieren? Immerhin waren die Zeitungen voll von den Morden und es wurde fieberhaft ermittelt.

Vielleicht wusste Tom Piny Rat. Er war zum Glück sofort am Telefon.

»Weißt du was über die Morde in den Hotels?«

»Hier in Bierstadt?«

»Nein, Düsseldorf und Frankfurt. Mann und Frau lernen sich im Internet kennen, treffen sich und nur Frau überlebt es. Zwei Fälle gibt es bisher. Zu einem der Toten hatte ich Kontakt – er wollte bei meiner Show mitmachen. Und gerade hat mir jemand per E-Mail die nächste Leiche angekündigt.«

»Du hast vielleicht einen Umgang!«, frotzelte Piny. »Und was habe ich damit zu tun?«

»Solange du keins der Opfer bist, interessiert dich die Story vielleicht journalistisch.«

»Gehört nicht zum Verbreitungsgebiet meines Blattes«, ließ mich TOP abblitzen.

»Wenn du meinst«, sagte ich. »Thematisch passt es in meine Single-Show. Tödliche Begegnung im Internet. Irgendwie geil. Könnte ich mir als Schwerpunkt für die zweite Sendung vorstellen.«

»Ich werde mal bei den Bullen nachhören«, versprach Piny dann doch. »Hätte mal wieder Lust, mit dir die Behörden und die Verbrecherlandschaft aufzumischen. Wie zu alten Zeiten.«

»Na ja, eigentlich bin ich ja aus dem Pippi-Langstrumpf-Alter raus. Aber das, was du die alten Zeiten nennst, kommt bestimmt zurück, wenn ich wieder beim *Tageblatt* arbeite«, kündigte ich an. »Und jetzt muss ich los. Ich bin zum Abendessen verabredet.«

»Aha«, meinte Piny viel sagend.

»Aha? Jetzt fang du nicht auch noch damit an! Mein Kater sagt auch neuerdings ›Aha‹ ... und je nachdem, wie er es betont, weiß ich Bescheid, was mich erwartet.«

»Arme, alte Grappa!« In TOPs Stimme lag Mitleid. »Mir kannst du so was ja erzählen, aber erzähl es bloß nicht überall rum, ja? Sonst kann ich mich mit dir nirgends mehr sehen lassen! Verrätst du mir, wer der Glückliche ist, der dich heute Abend nudeln darf?«

»Rumi.«

»Ich hab doch gleich gesagt, dass der dich angestarrt hat! So sind sie, diese Araber.«

»Na, und? Du starrst mich auch manchmal an. Und du bist römisch-katholisch.«

Ganz Ohr

Rumi verzichtete darauf, mich anzustarren, denn er versetzte mich ganz einfach. Ich aß also allein im *Strawinsky*, was nicht wirklich schlimm war und meinen Appetit eher noch beflügelte. Der Vorspeisenteller war etwas orientalisch angehaucht, das Lamm zart und der Espresso pechschwarz. Die Rechnung lag gerade vor mir, als mein Handy klingelte. Die Nummer auf dem Display sagte mir nichts, vielleicht war es ja Rumi, der sich entschuldigen wollte.

»Störe ich, Frau Grappa?«, hörte ich eine tiefe Stimme fragen.

»Herr Brinkhoff!«, rief ich überrascht aus. Mein Lieblingsbulle von der Mordkommission. »Nein, Sie stören überhaupt nicht. Was gibt es denn?«

»Ich hatte einen Anruf von Herrn Piny von der *Allgemeinen.* Er wollte etwas über die beiden Morde an den Männern in den Hotels wissen und erwähnte in diesem Zusammenhang Ihren Namen.«

»Haben Sie denn was mit den Fällen zu tun?«

»Nein. Aber die Kommissariate tauschen natürlich Informationen aus, wenn sich abzeichnet, dass es sich um eine Mordserie handeln könnte, die weite Kreise zieht. Ich war überrascht, als Ihr Name auftauchte. Haben Sie irgendwelche Informationen über die Fälle?«

»Moment.«

Ich legte ein paar Scheine auf den Teller mit der Rechnung, denn der Kellner wartete.

»Können wir uns vielleicht irgendwo treffen?«, fragte Anton Brinkhoff.

»Jetzt gleich?«

»Ja. Kennen Sie das Lokal am Präsidium?«

»Den *Henker?*«

»Genau da. Ich würde Sie gern auf ein Bier einladen.«

»Darf's auch Wein sein? In zehn Minuten etwa?«, fragte ich.

»Ja. Bis gleich.«

Auf dem Weg zum *Henker* klingelte mein Handy erneut. Diesmal war es Rumi.

»Entschuldigen Sie«, sagte er mit hörbarer Zerknirschung in der Stimme. »Ich habe eine Weile gebraucht, um Ihre Handynummer zu ermitteln. Ich konnte nicht kommen.«

»Das habe ich gemerkt«, entgegnete ich.

»Vielleicht können wir das Abendessen nachholen.«

»Vielleicht«, sagte ich lapidar. »Vielleicht aber auch nicht.«

»Jetzt sind Sie böse auf mich!«

»Das Schicksal ist halt gegen uns. Heißt das nicht *Kismet* in Ihren Kreisen?«

»Nur in Karl-May-Büchern.« Rumi lachte. »Nein, es

war kein *Kismet*, sondern Berlin. Ich muss doch schon heute hin und bin bereits am Flughafen.«

»Gibt es denn was Neues im Fall Nagel? Ist etwas passiert?«, wurde die Journalistin in mir wach.

»Ja.« Rumi zögerte.

»Als Wiedergutmachung für Ihre Abwesenheit sollten Sie mir vielleicht einen kleinen Tipp geben!«, beharrte ich.

»Okay. Aber Sie haben es nicht von mir erfahren.«

Informantenschutz sei immer das erste Gebot für mich, behauptete ich.

»In der deutschen Botschaft in Sanaa ist ein Päckchen eingegangen«, verriet Rumi endlich. »Der Inhalt ist allerdings etwas unerfreulich. Es enthielt nämlich ein abgeschnittenes menschliches Ohr.«

»Igitt!« Mich schauderte.

»Ja. Das Ohr ist im Kühlpaket bereits nach Berlin unterwegs. Wir müssen klären, ob es sich wirklich um das Ohr Ihres Oberbürgermeisters handelt. Die Entführer haben angekündigt, das nächste Mal einen Finger zu schicken, falls wir ihren Forderungen nicht nachkommen.«

»Himmel! Das müssen Sie verhindern!«

»Wir werden unser Bestes tun, Frau Grappa! Und jetzt muss ich los, mein Flug ist bereits aufgerufen worden.«

Wir verabschiedeten uns.

Ich setzte den Blinker und fuhr rechts ran. Das war eine echte Sensation! Zu spät für mich, es noch irgendwo unterzukriegen, aber – ich schaute auf die Uhr – es war noch früh genug, Freund Piny einen Tipp zu geben.

Er war noch im Büro, weil er Spätdienst hatte.

»Ich weiß etwas, was du nicht weißt«, versuchte ich ihn zu foppen.

»Das wäre ja mal was Neues«, meinte TOP. »Wieso rufst du an? Ich dachte, du bist längst dabei, Rumi in deiner Wohnung flachzulegen!«

»Schön wär's. Er hat mich versetzt.«

»Das dir, Grappa? Und? Lebt er noch?«

»Ja, aber nur weil er sich in ein Flugzeug flüchten konnte«, erklärte ich. »Er musste sofort zurück nach Berlin. Denn – die Entführer haben sich wieder gemeldet. Oder besser: Sie haben was an die deutsche Botschaft in Sanaa geschickt.«

»Nagels Leiche?«, fragte Piny total cool.

»Nein. Noch nicht. Aber ein Ohr. Sie behaupten, das habe mal an Nagel drangehangen. Ich dachte, du kriegst die Info vielleicht noch in dein Käseblatt rein.«

»Aber immer! Danke, meine Süße!«

»Prima. Dann habe ich ja was bei dir gut«, stellte ich fest.

»Gebongt! Ich schreib die Meldung und dann könnten wir uns auf ein Bier treffen. Du hast doch jetzt einen freien Abend.«

»Nicht ganz, ich bin mit Brinkhoff verabredet. Er will mit mir über diese beiden Morde reden. Du verstehst? Die Jungs aus dem Internet. Wir treffen uns im *Henker.* Komm doch einfach dorthin!«

Frauenmörder

Die Kneipe *Zum Henker* hatte einen ganz besonderen Charme. Die Einrichtung war schlicht und hässlich, glatt gerutschte unbequeme Holzstühle, Tische, auf deren Platten sich die Ringe der Biergläser der letzten zwanzig Jahre verewigt hatten, schwarz gestrichene Wände, an denen überlebensgroße Fotografien von berühmten Massenmördern hingen – versehen mit einer Bilanz ihres reichen Schaffens.

Brinkhoff saß unter dem Foto von Jeffrey Dahmer. Er ermordete Ende der Achtzigerjahre siebzehn junge Männer. Einige der Leichen löste er in Säurefässern auf, nachdem er vorher Teile von ihnen zubereitet und verspeist hatte.

»Hallo, Herr Brinkhoff«, begrüßte ich ihn und setzte mich unter das Foto von Ted Bundy. Ich las den Text unter dem Bild:

Der Serienmörder wurde am 24. Januar 1989 in Florida für drei Morde hingerichtet. Schätzungen zufolge hatte Bundy in zwölf Staaten zwischen 35 und 60 junge Frauen ermordet. Ted Bundy wurde der populärste Mörder seiner Zeit, was wahrscheinlich an seinem blendenden Aussehen und seiner Redegewandtheit lag. Er schlug seine Opfer mit einem Brecheisen, das er unter dem Arm oder im Wagen verborgen hatte, nieder. An den bewusstlosen oder halb betäubten Frauen verging er sich auf grausamste Weise. Ehe er die Leichen irgendwo liegen ließ, zerstückelte er sie.

Brinkhoff beobachtete mich und meinte: »Sie sitzen unter einem der schlimmsten Frauenmörder der Kriminalgeschichte – ist Ihnen das klar?«

»Besser der als ein anderer. Bundy war wenigstens ein hübscher Mann«, entgegnete ich. »Trotzdem gut, dass er aus dem Verkehr gezogen wurde. Bundys Art mit Frauen umzugehen finde ich ziemlich ungalant.«

Brinkhoff lachte und drückte seine Zigarette aus. Der Aschenbecher hatte die Form einer Guillotine und die Asche wurde in einem stilisierten Korb gesammelt, in den bei den größeren Vorbildern die abgeschlagenen Köpfe fielen.

Der Hauptkommissar winkte die Bedienung heran, fragte, was ich trinken wollte, und bestellte mir dann einen Milchkaffee. »Also, was wissen Sie über die beiden Morde?«, fragte Brinkhoff.

»Das ist eine lange und etwas komplizierte Geschichte«, begann ich. »Ich bereite zurzeit eine Fernsehsendung vor, in der Leute sich einen Partner suchen können. Live im TV. Die Gäste reden erst über sich, dann stellen wir in einem kurzen Film ihr Leben vor und schließlich können Interessenten anrufen und Kontakt aufnehmen. Im Studio wird außerdem ein Astrologe anwesend sein, der den beiden, die sich füreinander interessieren, ein Liebeshoroskop erstellt.«

»Und so was gucken sich die Leute an?«, wunderte sich der Hauptkommissar.

»Und wie. Astrologie und Erotik sind nach wie vor die Renner. Allerdings steht Kriminalität auch immer hoch im Kurs. Um Kandidaten für meine Show zu finden, suche ich abends manchmal im Internet – meistens in Chatrooms – und quatsche die Leute an. Dazu gehört ein Mann, der *Stramme Hengst* nämlich, und der verfolgt mich neuerdings mit E-Mails und Hinweisen zu diesen Morden.«

»Strammer Hengst?« Der Kommissar verstand nur Bahnhof.

»Ja. In den Chatrooms haben alle einen Nicknamen. Das ist ein Pseudonym.«

»Und eines der Opfer hatte den Nicknamen *Strammer Hengst?«*

»Nein. Es ist etwas komplizierter. Also – der *Stramme Hengst,* dessen wirklichen Namen ich nicht kenne, hat mir eines Abends im Chat berichtet, dass *Schlüpferstürmer* ermordet worden ist.«

»Ist das auch ein Nick?«

»Ja, klar. Eigentlich hieß der Mann Albert Kruse. Ich hatte Kontakt zu ihm, denn er hatte sich für meine Show interessiert. Und dann lässt sich der Kerl einfach so umbringen.«

»Ich habe mir die Akten angesehen«, berichtete Brinkhoff. »Er hatte ein Blind Date. Mit einer Frau, die er im Internet kennen gelernt hat. Die Kollegen haben Mails gefunden, in denen das Treffen verabredet wurde. Doch leider war es unmöglich, die Identität der Frau zu ermitteln. Er traf sich also mit ihr und hat diese Verabredung nicht überlebt.«

»Ja, schade. Er konnte reden wie ein Buch. Er wäre also bestens für die Show geeignet gewesen.«

»Und das zweite Mordopfer?«

Ich erklärte dem Kommissar, dass ich mich an diesen Mann nicht erinnern konnte, auch wenn der *Stramme Hengst* Gegenteiliges behauptet hatte.

»Wir werden prüfen, ob der Tote auch im Internet gesurft und welches Pseudonym er benutzt hat«, versprach Brinkhoff. »Könnten Sie versuchen, den richtigen Namen des *Strammen Hengstes* herauszubekommen? Oder ihn wenigstens bitten, mit uns Kontakt aufzunehmen?«

»Will ich gerne versuchen. Aber ich zweifle, ob er es machen wird. Er hat im Übrigen angekündigt, dass es bald einen weiteren Toten geben wird. In einem Hotel in Bierstadt. Dann hätten wir auch hier unsere Leiche.«

»Interessant!« Anton Brinkhoff bestellte per Handbewegung ein weiteres Bier. In diesem Augenblick betrat TOP den *Henker.*

»Ich habe ihm gesagt, dass wir hier sind«, erklärte ich. »Ich hoffe, das ist okay.«

»Kein Problem.«

Tom Piny begrüßte uns und schnappte sich gleich das Pils, das die Bedienung eigentlich Brinkhoff vorsetzen wollte.

Mit Schaum vor dem Mund sagte er: »Sorry, aber ich hatte einen tierischen Durst.«

»Schaum vor dem Mund steht dir gut, TOP«, flapste ich. »Macht dich drei Pfund schlanker.«

»Klasse! Das schreit nach einer Orgie.« Der Kellnerin rief er nach: »Bringen Sie noch eins!«

Brinkhoff grinste. Auch TOP kannte er seit Jahren und er wunderte sich über gar nichts mehr.

»Nun setz dich endlich!«, befahl ich.

Piny legte sein Jackett auf den freien Stuhl. »Echt gemütlich hier«, meinte er mit Kennerblick. »Aber nur Massenmörder! Gibt es eigentlich keine Mörderinnen?«

»Doch – da hinten hängt eine an der Wand«, sagte der Kommissar und deutete auf die gegenüberliegende Seite.

»Wie viele Treffer?«

»Mehr als unsere Bierstädter Fußballmannschaft jedenfalls«, antwortete Brinkhoff. »Sie war ziemlich emsig. Lernte ihre Opfer per Kontaktanzeige kennen. Genau wie unsere Mörderin, die im Internet surft – nur dass es damals noch keine Computer gab, sonst wären es vielleicht noch mehr Tote gewesen.«

»Die muss ich mir doch mal genauer ansehen!«, meinte ich und ging einmal quer durchs Lokal.

Das Foto an der Wand zeigte eine biedere Frau mittleren Alters, die Haare züchtig zurückgekämmt, das schwarze Kleid hochgeschlossen. Sie hieß Belle Gunness. Ihre Vita war eine Erfolgsstory:

Die ›Schwarze Witwe‹ Belle Gunness wurde 1881 in einem kleinen Fischerdorf in Norwegen als Brynhild Storset geboren. Nachdem sie nach Amerika übergesiedelt war, versuchte sie über Kontaktanzeigen heiratswillige Männer kennen zu lernen. Sobald sie sich verlobt hatte und das Vermögen der Männer überschrieben war, tötete Gunness ihre Verlobten. Weitere Opfer fand sie unter den Männern, die auf ihrer Farm in Indiana arbeiteten. Sie flößte ihren Opfern Drogen oder Alkohol ein, strangulierte sie oder schlug mit einem Beil auf sie ein, während sie schliefen. Danach zerstückelte sie die Leichen und verfütterte die Überreste an ihre Schweine. Nach einem Brand in ihrem Haus im April 1908 fand man einen kopflosen Leichnam, der für den von Belle Gunness gehalten wurde. Gunness soll zwischen dreizehn und achtundzwanzig Männer umgebracht haben.

»Sie heißt Belle Gunness, hat die Kerle zerstückelt und an ihre Schweine verfüttert«, berichtete ich begeistert, als ich wieder bei den beiden Männern am Tisch saß. »Und sie wurde nie bestraft. Was lehrt uns das?«

Die zwei machten keine Anstalten, auf die Frage zu reagieren.

»Dass Frauen intelligenter morden als Männer«, beantwortete ich mir meine Frage selbst.

»Stimmt«, gab mir Brinkhoff Recht. »Und sie haben vielleicht manchmal bessere Gründe, es zu tun.«

»Genau«, nickte ich. »Um sich von einer Last zu befreien, die meistens männlich daherkommt.«

»So ein Quatsch«, sagte TOP lapidar. »Warum hat es denn diese Gunness getan?«

»Na ja ... aus Geldgier letztendlich. Aber die Männer waren bestimmt auch nicht besonders nett zu ihr.«

»Sie zu ihnen ja auch nicht«, stellte Tom fest. »Warum tut es unsere Serienmörderin denn, Herr Brinkhoff? Auch aus Geldgier? Ist es überhaupt eine Serienmörderin oder handelt es sich eher um einen Zufall?«

»Nein. Die Handschrift ist bei beiden Morden die gleiche«, meinte der Hauptkommissar. »Zweimal im Hotel, zweimal haben sich die Opfer mit ihr an der Hotelbar getroffen und – nach Aussagen von Zeugen – kannten sich Opfer und Täterin vorher nicht. Nach einem Drink geht man aufs Zimmer. Dort holt einer von beiden Whisky oder Cognac aus der Minibar. Die Frau mixt Rattengift in den Drink und zwingt den Mann – vermutlich durch Bedrohung mit einer Waffe – den Cocktail zu trinken. Bevor der stirbt, darf er noch ein paar Abschiedsworte sprechen.«

»Abschiedsworte?«, fragten TOP und ich wie aus einem Mund.

»Bei den beiden Toten wurden Briefumschläge gefunden, die Audiokassetten enthielten. Die Männer durften sich von ihren Ehefrauen verabschieden. Letzte Grüße sozusagen.«

»Das hat ja echt Stil!«, lobte ich.

»Sie haben manchmal merkwürdige Auffassungen von Moral, Frau Grappa!« Ich fing mir einen strengen Blick des Hauptkommissars ein.

»Grappa hat eben einen gewissen Hang zur Melodramatik«, verteidigte mich TOP. »Eigentlich ist sie aber ein ganz liebes Mädchen, das gegen das Böse kämpft und in Tränen ausbricht, wenn sie eine schnulzige Szene in einem Hollywood-Schinken sieht. Harte Schale, weicher Keks – Sie verstehen?«

Jetzt amüsierten sich die beiden tatsächlich auf meine Kosten! Ich stand auf, um den Raum für kleine Mädchen aufzusuchen. Auf dem Weg dahin schlenderte ich an weiteren Fotos vorbei. Die Opfer der Mörder, die hier an der Wand hingen, gingen bestimmt in die Hunderte.

Meinen nächsten Geburtstag feiere ich hier, dachte ich, oder war das zu durchgeknallt? Ich stellte mir die peinlich berührten Gesichter meiner Gäste vor, wenn ich ihnen einen fantasievoll kreierten Drink servieren ließ. *Bloody Mary, Gunness Dream* oder vielleicht den alkoholfreien Früchte-Cocktail *Fit for Bundy.* Zum Höhepunkt des Abends könnte ich ein Gewinnspiel veranstalten, bei dem jeder Gast ein Opfer gewinnen würde, das er an dem Abend um die Ecke bringen müsste – natürlich nur mit Worten.

TOP und Brinkhoff hatten zu lachen aufgehört, als ich zum Tisch zurückkehrte.

»Wie würdet ihr eigentlich umkommen wollen, wenn ihr einer Mörderin begegnen würdet?«

»Kommt drauf an, ob sie hübsch ist«, antwortete TOP prompt. »Ab Körbchengröße D könnte ich mir einen lustvollen Tod durch Ersticken vorstellen.«

Brinkhoff ließ sich auf solche Spielchen nicht ein, er war nicht so locker drauf. Allerdings änderte sich das im weiteren Verlauf des Abends, denn Brinkhoff und Tom bestellten noch ein paar kühle Pils. Ich stieg von Milchkaffee auf Espresso und Wasser um.

Wir quatschten über dies und das und verabredeten, in Verbindung zu bleiben.

Gegen Mitternacht schloss ich die Tür zu meiner Wohnung auf. Eberhard hatte auf mich gewartet, denn er saß im Flur, wollte wahrscheinlich peilen, ob ich einen Mann anschleppte.

»Nun, mein süßer Löwe«, sagte ich und nahm ihn auf den Arm. »Bevor du mich mit deinen Fragen nervst: Der Typ hat mich versetzt.«

Und warum kommst du dann jetzt erst?

»Habe noch einen dienstlichen Termin drangehängt«, erklärte ich. »Ich habe nämlich einen neuen Fall: Eine Frau stöbert im Internet herum, pickt sich Männer raus, trifft sich mit ihnen und bringt sie dann mit Gift um. Ist das nicht schrecklich?«

Magic Man und Zwiebelrostbraten

Vor mir standen zehn Männer, Bewerber für meine Sendung. Eberhard saß auf meiner Schulter und schnurrte. Die Kandidaten waren nur mit einem Slip bekleidet, wobei bei manchem die Bezeichnung ›ausgeleierte Unterhose‹ besser passte. Ich steckte in einem eng anliegenden schwarzen Kleid mit großem Ausschnitt und Seitenschlitzen bis zu den Oberschenkeln. Im Hintergrund lief Musik. Ich lauschte: Es war das *Sanctus* aus dem Requiem op. 9 von Maurice Duruflé.

Laszív stiefelte ich auf meinen Stilettos an der Reihe der Männer entlang, bei dem einen und anderen blieb ich stehen und setzte ihm den Zeigefinger auf die nackte Brust. Die begriffen das Zeichen und traten einen Schritt vor. Schließlich standen fünf Männer vor mir – ihre Mienen waren nicht gerade heiter.

»Eure Nicknamen!«, befahl ich mit eisiger Stimme.

»Magic Man«, sagte der erste und nahm Haltung an.

»Wonderer«, krächzte der zweite. Ihm standen Schweißperlen auf der Stirn.

»Sallust 48«, sagte der dritte und fügte hinzu: »Ich habe das große Latinum.«

»Ich besorg's dir.« Dem vierten war der primitive Nick sichtlich peinlich, so rot, wie er wurde.

»Zwiebelrostbraten«, beschloss der fünfte die Vorstellungsrunde.

»Ihr seid alle Abschaum«, stellte ich fest. »Ihr wollt eure Frauen hintergehen, denkt nur an euern Spaß. Und jetzt sprecht mir nach: Ich bin ein Dreck, ein schmutziger, gemeiner Dreckskerl.«

Die Männer folgten meinem Befehl und wiederholten immer wieder diesen Satz … bis er wie eine Melodie in der Luft lag. Dabei liefen ihnen Tränen übers Gesicht.

»Eberhard, die Drinks bitte!«

Der Kater hatte plötzlich ein Tablett mit Gläsern zwischen den Vorderpfötchen und ging aufrecht. Er blieb vor jedem der fünf stehen und sie nahmen sich jeweils ein Glas.

»Und jetzt zum Wohl!«, sagte ich laut und deutlich. Die fünf hoben das Glas an die Lippen und tranken.

Der Kater hatte das Tablett abgestellt und folgte mit halb geöffneten Opalaugen dem Schauspiel, das jetzt begann: Nach und nach kippten die Männer in den Unterhosen um, lagen auf dem Boden, die Gliedmaßen verrenkt, keuchend und winselnd.

»Du hättest etwas mehr von dem Pulver nehmen sollen«, meinte ich zu Eberhard. »Es dauert ziemlich lange, findest du nicht?«

Vielleicht brauchen wir noch was für später, sagte mein neunmalkluger Kater.

Wir warteten noch zwei Minuten, dann zuckten die fünf Körper nicht mehr. Besonders ästhetisch sah das Ganze nicht aus, aber Job war Job.

»Kann ich das nochmal haben?«, fragte plötzlich Barbara Rutzo, die Kamerafrau. »Ich habe vergessen, einen Weißabgleich zu machen. Außerdem kommt das Licht von der Seite. Tut mir echt Leid.«

Barbara trug ein ähnliches Kleid wie ich und hatte die Kamera geschultert. Auch auf ihrer Stirn hatten sich Schweißperlen gebildet.

»Wie soll ich das machen?«, fragte ich.

»Nimm doch die nächsten fünf«, schlug Barbara vor. »Und die anderen räumen wir weg. Das merkt später im Film niemand.«

»Ich will nicht sterben«, hörte ich plötzlich die Stimme von Jakob Nagel. Er stand in der zweiten Reihe und ich hatte ihn bisher nicht bemerkt.

»Ich dachte, Sie seien entführt worden«, rief ich verblüfft. »Wie kommen Sie denn hierher?«

»Ich habe ihn befreit!« Rumi stellte sich neben Nagel und legte ihm triumphierend die Hand auf die Schulter. Der Mann vom Auswärtigen Amt war wie ein Tuareg-Krieger gekleidet – mit einem blauen Turban, der nur die feurigen schwarzen Augen frei ließ.

»Was ist das denn?«, nörgelte Barbara Rutzo. »Nun mach schon weiter, Grappa! Die nächsten fünf! Ich habe nicht die ganze Nacht Zeit.«

»Stopp!«, schrie ich. »Aufhören! Die Sache läuft aus dem Ruder. Ich habe nie gewollt, dass ...« Panik ergriff mich.

Jetzt sprang auch noch Eberhard auf meine Schulter, glitt ab, versuchte sich mit den Krallen festzuhalten und verpasste mir einige Kratzer. Es tat weh und ich bäumte mich auf ...

»Was ist?«, fragte ich konsterniert. Ich befand mich nicht mehr in dem Raum mit den vielen Männern, sondern in meinem Bett – und sah in die glühenden Augen des Katers.

Ich musste dich wecken, sagte Eberhard, *du hast schlecht geträumt.*

»Echt?« Noch immer nicht ganz in dieser Welt knipste ich die Nachttischlampe an. Mein Nachthemd klebte am Körper.

»Ich habe geträumt, dass ich diese Mörderin bin«, erklärte ich dem Kater, »und du warst mein Komplize. Guck mal, was du mit mir gemacht hast!«

Anklagend hielt ich dem Löwen meinen Arm hin, er war von den Krallen gezeichnet.

Ich kann nichts dafür, du bist plötzlich im Bett hochgeschnellt, verteidigte er sich.

»Nicht schlimm. Es wird schon wieder heilen«, meinte ich und kraulte Katers Köpfchen. »Wir sind vielleicht ein Pärchen, was? Streifen nachts herum und vergiften lüsterne Kerle.«

Der Löwe schnurrte und schmiegte sich fest an mich. Die Idylle war nur von kurzer Dauer, denn mein Handy klingelte. Eberhard machte vor Schreck einen Satz und landete unsanft auf dem Boden.

»Ja, bitte?«, fragte ich.

»Hier ist Brinkhoff. Entschuldigen Sie, dass ich um diese Zeit störe. Aber es ist etwas passiert. Es gibt einen neuen Toten. In einem Hotel in Bierstadt.«

»In Bierstadt? Also hat der *Stramme Hengst* Recht gehabt!«

»Scheint so. Das Opfer stammt auch aus Bierstadt.«

»Das hat er nicht vorausgesagt. Wer ist es? Kennen Sie seinen Namen schon?«

»Er heißt Ulrich Urban.«

»Wer?« Ich war elektrisiert.

»Kennen Sie ihn?«

»Ja, klar. Ein Kollege von mir. Er war für die Gerichtsreportagen zuständig. Wir nannten ihn Quincy.«

Quincys Vermächtnis

Uli Urban, der Gerichtsreporter von *TV Fun.* Er war die fleischgewordene Unauffälligkeit. Gab niemals Widerworte, ordnete sich immer unter, ging jedem Streit aus dem Weg und beteiligte sich nur selten an den Diskussionen übers Programm. Ich hatte ihn immer ganz gut leiden können – wie man halt jemanden mag, der einen nicht besonders interessiert.

Ich saß in der Konferenz. Die Programmchefin war schon informiert. In einem dunklen klassischen Kostüm bat sie uns, eine Minute lang zum Angedenken an den Kollegen Ulrich Urban zu schweigen.

Natürlich polterte Peter Jansen in die Stille. Ada Hecke schaute irritiert auf. Dem Blick, den Peter dem Eiszapfen zuwarf, entnahm ich, dass er noch immer heftig verliebt war.

»Ich bitte Sie alle, der Polizei bei der Aufklärung des Mordes an dem Kollegen Urban behilflich zu sein«, sagte Dr. Ada Hecke. »Wer also Vermutungen oder Hinweise hat, sollte sich bei den Behörden melden. Außerdem werden wir heute Abend einen kurzen Nachruf auf den Kollegen Urban bringen. Ich habe bereits einen freien Autor mit einem Zweiminutenfilm beauftragt.«

»Um die Mordserie will ich mich kümmern«, sagte ich. »Drei Tote sind ja kein Pappenstiel. Alle drei suchten Frauen im Internet und ich hatte Kontakt zu einem der Opfer. Der sollte nämlich in meiner Single-Show auftreten.«

»Aber was ist mit der Entführung des Oberbürgermeisters?«, widersprach Ada Hecke. »Wer kümmert sich dann um diese Sache?«

»Der Fall ruht zurzeit«, behauptete ich. »An die deutsche Botschaft in Sanaa ist ein abgetrenntes Ohr geschickt worden. Jetzt wird erst einmal geprüft, ob es überhaupt Nagels Ohr ist. Das dauert vermutlich einige Zeit.«

»Mich gibt es ja auch noch«, half mir Peter Jansen. »Ich bin eh an der Sache dran. Wann immer etwas passiert, werde ich Frau Grappa informieren.«

»Vielen Dank für Ihr kollegiales Angebot, Herr Jansen.« Ada Hecke ließ ihren Eiszapfenblick wohlwollend über Jansen schweifen, der sie anschmachtete.

»Über das abgetrennte Ohr mache ich heute Abend einen Nachrichtenfilm«, versprach ich. »Ich stehe in Kontakt mit Herrn Rumi vom Auswärtigen Amt. Er ist nach Berlin geflogen und wartet dort auf das Päckchen aus dem Jemen.«

Der Rest war Alltagsroutine. Wir besprachen das Programm des heutigen Abends inklusive *Rezept des Tages.* Ada Hecke regte an, ein vegetarisches Rezept zu empfehlen – wegen der Mischung. Ein toter Gerichtsreporter und ein abgeschnittenes Oberbürgermeisterohr passten wohl nicht zum Schweinerollbraten oder einem ungarischen Gulasch. So viel Sarkasmus hätte ich ihr gar nicht zugetraut!

Nach der Konferenz ließ ich mir den Schlüssel für Uli Urbans Büro aushändigen. Vielleicht würde ich dort einen Hinweis auf die Mörderin finden.

Zur Sicherheit schloss ich die Tür von innen ab. Wo sollte ich beginnen?

Das Büro war so schäbig eingerichtet wie alle anderen, nur wenige persönliche Sachen waren zu sehen. Auf dem Schreibtisch stand ein Fotorahmen. Er enthielt zwei Bilder, eins zeigte eine Frau mittleren Alters, das andere einen zotteligen schwarzgrauen Hund.

Auf dem Schreibtisch lagen nur belanglose Schriftstücke herum, Gerichtspläne, Schnittlisten und ein paar Zeitungsartikel über Verhandlungen und ein alter Gehaltszettel. Sehr gut, denn oben links auf der Abrechnung war Quincys Personalnummer zu lesen, die bei uns allen gleichzeitig der Zugangscode für den PC war. Jetzt musste ich nur noch das richtige Passwort wissen.

Ich überlegte. Alle vier Wochen musste es geändert werden und Urban hatte es sich bestimmt irgendwo notiert. Genauso wie ich es immer tat.

Ich untersuchte den Schreibtisch, drehte die Schreibunterlage um; schließlich schaute ich unter die Tastatur des Computers. Da! Urban hatte ein Stück Papier darunter geklebt, auf dem einige Worte standen. Das einzige, das nicht durchgestrichen war, hieß *Zausel.* Ob das der Name von dem Hund war?

Ich tippte den Begriff ein, loggte mich dann ins Internet ein. Die Startseite öffnete sich und ich rief seine Bookmarks auf – das waren die von ihm gesicherten Seiten, die er häufiger besucht haben musste.

Tatsächlich – Urban hatte einen Single-Service gespeichert, jetzt fehlten nur noch Nickname und Passwort. Ich versuchte es mit dem Pseudonym *Quincy* ... und einige Sekunden später war ich im System, denn er hatte tatsächlich zum zweiten Mal das Passwort *Zausel* genommen. Männer hatten ja so viel Fantasie!

Sein Postfach war nicht besonders voll, doch er hatte einige Frauenprofile gespeichert. Ich ging sie nacheinander durch und suchte dann die entsprechende Post, doch auf den ersten Blick handelte es sich um eher harmlose Korrespondenz.

Um in Ruhe recherchieren zu können, steckte ich eine Diskette ins Laufwerk und kopierte die Profile, die Korrespondenz und den noch nicht gelöschten Inhalt des Papierkorbes.

Ich fuhr den PC wieder runter und verließ das Zimmer. In meinem Büro wählte ich die Nummer von Hauptkommissar Anton Brinkhoff.

»Ich habe in Urbans PC geschnüffelt«, verriet ich ihm, »und es könnte sein, dass es dort einen Hinweis auf die Täterin gibt. Aber ich muss mir die Sachen noch genau anschauen. Haben Sie inzwischen die Daten der anderen beiden Opfer zusammen?«

»Es dauert Monate, die Namen der Bekanntschaften herauszubekommen. Das World Wide Web ist so unendlich wie der Weltraum.«

»Sie werden ja ganz poetisch, Herr Brinkhoff«, lachte ich. »Gibt es neue Erkenntnisse über die Täterin?«

»Sie ist mittelgroß, mittelblond bis mittelbraun, mittelschlank und mittelalt.«

»Na, toll. Dann dürfte es ja kein Problem sein, sie bald zu finden«, unkte ich.

»Eben. Die Angaben, die wir haben, reichen nicht für ein einigermaßen sinnvolles Phantombild«, seufzte Brinkhoff. »Bleibt nur noch Ihr *Hengst.*«

»Ich hoffe, dass er heute Abend online ist. Dann werde ich ihm auf den Zahn fühlen.«

Nach dem Gespräch besorgte ich mir bei der Schnittdisposition einen Termin, um den Film über Nagels abgeschnittenes Ohr zu schneiden. Wieder mal gab es nur die Bilder, die schon gelaufen waren: Nagel in früheren Zeiten im Rathaus, Bilder von der Pressekonferenz und das Foto, das den entführten Nagel zeigte. Die Neuigkeiten musste ich über den Text transportieren.

Mein Handy hatte die Nummer von Rumi gespeichert. Er war sofort dran und schien diesmal erfreut zu sein, mich zu hören, zumindest sagte er so etwas in die Richtung.

»Gibt es etwas Neues?«, fragte ich. »Ist das Ohr schon da?«

»Ja. Es wird gerade in der Pathologie untersucht. Ich erwarte jeden Augenblick die Ergebnisse.«

Rumi versprach, mich anzurufen, wenn feststand, ob der abgetrennte Lauscher wirklich dem Bierstädter Oberbürgermeister gehörte.

»Und?«, fragte er. »Wie läuft es in Bierstadt?«

»Alles im grünen Bereich. Bierstadt kommt ohne Nagel und ... ohne Sie ganz gut zurecht.«

»Und wie kommen Sie persönlich mit meiner Abwesenheit klar?«

»Das ist schon schwieriger«, bekannte ich. »Gibt es eigentlich eine Selbsthilfegruppe für Frauen, die bei Dates versetzt wurden?«

Für 15 Cent ein dreckiges Wort

Früher als gewöhnlich kam ich nach Hause, denn ich wollte die Ausbeute aus Quincys Computer in Ruhe sichten. Eberhard guckte verblüfft, als er mich – bepackt mit zwei großen Einkaufstüten – im Flur sah. Ich hatte die Gelegenheit genutzt, meinen Haushalt wieder einmal mit ein paar Grundnahrungsmitteln auszustatten.

Tüten auspacken – das war ein Fest für meinen neugierigen Kater. Aufgeregt sprang er auf den Tisch, nachdem ich die Sachen darauf abgeladen hatte.

»Lass mich bitte erst mal ins Bad gehen, bevor du in den Sachen rumstöbern darfst«, bat ich das Vieh.

Der Kater gehorchte. Eberhard war ein Käsefan – genau wie ich – und hatte wahrscheinlich schon was erschnüffelt. Aber er wusste, dass der Käsesegen ausblieb, wenn er in meiner Abwesenheit in den Einkaufstüten herumwühlte.

Heute hatte ich mich für *Pecorino pepato,* griechischen Schafskäse und einen alten Gouda entschieden. Die drei Sorten waren in Papier eingepackt, die Stücke etwa gleich groß. Als ich den Käse auf den Tisch gelegt hatte, schnüffelte Eberhard an den drei Päckchen, setzte sich aufrecht hin und schaute mich mit Spannung an.

»The same procedure?«, fragte ich. »Okay. Wo ist der Schafskäse drin?«

Der Kater legte das rechte Pfötchen mit dem weißen Schuh auf eines der Päckchen. Ich zog es nach vorn und malte mit einem Bleistift eine großes S auf das Papier.

»Und jetzt zum Pecorino!«

Eberhard tippte auf ein zweites Paket, das ich sogleich mit einem großen P beschriftete. Dass der Gouda in dem dritten Päckchen sein musste, verstand sich nun von selbst.

Der Kater hatte drei Treffer. Das bedeutete, dass ich ihm von jedem Käse ein ordentliches Stück abschneiden musste. Ich tat es und konnte den Rest der Lebensmittel in Ruhe einräumen, während sich der Löwe mit seiner Beute vergnügte.

Das Käsekunststück hatte ihm der türkische Rechtsanwalt beigebracht, der bis vor kurzem eine Etage unter mir gewohnt hatte und bei dem Eberhard mehr als einmal auf dem Balkon gelandet war. Leider war Aydin in die Türkei zurückgegangen.

Es wurde Zeit, den Rechner hochzufahren und mir Urbans Dateien anzusehen. Um die Sache etwas lockerer zu gestalten, schnappte ich mir noch ein Glas italienischen Rosé.

Zuerst schaute ich in meine Mailbox. Sie enthielt keine Nachricht des *Strammen Hengstes.* Jetzt, wo ich den Kerl brauche, meldet er sich nicht, fluchte ich. Der Explorer öffnete die Dokumente auf der Diskette. Zunächst sah ich mir die gespeicherten Frauenprofile an. Na ja, Frauen waren auch nicht fantasievoller als Männer, wenn es um Pseudonyme ging. Quincy hatte mit folgenden Damen einen regen Mailverkehr gehabt: *Sugarhoneybird, Fungirl, Sinnlich, Edelschnepfe, SCUM* und *SexyHexy.*

Wo sollte ich anfangen? Und wie? Ich loggte mich in den Singleservice unter Urbans Spitznamen und dem Passwort *Zausel* ein. Dann schaute ich, wer von Quincys Bekanntschaften online war, um mit ihr zu chatten. Pech, keine der Damen war da.

Ich sah mir die Profile im Einzelnen an. Nichts sagend, mit inflationären Mottos: *Lebe deine Träume und träume nicht dein Leben, Ein Tag ohne Lächeln ist ein verlorener*

Tag, *Man sieht nur mit dem Herzen gut* und das unsägliche *Carpe diem.*

Als Letztes rief ich das Profil *SCUM* auf. Hier waren die Angaben so spärlich, dass es schon merkwürdig war. Und was bedeutete dieses Kürzel?

Eine Suchmaschine im Internet würde mir vielleicht weiterhelfen.

Eberhard hatte den Kampf mit dem Gouda endlich für sich entschieden und lag inzwischen eingerollt auf dem Schreibtisch. Mit vollem Bauch war er immer am friedlichsten, verzichtete auf dumme Fragen oder impertinente Bemerkungen.

Ich tippte die vier Buchstaben in die Suchzeile: *SCUM*, und wartete. Nach wenigen Augenblicken warf die Maschine mehrere Seiten Dokumente aus. *SCUM* war eine Rockband, die Musik spielte, die ich bestimmt nicht mochte ... aber es gab auch ein Dokument mit der Überschrift: *Wer hat Angst vor Valerie Solanas?* Ich schaute es mir genauer an und erfuhr, was die vier Großbuchstaben bedeuteten: Sie waren die Abkürzung für *Society for Cutting Up Men* ... einer *Gesellschaft zu Vernichtung der Männer.*

Der Name Valerie Solanas kam mir bekannt vor. Als ich vor vielen Jahren die Ochsentour durch verschiedene feministische Gruppen absolviert hatte, hatte ich mal etwas über sie gelesen.

Ich holte mir das Manifest auf den Schirm:

Das Leben in dieser Gesellschaft ist ein einziger Stumpfsinn, kein Aspekt der Gesellschaft vermag die Frau zu interessieren. Daher bleibt den aufgeklärten, verantwortungsbewussten und sensationsgierigen Frauen nichts anderes übrig, als die Regierung zu stürzen, das Geldsystem abzuschaffen, die umfassende Automation einzuführen und das männliche Geschlecht zu vernichten.

Heute ist es technisch möglich, sich ohne Hilfe der Männer zu reproduzieren und ausschließlich Frauen zu produzieren. Wir müssen sofort damit beginnen. Der Mann ist eine biologische Katastrophe: das (männliche) Y-Gen ist ein unvollständiges (weibliches) X-Gen, das heißt, es hat eine unvollständige Chromosomenstruktur. Mit anderen Worten, der Mann ist eine unvollständige Frau, eine wandelnde Fehlgeburt, die schon im Genstadium verkümmert ist.

Solanas war heutzutage fast völlig vergessen ... und sie wäre wohl auch nie als Feministin berühmt geworden, wenn sie nicht 1968 ein Attentat auf den Popart-Künstler Andy Warhol ausgeführt hätte. Sie schoss ihn nieder und Warhol wurde schwer verletzt.

War dies eine erste Spur? Ich war unsicher. Wieso sollte Urban ausgerechnet mit einer Frau chatten, die die Ansichten der Solanas vertrat? Ich durchsuchte sein Postfach nach irgendwelchen Mails von *SCUM*, doch da war nichts. Irgendein dumpfes Gefühl sagte mir, dass ich auf der richtigen Spur war, auch wenn sie zunächst ins virtuelle Nichts des World Wide Web führte. Ich fand eine Seite, die das Leben der Frau schilderte.

VALERIE: Gib mir 15 Cent und ich gebe dir ein dreckiges Wort.
MAURICE GIRODIAS: Wie heißt das Wort?
VALERIE: Männer.

Dies war ein überlieferter Witz zwischen Solanas und ihrem Verleger Girodias. *Gib mir 15 Cent und ich gebe dir ein dreckiges Wort.*

Bei dem Wort *Dreck* zuckte etwas in meinem Hirn, doch ich konnte mir die Irritation nicht erklären. In dem Manifest hieß es weiter:

SCUM wird alle Männer töten, die nicht Mitglieder der SCUM-Männerhilfsgruppe sind. Mitglieder der Männerhilfsgruppe sind diejenigen, die fleißig daran arbeiten, sich selbst zu eliminieren, Männer, die Männer töten, Journalisten, die Ideen im Sinne der Ziele von SCUM propagieren, Schwule, die durch ihr leuchtendes Beispiel andere Männer ermuntern, sich selbst zu entmannen.

SCUM wird Dreckseminare einrichten, bei denen jeder männliche Teilnehmer seine Rede mit den Worten beginnen wird: »Ich bin ein Dreck, ein schmutziger, gemeiner Dreckskerl.«

Das war das Zitat aus meinem Albtraum! Ich hatte die Männer – bevor ich sie umbrachte – sagen lassen, dass sie *schmutzige, gemeine Dreckskerle* seien! Unglaublich! Das konnte nur ein Zufall sein, denn bisher hatte ich noch nichts davon gemerkt, dass ich in die Zukunft schauen konnte oder das zweite Gesicht hatte. Das überließ ich anderen Leuten, die sensibler waren als ich – und das waren wohl 99,99 Prozent der Weltbevölkerung.

In dem Profil *SCUM* waren die Zitate der Solanas nicht erwähnt. Da stand nur: *weiblich, 35 Jahre, ledig, 1,65 m groß, blond.* Falls diese Angaben stimmten, trafen sie auf hunderttausende von Frauen zu.

Ich war noch immer als Quincy eingeloggt. Das war gefährlich, denn die Mörderin konnte ›mich‹ sehen und würde dann wissen, dass jemand den Nick des toten Quincy benutzte.

Trotzdem ging ich nicht offline. Ich wollte mir noch schnell das Profil von Quincy näher ansehen. Was hatte der harmlose Gerichtsberichterstatter wohl für Dinge über sich erzählt? Die Anonymität des Chats forderte die Lüge ja geradezu heraus.

Meine Überraschung war riesengroß, als ich Folgendes las:

Suche meine vollkommene O…
…. eine Frau, die sich wünscht, sich völlig als Frau zu fühlen
…. eine Frau, mit dem Wunsch zur vollkommenen Hingabe
…. eine Frau auf der Suche nach ihrer Bestimmung
…. eine Frau, die sich das Spiel an den Grenzen der Fantasie ersehnt
…. eine Frau, die ihren Körper genießt

Aha, sagte der Kater. Er hatte sich aufgesetzt und mitgelesen.

»Allerdings«, sagte ich. »Urban war nicht so harmlos, wie wir alle dachten.«

Was ist denn die Bestimmung einer Frau?, fragte Eberhard.

»Keine Ahnung«, gab ich wahrheitsgemäß Auskunft, »ich suche danach. Und zwar nicht erst seit gestern.«

Ich hatte nicht den Nerv, dem Kater zu erklären, dass Uli Urban, der unterwürfigste all meiner Kollegen, im Netz als Sadomaso-Seppel unterwegs gewesen war.

Ich loggte mich als *Quincy* aus und meldete mich unter einem neuen Namen im Single-Service an. Als Nicknamen wählte ich *Anima*, gab Alter, Größe und Gewicht an und wählte das Motto: *Es kann nur einen geben.* Das war schön neutral.

Nicht neutral genug, denn kaum war ich online, da chattete mich der erste ›Interessent‹ an. Er hieß *Kuschel-Dino* und schrieb:

Hallo Lady, möchte dir ein ungewöhnliches, aber KEIN unmoralisches Angebot machen.
Anima: *Ja?*
Kuschel-Dino: *Ich suche eine echte Lady, die es gelegentlich genießen kann, wenn ich ihr die eine oder andere lästige Arbeit abnehme (z. B. Auto waschen oder saugen). Natürlich ohne jegliche Gegenleistung.*

Anima: *Warum machst du so was?*
Kuschel-Dino: *Weil es schön ist. Das meine ich ehrlich. Nicht weil mir die Arbeit so viel Spaß macht, sondern weil es schön ist, für eine nette Lady etwas tun zu dürfen, die das mag.*
Anima: *Was gibt es dir?*
Kuschel-Dino: *Ein schönes Gefühl. Bitte aber nicht verwechseln mit irgendwas Sexuellem. Um es vorwegzunehmen – ich bin kein SMler.*
Anima: *Welchen Beruf hast du?*
Kuschel-Dino: *Ich bin Consultant in der IT-Branche.*
Anima: *Du bist verheiratet – du solltest deiner Frau die Hausarbeit abnehmen …*
Kuschel-Dino: *Das mache ich doch. Aber ich würde es gerne auch mal für eine andere Lady machen, die das mag.*
Anima: *Hast du schon mal jemanden hier gefunden, für den du das gemacht hast?*
Kuschel-Dino: *Ja, hab das länger für eine gute Freundin getan und sozusagen dort gelernt, dass es mir Spaß macht.*
Anima: *Was hat sie dir dafür gegeben?*
Kuschel-Dino: *Sie hat es einfach genossen! Und das hat mir gefallen.*
Anima: *Ich habe eine Putzfrau.*
Kuschel-Dino: *Schade, dass du kein Interesse hast. Darf ich fragen, was der ausschlaggebende Grund für die Absage ist?*
Anima: *Es ist zu strange … Es ist seltsam, dass jemand an so etwas Freude hat. Weiß deine Frau von deinem Hobby?*
Kuschel-Dino: *Natürlich!*
Anima: *Und sie findet das normal?*
Kuschel-Dino: *Was ist denn daran unnormal? Wenn ich von dir 25 Euro verlangen würde, wäre das okay?*
Anima: *Putzt du auch bei Männern?*

Kuschel-Dino: *Nein! Natürlich nicht. Was heißt denn überhaupt putzen? Ich würde dir gerne eine Gefälligkeit erweisen. Darf ich dir ein Foto von mir schicken?*

Ich stutzte. Aber dann siegte doch meine Neugier. Den Mann wollte ich sehen, der Befriedigung darin fand, zu saugen, zu putzen und sonst wie zu dienen.

Anima: *Ja, schick mir ein Foto. Du glaubst doch nicht, ich lasse hässliche Männer für mich putzen?*
Kuschel-Dino: *Das heißt, du würdest mich etwas für dich tun lassen?*
Anima: *Mal sehen. Nur wenn du mir gefällst.*

Er schickte mir tatsächlich ein Foto. Es zeigte einen großen Mann in einem dunklen Anzug, der gerade die Tür eines Mercedes SLK öffnete.

Ich hatte mit einer fleischgewordenen Lachnummer gerechnet, doch der Blick des Mannes auf dem Foto bewies mir einmal mehr, wie armselig die Welt und wie unendlich die Sehnsüchte waren.

Quincy, der abgehalfterte Journalist kurz vor der Pensionsgrenze, hatte von einer O geträumt, einer willigen und ständig verfügbaren Frau, die Lust erst im Schmerz erlebt, den er ihr zufügt. Und IT-Consultant *Kuschel-Dino* sehnte sich nach Wagenwaschen und Kloputzen. Und beide hielten sich wohl für normal. Vielleicht waren sie es ja auch und ich lag völlig daneben mit meiner lächerlichen Sehnsucht nach erfüllender Liebe und einem erfüllten Leben.

Es reichte. Ich fuhr den PC runter und trank das Glas Wein leer. Eberhard hatte sich längst wieder eingerollt und begann leise zu schnarchen, als ich ihm das Bäuchlein kraulte.

»Ach, Kater«, murmelte ich. »Sei froh, dass du kein Mensch bist.«

Er öffnete die Augen, als ich ihm einen sanften Klaps auf den Po gab.

»Komm ins Bett, Löwe – und wärm mir die Füße.«

Witwenschütteln

In dieser Nacht brachte ich niemanden um, sondern zog mir die Decke über den Kopf. Der Kater blieb nie die ganze Nacht zu meinen Füßen, sondern trollte sich irgendwann. Morgens saß er dann aufmerksam vor dem Bett und fixierte mich.

So auch an diesem Morgen. Ich blieb noch eine Weile liegen und blinzelte ihn an. Er wartete darauf, dass ich ins Bad ging.

»Guten Morgen, Löwe«, begrüßte ich ihn offiziell. »Gut geschlafen?«

Geht so, antwortete Eberhard, *du hast ziemlich gestrampelt heute Nacht. War kaum auszuhalten mit dir.*

»Sorry«, gähnte ich und räkelte mich. »Ist sowieso seltsam, dass du in mein Bett darfst. Erzähl das mal jemandem, der keine Haustiere hat. Der denkt, ich sei nicht ganz dicht.«

Glaub ich gern, grinste der Kater.

»Was? Dass ich nicht ganz dicht bin?«

Das Vieh erwiderte nichts. Nach dem Duschen sah mir Eberhard noch beim Schminken zu, wir frühstückten zusammen, dann wollte ich das Haus verlassen.

Ich will raus, forderte er.

»Bist du sicher, dass du schon so weit bist?«, fragte ich.

Ich bin kein Baby mehr, blaffte mich der Kater an.

»Okay. Dann sieh zu, wie du klarkommst. Ich kann dir aber nicht sagen, wann ich heute nach Hause komme.«

Egal.

»Wie du meinst«, sagte ich. »Ich will mich keiner Freiheitsberaubung schuldig machen.«

Einige Minuten später verließen wir das Haus. Eberhard hob das Köpfchen, schnüffelte in den Wind und stürmte davon.

»Alles Gute!«, rief ich ihm nach. »Komm nicht unter ein Auto – ich habe keine Lust, dich vom Asphalt zu kratzen.«

Noch etwas müde setzte ich mich in mein Cabrio und nahm den Weg zum Sender. Unterwegs fiel mir plötzlich etwas ein und ich war begeistert von der Idee. Ich stoppte, rief Peter Jansen an und bat ihn, mir Uli Urbans Adresse herauszusuchen. Es war zwar nicht die ganz feine Art – aber ich würde seiner frisch gebackenen Witwe unangemeldet auf die Bude rücken.

Jansen kam schnell mit der Adresse rüber. »Noch immer verliebt?«, fragte ich in forschem Ton.

»Frag mich nicht so was, Grappa«, meinte er missgelaunt. »Ich fühle mich total fremdgesteuert. Kann nicht mehr klar denken und hab schon vier Pfund abgenommen.«

»Lad sie zum Essen ein«, schlug ich erneut vor. »Das ist ein bisschen privater als ein Zusammentreffen im Büro. Dann wird der Eiszapfen bestimmt schmelzen und du kannst die Sache klären.«

»Werde ich tun, Grappa. Irgendwann, wenn die Gelegenheit günstig ist. Themawechsel: Ich habe den Eindruck, dass die Ermittlungen über Nagels Entführung nicht richtig geführt werden. Meinst du nicht, dass wir mal ein bisschen mehr Druck machen sollten? Ich im *Tageblatt* und du beim TV? Dieser Rumi ist auch plötzlich abgetaucht.«

»Er ist wohl noch in Berlin. Aber du hast Recht. Ein bisschen großzügiger sollten die mit ihren Informationen sein!«, stimmte ich zu. »Allerdings reißt sich, soviel ich mitbekommen habe, auch Nagels Partei auch nicht gerade ein Bein aus, um ihn wiederzukriegen.«

»Die haben immerhin einen Krisenstab zur Rettung Nagels gebildet. Aber so wie ich höre, enden die Sitzungen meistens mit einem mittelschweren Besäufnis.«

»Was also sollen wir konkret tun?«, fragte ich.

»Ich werde einen scharfen Kommentar schreiben«, kündigte Jansen an. »Und du könntest vielleicht den Bierstädter Parteivorsitzenden in eure Sendung zum Interview einladen.«

»Na, ob das was bringt? Der Vorsitzende redet sich eh raus. Und der Moderator unserer Sendung hat von Interviewtechnik noch nicht viel begriffen. Aber ich will es gern versuchen.«

»Irgendwas muss doch passieren!«, meinte Jansen mit leichter Verzweiflung in der Stimme.

»Reg dich nicht auf!«, beruhigte ich ihn. »Ich mache ja mit, soweit ich kann. Und nun muss ich los! Ich hab einen Termin. Ciao, Peter!«

Der Verkehr in Bierstadt stockte mal wieder. Auf der Bundesstraße blockierten die Lastkraftwagen zwei der drei Spuren und pusteten mir die Abgase ins Gesicht. Offenfahren war zwar grundsätzlich schön, aber eben nicht immer. Schon so mancher Vogel, der an einer Ampel über mir auf einem Baum saß, hatte den unwiderstehlichen Drang verspürt, sich auf meine Polster zu entleeren. Einmal hatte ich einen solchen Klecks sogar auf die Sonnenbrille bekommen.

Irgendwann hatte ich die Sonntagsfahrer und die Brummis hinter mir gelassen und bog in die ruhige Straße ein, in der Frau Urban neuerdings allein hauste.

Immerhin hatte es trotz Urbans Karriereabsturz noch zu einem ganz netten Reihenhäuschen gereicht.

Mein Herz klopfte, als ich klingelte. ›Witwenschütteln‹ war eigentlich nicht mein Stil. Doch ich musste da durch.

Die Tür öffnete sich und ich blickte ins Gesicht einer Frau, die mich misstrauisch musterte.

»Frau Urban?«

»Ja. Wer sind Sie?«

»Mein Name ist Grappa. Ich war eine Kollegin Ihres Mannes bei *TV Fun*. Ich möchte Ihnen im Namen der

Redaktion mein tief empfundenes Beileid aussprechen. Darf ich reinkommen?«

Wortlos ließ sie mich eintreten, ich folgte ihr durch den schmalen Flur ins Wohnzimmer. Das war mit Holzmöbeln voll gestellt, und zwar so, dass der Weg zur schmucken Klubgarnitur einem Slalom glich.

»Setzen Sie sich doch«, sagte Frau Urban. »Einen Schnaps?«

»Nein, danke«, winkte ich irritiert ab. »Aber vielleicht hätten Sie einen Kaffee?«

»Ich mache welchen«, kündigte sie an und ging aus dem Zimmer.

Sie war eine rundliche Frau um die fünfzig, keine Schönheit, aber auch nicht hässlich. Das Foto auf Urbans Schreibtisch war bestimmt vor zehn Jahren aufgenommen worden. Sie passte gut zu Urban. Die fleischgewordene Unauffälligkeit.

Ich dachte an Urbans Selbstbeschreibung im Internet. Hier also hatte der Mann gelebt, der von Frauen Hingabe und Unterwerfung forderte. Mein Blick schweifte über vergilbte Trockensträuße, niedliche Keramiktiere und grellbunte Sammelteller.

Da kam sie auch schon mit dem Kaffee zurück und reichte mir den Becher. Es war lösliches Pulver mit heißem Wasser überbrüht und schmeckte grauenhaft. Plötzlich dämmerte mir, warum Quincy sadistische Anwandlungen entwickelt hatte: Es musste an diesem Kaffee gelegen haben.

»Es muss schlimm für Sie sein«, begann ich vorsichtig, »dass Ihr Mann auf so schreckliche Art ums Leben gekommen ist.«

»Ja, es ist schon irgendwie furchtbar«, stimmte Frau Urban mir zu. »Lässt sich einfach vergiften von so einer Nutte. Das hat er sich aber selber zuzuschreiben.«

»Wie meinen Sie das?«, fragte ich – nicht wenig überrascht über ihre coole Haltung.

»Der war halt gern unterwegs«, erzählte sie. »Nach der Arbeit hatte der Herr was Besseres zu tun, als mit seiner Frau zusammen zu sein.«

»Und wo hat er seine Abende verbracht?«

»Rumgehurt hat er«, sagte sie hart. »Mit Weibern. Und wenn er zu Hause war, hat er im Keller gehockt und an seinen Flugzeugmodellen rumgeschraubt.«

»Einen Computer hatte er nicht hier, oder?«, startete ich einen Versuch.

»Sie meinen wegen dem Internet? Die Polizei hat mir alles erzählt.«

»Was haben die erzählt?«, fragte ich dumm.

»Er hat sich die Weiber aus dem Internet geholt. Vom Büro aus«, berichtete sie, »und sich dann mit ihnen getroffen. Und eine von denen hat ihm das Gift gegeben. Das hat er jetzt davon.« Der letzte Satz klang schadenfroh.

»Sie wissen aber nicht, mit wem er sich an dem Tag treffen wollte?«

»Keine Ahnung. Diese Sachen hat er ausschließlich vom Büro aus gemacht. Ich hätte ihm sonst was anderes erzählt!«, zeterte sie.

Diese Ehen sind wirklich die Hölle, dachte ich. Dann lieber Eberhard. Der nörgelt zwar auch manchmal wie ein Ehemann, notfalls kann ich den aber im Tierheim abgeben, wenn er es zu toll treibt.

»Die Mörderin zwingt ihre Opfer, etwas auf Kassette zu sprechen. Letzte Worte an die Hinterbliebenen. Hat die Polizei Ihnen das Band schon gegeben?«

»Ja. Es liegt da oben.« Sie deutete auf ein Vertiko rechts an der Wand.

»Darf ich es mal hören?«

»Sie können es mitnehmen, wenn ich es wiederkriege«, erklärte sie, stand auf und brachte es mir.

»Sie bekommen es bestimmt zurück«, versprach ich. »Und nochmal: Herzliches Beileid. Wann ist denn die Beerdigung Ihres Mannes?«

Die Witwe zuckte mit den Schultern. »Ulrich liegt noch in der Pathologie. Die rufen mich an, wenn die Leiche freigegeben wird.«

»Ich muss dann jetzt«, sagte ich und ließ die Kassette in meine Handtasche gleiten.

Als ich schon in der Tür stand, rief mir die Witwe nach: »Sie haben Ihren Kaffee ja gar nicht ausgetrunken!«

Schäbiger Abgang

Für meine liebe Franzi. Ich bin ein Dreck, ein schmutziger, gemeiner Dreckskerl. Ich wollte dir nur sagen, dass mir alles schrecklich Leid tut. Dass ich dich jahrelang betrogen und belogen habe. Wenn du diese Worte hörst, bin ich nicht mehr unter den Lebenden. Grüß die Kinder von mir und gib dem Zausel einen großen Knochen. Dein Uli.

Ich hatte das Band in den Kassettenrekorder meines Autoradios gesteckt und hörte die gepresste Stimme meines toten Kollegen. Als er den Namen seines Hundes erwähnte, bäumte sich seine Stimme in einem trockenen Schluchzen auf.

Frau Urban hatte auf mich allerdings nicht den Eindruck gemacht, dass sie dem Liebling ihres Mannes etwas Gutes tun würde.

Wo war der Hund eigentlich? fiel mir plötzlich ein. Ich fuhr rechts ran und stoppte. Jansen hatte mir ja auch Urbans Telefonnummer gegeben. Die Witwe war gleich dran.

»Hier nochmal Grappa«, sagte ich. »Wo ist eigentlich der Hund? Der Zausel, der den Knochen kriegen soll?«

»Den hab ich gestern ins Tierheim gebracht«, antwortete sie kühl, »ich konnte das Vieh noch nie leiden. Der viele Dreck und die ewige Kläfferei.«

»Hat er denn wenigstens den Knochen bekommen?«

»Der hatte doch fast keine Beißer mehr«, redete sie sich raus. »Genau wie Ulrich.«

»Sie scheinen ihn ja nicht sehr zu vermissen«, stellte ich fest.

»Wen? Ulrich oder den Hund?«, kicherte die Witwe.

»Beide.«

»Sagen wir mal so: Ich komm gut alleine klar.«

Ich verabschiedete mich. Als Nächstes würde ich mir das Hotel vornehmen, in dem Urban gefunden worden war.

Es war eines jener funktional gestalteten Unterbringungshäuser, in denen Geschäftsreisende mit kleinem Budget zu übernachten hatten. Ich lief über den abgewetzten Teppichboden zur Rezeption. Hinter dem Tresen konsumierte ein Mann mit grauer Hautfarbe die BILD-Zeitung und qualmte dabei. Eine Wolke bewegte sich in meine Richtung, ich wedelte sie angeekelt weg. Warum nur verwandelten Menschen ihre Lungen freiwillig in einen Teerschwamm und bezahlten auch noch dafür?

»Guten Morgen. Ich bin Maria Grappa vom Regionalfernsehen.«

Der Mann sah auf und an mir vorbei – er suchte wohl den Kameramann.

»Waren Sie dabei, als hier die Leiche gefunden wurde? Oder haben Sie die Frau gesehen, mit der der Mann aufs Zimmer verschwunden ist?«

»Und wenn ich sie gesehen hätte?«, brummte er.

Aha, dachte ich, so läuft der Hase, der will Kohle.

»Wenn Sie was zu sagen haben, komme ich nochmal mit einem Kamerateam wieder und Sie können sich im Fernsehen bewundern. Aber nur, wenn Sie wirklich was zu sagen haben.«

»Ich hab der Polizei schon alles erzählt.« Noch war er mehr als zugeknöpft.

»Das mag sein. Aber ich würde es gern selbst hören. In solchen Fällen zahlen wir auch schon mal ein Informationshonorar.«

Die Euro-Zeichen in seinen Augen blinkten. »Wie viel wär denn das?«

»Das kommt drauf an, wie viel Ihre Information wert ist«, redete ich mich raus und schwor, dass dieser Frosch hier keinen müden Cent von mir erhalten würde. »Ich muss erst mal abchecken, ob ich Sie in meinen Film über den Mord überhaupt reinnehme.«

»Dann fragen Sie!«

»Sie waren also an dem Mordtag im Hotel?«

»Ja. Ich bin immer hier.«

»Okay. Erzählen Sie von Anfang an. War das Zimmer vorbestellt?«

»Ja, der hat wohl reserviert. Für eine Nacht. Ohne Frühstück. Machen die immer so.«

»Wer macht das immer so?«

»Die Gäste, die nur hierher kommen, um eine schnelle Nummer zu schieben. Die bleiben dann ja nur ein paar Stunden. Deshalb bestellen sie kein Frühstück.«

»Ach so. Und am Abend kam dann die Frau. Wurde sie von dem Mann erwartet?«

Das Telefon klingelte. Der Portier ging dran, nahm eine Zimmerbestellung an. Sein Ton war alles andere als freundlich.

»Also!«, sagte ich genervt, als er die Reservierung umständlich in ein Buch eingetragen hatte. »Wie war das denn nun?«

»Er saß in der Bar, als sie kam.«

»Zeigen Sie mir die Bar!«, forderte ich. Ich wollte testen, ob sie sich als Schauplatz für nachgestellte Szenen eignete.

»Die ist noch zu!«, tat er kund.

Langsam platzte mir der Kragen. »Dann holen Sie den Schlüssel und schließen Sie auf!«, blaffte ich. »Für Ihr Honorar sollten Sie etwas mehr kooperieren!«

»Sofort.« Der Portier nahm eine unterwürfige Haltung ein. Manche Typen brauchen wirklich die Peitsche, dachte ich, sonst spuren sie nie.

Er nahm einen Schlüssel vom Brett und öffnete die Tür neben dem Empfang. *Latino-Bar* prangte auf einem Messingschild.

Wir traten ein, der Portier drückte auf den Lichtschalter. Es muffelte nach Bier, Zigarettenqualm und Schweiß.

»Sie sollten mal die Fenster aufmachen und durchlüften«, schlug ich vor.

Es folgte keine Reaktion auf meinen Vorschlag. Ich sah mich um. Das Übliche: eine Bar mit kunstlederbezogenen Hockern, Zapfsäule, zahlreiche Spirituosen in einem Regal, dessen Rückwand aus einem Spiegel bestand, eine Stereoanlage und ein paar runde Tische im Raum verteilt.

»Wo saß der Mann?«, fragte ich.

»Auf dem Hocker da!« Er deutete auf die Sitzgelegenheit direkt neben mir.

»Hat er lange auf die Frau gewartet?«

»Etwa eine Viertelstunde, schätze ich. Dann kam sie.«

»Sie haben sie gesehen?«

»Ja. Sie fragte, wo die Bar sei, sah dann aber das Schild und ging rein. Mir war sofort klar, was da ablaufen würde.«

»Was war Ihnen klar?«

»So wie die aussah. 'ne Nutte halt.«

»Wie sah sie denn aus?«

Nur peu à peu holte ich die Informationen aus dem Mann raus. Er schätzte die Mörderin auf fünfunddreißig Jahre, sie hatte etwa meine Größe oder war etwas kleiner, weil sie auf hohen Absätzen stöckelte, trug schwarze Netzstrümpfe, einen kurzen roten Lederrock und eine blonde Löwenmähne. Im wahrsten Sinne des Wortes herausragend seien ihre – so wörtlich – »Titten« gewesen, die sich nur mühsam in dem engen Pullover verstecken ließen.

Nach der Beschreibung handelte es sich mindestens um 85 E, dachte ich in Tom Pinys Maßeinheit.

»Und wie sah ihr Gesicht aus?«

»Da hab ich nicht so genau hingeguckt!«, bekannte der Portier.

Klar, dachte ich, hattest ja genug mit der Oberweite zu tun. Ich überlegte, ob sich Rumi wohl eher an mein Gesicht erinnern konnte oder an meinen Ausschnitt.

»Hat er ihr was zu trinken bestellt?«, wollte ich wissen.

»Das hat die Polizei den Mixer auch gefragt. Nee, hat er nicht. Die sind zügig aufs Zimmer. Er hatte wohl einen unruhigen Docht.«

Netter Ausdruck für geil. »Zeigen Sie mir das Zimmer?«

»Geht nicht.«

»Ist es versiegelt?«

»Nicht mehr. Aber ich darf hier unten nicht weg.«

»Dann geben Sie mir den Schlüssel«, forderte ich. »Ich will nur kurz einen Blick reinwerfen.«

Der Portier überlegte. Erst als ich ihm einen Zehneuroschein zusteckte, wurde er kooperativ.

»Erster Stock. Zimmer 19.« Er reichte mir den Schlüssel.

»Danke«, sagte ich. »Ich brauche nicht lange.«

Entschlossen öffnete ich die Tür und trat ein. Ein Doppelbett, ein billiger zweitüriger Kleiderschrank, eine Glotze mit Fernbedienung und ein kleiner Kühlschrank, neben dem ein Tisch stand. Das Bad war durch eine Falttür abgetrennt.

Ich fragte mich, ob ich in einem solchen Ambiente mein letztes erotisches Abenteuer haben wollte. Nein, auf keinen Fall. Dann lieber eine heiße Nummer im Fahrstuhl, bevor der abstürzt, oder auf einer Motorhaube im Parkhaus, bevor der Wagen in die Luft fliegt. Das hatte wesentlich mehr Niveau.

Auf dem kleinen Tisch lagen Zeitschriften. Abgegriffen und aus dem letzten Jahrhundert stammend.

Mit spitzen Fingern blätterte ich sie durch. Nichts Auffälliges. Ich öffnete den Kühlschrank, hatte plötzlich schwarzes Pulver an den Händen – ein Andenken an die Spurensicherer der Polizei. Besonders gründlich wurde hier nicht sauber gemacht.

Ich legte mich aufs Bett, versuchte, die Stelle zu finden,

auf die Uli Urban zuletzt in seinem Leben geschaut haben musste: War es die hässliche Deckenlampe, in deren Glashaube die Körper von toten Stubenfliegen langsam zu Staub zerfielen, die mit Farbe mühsam kaschierte Schimmelpilzstelle in der oberen Ecke des Raums oder der voluminöse Gardinenvolant, der mit Rosen bedacht war? Nichts als schäbig. Kein würdevoller Abgang.

Mir reichte es. Ich verließ das Zimmer und ging zurück nach unten zum Portier, der sich wieder seiner Blut-und-Sperma-Lektüre zugewandt hatte.

»Wer hat die Leiche eigentlich gefunden?«

»Das Zimmermädchen. Ich bin dann schnell hoch und hab mir die Bescherung angeschaut.«

»Die Leiche lag auf dem Bett?«

»Ja. So komisch verdreht. Alles war voll gekotzt. Und der Typ hat sich wohl vor Angst in die Hosen gemacht, denn alles war versaut. Wir haben aber nichts angefasst, sondern sofort die Polizei geholt.«

»Haben Sie das Gesicht des Mannes gesehen?«

»Klar. Sah nicht gut aus. Schaum vor dem Mund und irgendwie verkrampft. Soll ja Gift gewesen sein, so schreibt die Zeitung.«

Ich legte den Zimmerschlüssel auf den Tresen. »Danke jedenfalls.«

»Wann kommen Sic mit der Kamera vorbei?«

»Ich ruf Sie an. Muss erst die Termine koordinieren.«

Er legte eine Karte vor mich. »Da stehen die Nummern drauf. Mein Name ist Droste.«

»Danke, Herr Droste. Ich melde mich dann, ja?«, behauptete ich.

»Sagen Sie nur rechtzeitig Bescheid«, grinste er, »damit ich noch zum Friseur kann.« Er griff in sein Haar, das für jeden Coiffeur eine Herausforderung der besonderen Art sein durfte, denn es stand in alle Richtungen ab – nur an der Stelle nicht, an der der kreisrunde Haarausfall zugeschlagen hatte.

Mit einem gequälten Lächeln verabschiedete ich mich.

Im Auto sitzend fiel mir Urbans Motto wieder ein, mit dem er im Internet auf Frauenjagd gegangen war.

Suche meine vollkommene O... eine Frau auf der Suche nach ihrer Bestimmung.

Die Mörderin schien ihre Bestimmung gefunden zu haben. Es war halt alles nur eine Frage der Definition.

Essen bei Ada

Im Sender lief mir Barbara Rutzo über den Weg. »Hallo, Grappa«, sagte sie gut gelaunt. »Wo warst du?«

Ich erzählte ihr von meinen Besuchen bei Frau Urban und im Hotel.

»Du hast hier echt was verpasst«, plapperte sie. »Der Eiszapfen ist mit dem Königspudel Schlitten gefahren, aber frag nicht nach Sonnenschein!«

»Geschieht ihm recht! Worum ging es denn?«

»Er monierte vor allen Leuten, dass du deine Sendung nicht gebacken kriegst. War richtig eklig!«

»Typisch! Er wartet, bis ich nicht da bin und mich nicht wehren kann.«

»Dann mischte sich Jansen ein«, erzählte Barbara weiter, »der dich natürlich verteidigte. Die Hecke sagte da noch nichts. Setzte dieses Pokerface auf. Und dann machte der Pudel einen großen Fehler. Er konstatierte, dass Zeitungsleute nichts von modernem Journalismus verstünden und nicht wüssten, wo der Hammer hinge. Die Hecke sagte immer noch nichts. Dann stand Jansen auf und meinte: Sie lächerlicher kleiner Wichser! Und verließ den Raum.«

Typisch Peter, dachte ich, er ließ sich nur bis zu einem ganz bestimmten Punkt provozieren. »Nun erzähl schon weiter! Was passierte dann?«

»Die Hecke ist Jansen nachgegangen, kam wenig später zurück und faltete den Pudel zusammen. Und wie!«

»Was hat sie denn nun genau gesagt?«

»Sie sind ein Dreckskerl!«

Mir fiel alles aus dem Gesicht. *Dreckskerl?* Wieso sagte sie ausgerechnet *Dreckskerl* zu ihm?

»Das hat sie gesagt?«, fragte ich ungläubig.

»Ja. Sie war absolut keine Dame mehr. So habe ich sie noch nie erlebt!«

Barbara schmückte den Vorfall noch ein wenig aus, doch ich hörte nicht mehr richtig zu. Meine Gedanken kreisten unaufhörlich um das Wort *Dreckskerl.*

Ich ging in mein Zimmer und griff zum Telefonhörer. Jansen war sofort dran. »Was war denn heute Morgen los?«

Er berichtete den Hergang ähnlich wie Barbara.

»Ada hat sich bei mir entschuldigt und gebeten, dass ich wieder an der Konferenz teilnehme«, berichtete Peter Jansen mit weicher Stimme. »Mein Urteil sei wichtig für sie. Ich glaube, Grappa, sie schätzt mich wirklich!«

»Natürlich schätzt sie dich. Tun wir doch alle«, entgegnete ich trocken.

»Ich glaube, sie mag mich.«

»Klar, mag sie dich. Wir alle mögen dich!«

»Wir alle mögen dich …«, äffte er mich nach. »Wir können gar nicht anders, als diesen alten Trottel zu mögen … Wolltest du darauf hinaus, Grappa?«

»Peter! Jetzt sei nicht so sensibel! Hast du sie denn nun endlich zum Essen eingeladen?«

»Ja.«

»Was?«

»Ja. Wir sind morgen Abend verabredet.«

»Oh, Mann! Das hätte ich dir gar nicht zugetraut.« In meiner Stimmen war Staunen. »Wo geht ihr hin?«

»Zu ihr.«

»In ihre Wohnung?« Ich fasste es nicht.

»Ja. Sie sagte, dass sie lange nicht mehr gekocht hat. Und dass es eine schöne Gelegenheit sei.«

»Mensch, Peter!«, sagte ich anerkennend. »Du bringst den Eiszapfen tatsächlich zum Schmelzen.«

»Ja. Hättest du nicht für möglich gehalten, nicht wahr.«

»Und was sagst du Gerda?«

»Dass ich einen dienstlichen Termin habe.«

»Verstehe! Der Klassiker.«

»Wir essen doch nur zusammen«, meinte Peter. »Außerdem sagst du doch, dass sie lesbisch ist.«

»Ja, aber manche Frauen tanzen auch auf zwei Hochzeiten.«

»Abwarten.«

»Peter?« Mir war noch etwas eingefallen.

»Was ist?«

»Wenn du bei der Hecke in der Wohnung bist, könntest du dann ...«, druckste ich.

»Was könnte ich?«

»Mal unauffällig in ihr Bücherregal gucken.«

»Und wonach?«, fragte er.

»Nach einem Buch, das eine Frau namens Valerie Solanas geschrieben hat.«

»Kenne ich nicht, die Frau!«

»Das glaube ich gerne«, lachte ich, »niemand kennt sie heutzutage noch. Ich will ja auch nur wissen, ob die Hecke das Buch besitzt.«

»Und warum musst du das wissen?«

»Frag nicht, Peter«, seufzte ich. »Hab Vertrauen zu mir, ja?«

Bananensuppe

Zur Sendung steuerte ich an diesem Tag nichts bei. Ich musste unbedingt weiter an der Single-Show arbeiten. Ich schrieb gerade am vorläufigen Laufplan, als mein Handy klingelte. Unwirsch über die Störung schaute ich auf das Display. Tom Piny.

»Hast du heute schon in den Agenturen gestöbert?«

Ich gab zu, nicht auf dem Laufenden zu sein.

»Guck mal bei der Deutschen Presse-Agentur. Ist gerade was eingegangen, das dich interessieren wird. Es geht ums Internet. Da bist du doch auch gern unterwegs.«

TOP nannte mir die Uhrzeit, zu der die Meldung verbreitet worden war, und ich holte sie auf den Schirm.

»Das ist wirklich ein Ding«, gab ich zu, als ich die Überschrift gelesen hatte: 41-JÄHRIGER SOLL INTERNETBEKANNTSCHAFT AUFGEGESSEN HABEN. »Glaubst du, ich knabbere auch an meinen Internetbekanntschaften herum?«

»Du doch nicht, Grappa«, entgegnete er. »Du vernaschst sie höchstens.«

»Wenn du wüsstest, was da so rumläuft«, klagte ich. »Da vergeht einem der Appetit. Und jetzt ciao, ich muss weiter darüber nachdenken, wie ich unsere Zuschauer bei Laune halten kann. Was Neues zu Nagel?«

»Nein. Aber du kannst morgen Stellungnahmen des Gaststättenverbandes und der Vereinigten Bierstädter Frauenverbände in meiner Zeitung lesen. Ich habe die nämlich heute zu den Forderungen der Entführer befragt.«

»Und?«

»Die Gastwirte werden weiter Alkohol ausschenken und keine Frau in Bierstadt wird sich verschleiern. Hast du etwas anderes erwartet?«

»Nicht wirklich.«

»Natürlich will Burger King aus dem Rathaus auch keine Moschee machen. Sie alle wollen dem internationalen Terrorismus entschlossen die Stirn bieten!« TOP lachte sich schlapp.

»Und als Nächstes hacken sie Nagel einen Finger ab ... und dann noch einen«, prophezeite ich. »Und so weiter und so weiter.«

»Er hat ja immerhin zehn davon. Passt übrigens zu der Meldung von eben. Und jetzt bye-bye, Grappa-Baby!«

»Mach's gut.«

Nun hatte er mich wieder von der Arbeit abgelenkt. Ich las die dpa-Meldung zu Ende:

> Weil er eine Internetbekanntschaft ermordet und anschließend portionsweise aufgegessen haben soll, ist in Rotenburg ein 41-jähriger Mann festgenommen worden. Wie die Staatsanwaltschaft Kassel weiter mitteilt, hat der Mann gestanden, einen 42-Jährigen mit dessen angeblichem Einverständnis vor laufender Videokamera durch Stiche und Schnitte in den Hals umgebracht zu haben. Daraufhin soll der 41-Jährige den Leichnam portionsweise tiefgefroren und den Rest vergraben haben. Später hat er das Fleisch zum größten Teil verzehrt. Besonders makaber: Der mutmaßliche Täter gab zu, das Geschlechtsteil des Opfers mit dessen Zustimmung abgeschnitten zu haben. Beide hätten es daraufhin gemeinsam gegessen. Die Anklagebehörde sprach von homosexuellen und kannibalistischen Neigungen beider Männer.
>
> Die Polizei ist dem 41-Jährigen über eine Internetanzeige auf die Schliche gekommen. Hier suchte ein Mann Kontakt zu jemandem, der bereit wäre, sich von ihm töten und essen zu lassen.

Alles Kranke, dachte ich. Männer wie Urban, die Frauen benutzen wollten, Männer, die Wohnungen putzten, und Männer, die abgeschnittene Geschlechtsteile verzehrten.

Die Presseagentur hatte noch eine Auflistung mit dem Titel *Stichwort: Kannibalismus* angehängt.

> Rituellen Kannibalismus gibt es häufig – beispielsweise in Westneuguinea und Äquatorialguinea. Von den Yanomani-Indianern im Amazonasgebiet heißt es, sie rührten nach dem Verbrennen ihrer Toten deren Asche in Bananensuppe ein.

Opa in Bananensuppe, dachte ich, auch eine Möglichkeit, den Speiseplan kreativ zu gestalten.

Drei Stunden lang arbeitete ich an dem Konzept der Sendung. Morgen würde ich es auf der Programmkonferenz vorstellen.

Es war gegen acht, als ich auf die Uhr schaute. Eberhard! Der Kater hatte heute den ersten Tag regulären Ausgang und ich war später dran als üblich …

Schnell packte ich meine Sachen und düste nach Hause. Ich rechnete damit, dass der Kater vor dem Haus sitzen und auf mich warten würde – aber da war niemand. Auch mein Rufen nützte nichts. Hoffentlich war dem Löwen nichts passiert!

Mit bangem Herzen stieg ich die Treppe zu meiner Wohnung hinauf … und alle schrecklichen Vorstellungen lösten sich in Wohlgefallen auf, denn da lag der schwarze Kater und blickte mich aus seinen wunderschönen Augen an.

»Wie war die Katertour?«, fragte ich und schloss die Tür auf. Er stürmte in die Wohnung und lief vor mir in die Küche.

»Du musst ja fast verhungert sein.« Ich griff ins Regal mit dem Goldkantenfutter. »Welche Sorte darf's denn sein?«

Er entschied sich für Hühnchen mit Sommergemüse.

Während Eberhard seinen Bauch füllte, schaute ich nach einer Nachricht des *Strammen Hengstes.* Und endlich war eine da!

Aufgeregt öffnete ich das Dokument.

Hallo, Kleines! Endlich hast du begriffen, dass ich dir nützlich sein kann. Du willst wissen, warum ich so viel weiß? Vielleicht weil ich den Mörder kenne. Vielleicht weil ich die Mörderin bin? Oder bin ich nur ein Komplize? Die Dreckskerle jedenfalls werden nicht davonkommen. Das möchtest du doch auch nicht, oder? Ich werde dir auch weiterhin helfen. Aber versuch nicht, mich zu finden. Der dir Ergebene.

Brinkhoff hatte zum Glück sein Handy eingeschaltet.

»Der *Hengst* hat sich gemeldet«, teilte ich dem Hauptkommissar mit. »Ich lese Ihnen mal vor, was er geschrieben hat.«

Anschließend sagte Brinkhoff: »Ich habe versucht, seine Identität zu ermitteln. Leider ohne Erfolg. Er loggt sich von einem Internetcafé in den Chat ein. Natürlich benutzt er nicht nur ein Café, sondern geht mal hier- und mal dorthin.«

»Also kein Ort, an dem er besonders häufig online ist?«

»Nein. Interessant ist nur, dass er frühestens ab 14 Uhr aktiv wird.«

»Ja, das stimmt«, fiel mir wieder ein. »Seine Mails an mich hat er auch immer nachmittags geschrieben … und niemals spätabends. Was könnte das zu bedeuten haben?«

»Dass er morgens keine Gelegenheit hat. Vielleicht hat er einen Job, bei dem er morgens nicht ins Netz kann. Und nachts haben die Internetcafés ja wohl geschlossen.«

»Wie soll es weitergehen?«

»Er hat doch gesagt, dass er Ihnen helfen will. Also warten wir ab. Loben Sie ihn, schmeicheln Sie ihm, sagen Sie ihm, dass er nicht nur ein strammer Hengst, sondern auch ein toller Hecht ist … Was weiß ich? Halten Sie ihn bei Laune, bewundern Sie ihn wegen seiner Genialität … und versuchen Sie herauszubekommen, wie nahe er der Mörderin tatsächlich ist!«

Herzlosigkeit und Herzflimmern

EINE PARTEI STECKT DEN KOPF IN DEN SAND – so titelte das *Bierstädter Tageblatt* am nächsten Morgen. Ich saß beim schnellen Frühstück in der Küche und las die Zeitung quer.

Jansen hatte seine Ankündigung wahr gemacht und einen geharnischten Kommentar zur Entführung des Oberbürgermeisters geschrieben. Er ging mit der SPD, der Jakob Nagel angehörte, hart ins Gericht und zitierte den Parteivorsitzenden mit den Worten:

> Wir hoffen auf ein gutes Ende für den Genossen Nagel, sind aber auf das Schlimmste vorbereitet. Diese unsere Stadt wird weiter in guter, sozialdemokratischer Manier geführt werden. Wir werden vor dem internationalen Terrorismus nicht in die Knie gehen!

Jansen schrieb dazu:

> Diese Partei ist am Ende. Sozialdemokratische Tugenden wie Solidarität, Kampfgeist und unbedingtes Einsetzen für Freiheit und Demokratie sind zu Grunde gerichtet worden. Diese SPD opfert den ersten Bürger ihrer Stadt auf dem Altar von Feigheit, Ignoranz, Bequemlichkeit und Herzlosigkeit.

»Der hat aber zugelangt«, murmelte ich, scheuchte den Kater vom Tisch und klappte die Zeitung zusammen. Es war Eile angesagt, denn ich hatte gleich einen Auftritt in der Programmkonferenz zu absolvieren.

»Kommst du?«, fragte ich den Kater. Ich hatte ihm für heute wieder Auslauf versprochen. Aufgeregt lief Eberhard vor mir die Treppe hinunter, warf mir draußen noch einen flüchtigen Blick zu und bog zügig um die Ecke, als habe er die Befürchtung, ich könnte es mir noch anders überlegen.

Fast alle Kollegen hatten sich im Konferenzraum von *TV Fun* versammelt, auch Peter Jansen nahm wieder an der Runde teil. Der Königspudel saß mit versteinerter Miene neben Ada Hecke. Er wirkte angeschlagen, hatte die Prügel seiner Chefin wohl nicht so ohne weiteres weggesteckt. Nach der Programmkritik und der Besprechung der Magazinthemen war ich an der Reihe.

Ich legte zuerst die Kopien einer Untersuchung auf den Tisch. Das machte sich immer gut, spiegelte Kompetenz und Souveränität vor.

»*Affäre gesucht* – so der Titel des Piloten«, referierte ich. »Natürlich ist das moralisch nicht so ganz einwandfrei, aber das Thema liegt voll im Trend. Ich lese Ihnen kurz die Ergebnisse einer Untersuchung vor, die ein Meinungsforschungsinstitut zum Thema Ehe durchgeführt hat.«

Ich griff zu dem Papier: *»Die Mehrheit der Deutschen hat Frust mit der Lust. 58 Prozent der Männer und 51 Prozent der Frauen fühlen mehr Stress als Spaß beim Sex, ergab eine Umfrage der Hamburger Zeitschrift* Fit and Fun. *Vor allem Zeitmangel, zu wenig Gespräche und zu wenig Zuneigung wurden als Grund dafür angegeben, dass die schönste Nebensache der Welt oft nur noch nervt.«*

Ich machte eine kleine Pause, um meine Worte wirken zu lassen, und fuhr dann fort: »In bundesdeutschen Betten herrscht also die Tristesse. Und ihr soll unsere Sendung auf spielerische Weise abhelfen. Wir wollen Menschen zueinander bringen, die sich sonst vielleicht nicht kennen lernen würden. Wir testen ihre Kompatibilität durch einen Astrologen, der den Kandidaten eine Zukunftsprognose erstellt.«

Dann ging ich ins Detail und erklärte das Spiel. Drei Männer als feste Kandidaten, zwei als Reserve und für jeden der drei eine eigene kostenlose Telefonnummer. Natürlich würden erfahrene Mitarbeiter an der Hotline sitzen, um Spaßvögel oder Irre im Vorfeld auszusieben. Die Anrufe sollten während der Werbepausen angenommen werden.

»Anschließend telefonieren die Anruferinnen mit den Kandidaten – ein erster Kontakt sozusagen. Dann schaltet sich der Astrologe ein und fragt nach den Daten. Es folgt eine weitere Werbepause und danach erstellt der Große Lamborghini sein Horoskop.«

»Und dann treffen sich die Kandidaten zum Vögeln, oder was?«, fragte Peter Jansen. »Seid ihr dann auch mit der Kamera dabei?«

Eine solche Breitseite von ihm gegen mein schönes Konzept hatte ich nicht erwartet. Irritiert sah ich Peter Jansen an: »Was erwachsene Menschen nach dem Ende der Sendung am Abend oder in der Nacht machen, geht uns ja nicht wirklich was an, oder?«

»Herr Jansen hat schon Recht mit seinen Bedenken«, ergriff Ada Hecke das Wort. »Wir müssen jede Zweideutigkeit und Anzüglichkeit vermeiden. Sonst haben wir die Landesmedienanstalt am Hals. Deshalb sollten wir auch unbedingt den Titel ändern. Die Sendung soll ja fester Bestandteil unseres Unterhaltungsprogramms werden, wenn alles gut läuft. *Affäre gesucht* – das ist zu eindeutig sexuell besetzt. Ich habe mir Gedanken darüber gemacht und schlage den Titel *Herzflimmern* vor.«

Die Idee gefiel mir auf Anhieb. Ich wollte gerade meine Begeisterung äußern, doch Jansen kam mir zuvor. »Das ist genial!«, strahlte er den Eiszapfen an.

»Ich finde den Titel auch gut«, sagte ich mit Blick auf Peter Jansen. »*Herzflimmern!* Okay, versetzen wir also die Herzen in einen Unruhestand! Hoffentlich wird kein Infarkt draus!«

»Die Kosten dieser Sendung halten sich im Rahmen«, ergriff wieder die Programmchefin das Wort. »Der Sterndeuter hat sich mit einem reduzierten Honorar einverstanden erklärt, wenn er einen Spot in der Werbeunterbrechung schalten kann. Das wird die Gesellschafter unseres Senders besonders freuen.«

Allgemein wurde das Konzept meiner Sendung durchgewunken. Selbst der Königspudel stimmte zu. Es blieb ihm auch nicht viel anderes übrig.

»Haben Sie sich schon entschieden, wer die Sendung moderiert?«, fragte ich Hecke.

»Ja. Eine Kollegin, die ich von früher kenne. Sie heißt Gudrun Ottawa und kommt heute Nachmittag zu einer Besprechung ins Haus. Bitte seien Sie doch auch dabei, Frau Grappa.«

Ja, das würde ich. Der Name Ottawa sagte mir überhaupt nichts. Aber das bedeutete wenig – ich war ja noch nicht lange beim Unterhaltungsfernsehen.

Als ich nach der Konferenz den Raum verließ, lief Peter Jansen direkt hinter mir.

»Dein Kommentar heute ist ja ziemlich scharf«, meinte ich. »Aber Recht hast du! Die SPD scheint fast froh zu sein, dass Nagel von der Bildfläche verschwunden ist. Haben die etwa schon einen Nachfolger ausgeguckt?«

»Allerdings. Das ist ja das Schlimme. Der Planungsdezernent läuft sich ja schon lange warm und der Parteichef ist auch nicht abgeneigt. Beide wollen sich opfern.«

»Diese Pfeifen«, kommentierte ich grob. »Gibt es schon Reaktionen auf deinen Kommentar?«

»Allerdings«, grinste Jansen. »Die wollen jetzt Sammelbüchsen in den Ortsvereinskneipen aufstellen.«

»Super-Idee! In dreihundertfünfzig Jahren haben sie dann genug zusammen, um Nagel auszulösen.«

»Mehr, als den Finger in die Wunde zu legen, kann ich leider nicht tun«, bedauerte Jansen. »Meinst du, sie mag Blumen?«

»Wer?«

»Na, Ada!«

»Bestimmt! Pflück doch die Blümchen in deinen Augen und binde sie zu einem süßen Strauß.«

Schon über vierzig

In meinem Büro rief ich die fünf Männer an, die in der ersten Show von *Herzflimmern* auftreten sollten, und bestellte sie für das Ende der kommenden Woche zur Produktion der Sendung. Die Aufnahmeleitung hatte sich bereits in Absprache mit mir um die Studiodekoration gekümmert und die Requisite war dabei, die Ecke herzurichten, in der die Moderatorin mit den Gästen sitzen würde. Alles war in Nachthimmelblau und Silber gehalten, nicht gerade mein Geschmack, aber darauf kam es nicht an.

Ich ging mit dem Regisseur der Sendung die Kamerapositionen durch und besprach mit ihm den Programmablauf.

Dann war schon Mittagszeit. In der Kantine des *Bierstädter Tageblattes* steuerte ich den Tisch an, an dem Barbara Rutzo saß und mit nicht zu überhörender Lust an einem gebratenen Hühnerschenkel knabberte.

Ich winkte ihr zu und holte mir mein Essen. Ebenfalls mit einem Hühnerschenkel, der lasziv auf einer Salatgarnitur ruhte, ging ich zu Barbaras Tisch und setzte mich.

»Alles klar?«, kaute die Kamerafrau.

»Ich hasse diese Sendung schon jetzt«, bekannte ich. »*Herzflimmern* – der Titel ist das Beste an der Sendung. Kennst du eigentlich diese Gudrun Ottawa?«

»Ja, aber nur flüchtig.« Barbara schälte die letzten Fetzen des weichen Fleisches mit den Zähnen von dem Röhrenknochen. »Sie war vor zehn Jahren ganz groß im Geschäft«, erzählte sie. »Sie hat viele Live-Shows moderiert, Schlagerparade, Verbrauchersendungen und so weiter. Werbung hat sie auch mal gemacht. Ada Hecke war damals bei dem Sender beschäftigt, bei dem die Ottawa der Star war. Daher kennen die beiden sich.«

»Und warum taucht die Ottawa jetzt bei uns auf?«, fragte ich.

Das Hähnchen wollte nicht vom Knochen. Ich versuchte es mit Gewalt und prompt klatschte das Teil in den Salat, der wiederum in einem öligen Dressing lag. Ein paar Spritzer landeten auf meinem T-Shirt. Ich fluchte.

»Sie ist eigentlich zu alt, um vor der Kamera aufzutreten«, beantwortete Barbara meine Frage. »Sie bemüht sich seit Jahren wieder ins Geschäft zu kommen. Aber kein Sender nimmt eine Moderatorin, die jenseits der fünfunddreißig ist. Und die Ottawa ist schon Ü40.«

»Hatten die beiden mal was miteinander?«, wollte ich wissen.

»Keine Ahnung«, hielt sich Barbara bedeckt. »Noch einen Kaffee?«

»Aber immer!«

Ich brachte die Teller weg und Barbara holte den Kaffee.

»Hast du eigentlich inzwischen einen Mann?«, fragte sie.

»Zwei sogar«, antwortete ich wahrheitsgemäß. »Einen kastrierten Kater und einen strammen Hengst.«

Licht und Schatten

Dr. Ada Hecke und Gudrun Ottawa saßen schon – vertraut plaudernd – im Chefzimmer, als ich eintrat.

Der Eiszapfen hatte rote Wangen und schien total locker. »Gudrun, das ist deine Redakteurin, Frau Grappa.«

Wir gaben uns die Hände und musterten uns. Ottawa war blondiert, hatte halblanges Haar und ein telegenes Gesicht. Vernünftig geschminkt und professionell ausgeleuchtet konnte sie gut und gern als Mitte dreißig durchgehen.

Ich ging mit ihr den Ablauf der Show durch und schlug dann vor, ins Studio zu gehen. Dort setzte sich die Blondine in die Dekoration und der Regisseur ging mit ihr die Positionen durch und legte die Gänge fest. Ich übernahm die Rolle der Gäste und sagte mit tiefer, verstellter Stimme: »Ich bin ein Dreckskerl, ein schmutziger gemeiner Dreckskerl!«

Gudrun Ottawa sah mich leicht irritiert an, sagte aber nichts.

Wir zogen die Studioprobe bis zum Ende durch. Die Ottawa war hochprofessionell und unkompliziert. Das gefiel mir.

Nachdem wir noch gemeinsam ein Glas Wein in einem

Bistro in der Nähe getrunken hatten, fuhr ich die Moderatorin zu ihrem Hotel.

Es dämmerte schon, als ich zu Hause ankam. Der Kater saß draußen vor der Haustür. Er hatte diesmal niemanden gefunden, der ihn ins Haus eingelassen hatte.

»Tut mir Leid, mein Löwe«, seufzte ich und nahm ihn auf den Arm. »Wir müssen uns was überlegen. So geht das nicht.«

Ich bemerkte, dass das Fell des Katers an einer Stelle feucht war. Eberhard hatte eine blutige Schramme unter dem Bauch.

»Wer hat dich denn zwischengehabt?«, fragte ich.

Ein Kampf zwischen Konkurrenten, meinte er tapfer.

»Und wer hat gewonnen?«

Das fragst du?

»Flunkerst du auch nicht?«

Der Kater schwieg beschämt.

In der Wohnung schleppte ich Eberhard ins Bad, setzte ihn vor eine Lampe und betrachtete die Bescherung. Der Riss war drei Zentimeter lang, aber nicht besonders tief.

»Muss ich den tierärztlichen Notdienst rufen?«

Lass mal. Ein Mann braucht Macken.

»Sehe ich auch so.«

Ich checkte mal wieder meine E-Mails – entdeckte nichts Besonderes – und ging früh zu Bett. Meine letzten wachen Gedanken galten meinem Freund Peter Jansen, der wahrscheinlich gerade bei Ada Hecke, dem Eiszapfen, auf dem Sofa saß. Ob er sie wirklich zum Schmelzen bringen würde? Morgen würde er mir alles erzählen müssen.

Hausputz

Eberhard war wegen seines Fights wohl so genervt, dass er meinem Bett fern blieb. Aber er war wieder einigermaßen gut gelaunt, als ich mich gegen zehn aus dem Bett hochrappelte. Heute war Samstag und ich hatte frei. Nicht ganz, denn Hausputz war angesagt. Besonders das Bad hatte es nötig. Überall lagen Körner des Katzenstreus verteilt, die sich nicht besonders angenehm unter meinen nackten Fußsohlen machten.

Doch zuerst ein kräftiges Frühstück. Dazu gehörten Eier. Rührei für mich und für den Kater ein Spiegelei – wie jedes Wochenende.

Ach ja! Schöne Musik fehlte noch. Im Nachthemd schlurfte ich zum CD-Regal, griff blind hinein und zog eine Disk heraus. *Cinema-Classics.*

Um Himmels willen, das war einer der vielen Sampler, die ich im Laufe der letzten Jahre geschenkt bekommen hatte. Diejenigen meiner Lover, die wussten, dass ich auf Klassik stand, sich aber nie die Mühe gemacht hatten, genauer in Erfahrung zu bringen, was ich gerne hörte, hatten den Grundstein für diese Sammlung gelegt. So besaß ich inzwischen vielerlei gemischtes Tralala im Schrank, denn manche hatten mich mit mehreren Gaben dieser Art erfreut. *Kuschelklassik*, *Musik für Momente der Entspannung* und *Schmuse-Jazz* – so die weiteren Titel meiner Kollektion. Auch *Bach zum Backen* konnte mich nicht begeistern, dann eher schon *Pergolesi zum Putzen*. Nein, doch nicht.

Ich schob die Sampler ins Regal zurück und griff wieder blind zu. *Peter Tschaikowsky*. Schon besser. Die *Ouvertüre 1812 op. 49*.

Ich grinste.

Als die ersten Takte erklangen, stellte der Kater die Ohren auf. *Schrecklich!*

»Passt aber zu deinem Zustand«, erklärte ich. »Hat mit Napoleon zu tun und dem verlorenen Russlandfeldzug. Gleich kommt noch Schlachtenlärm und Glockengebimmel. Mit welchem dominanten Kater hast du dich eigentlich gestern gefetzt?«

Mach die Musik aus, muffelte er, *dann erzähl ich's dir.*

»Soll ich meine Händel-Arien auflegen?«, meinte ich scheinheilig. »Oder etwa doch *Kuschel-Rock?*«

Am besten gar nichts. Mein Schädel brummt. Und Hunger habe ich auch.

»Kriegst ja gleich dein Spiegelei. Also? Wie heißt er?«

Marvin.

»Du lässt dich von einem verhauen, der *Marvin* heißt?«, fragte ich entsetzt und schlug das Ei in die Pfanne.

Man trifft sich im Leben immer zweimal.

»Vielleicht solltest du ihm besser aus dem Weg gehen!«, riet ich.

Nein. Pass lieber auf das Ei auf!

»Möchtest du es blutig, *à point* oder *bien cuit?*«

Das Eigelb sollte flüssig sein!

»Wie der Herr befiehlt!«

Fünf Minuten später nahmen wir unser Frühstück ein. Eberhard hockte auf dem Boden und schleckte konzentriert das Gelb des Spiegeleis auf, das ich auf einen Teller gelegt hatte. Das Tier hielt sich an die Bedingung, die ich an diese Leckerei geknüpft hatte: Das Ei blieb auf dem Teller und wurde nicht mehr durch die gesamte Wohnung geschleift.

Ich hatte das Geschirr abgeräumt, als das Telefon klingelte. Tom Piny fragte, ob er mal eben reinkommen dürfe.

»Wo bist du denn?«, fragte ich.

»Ich steh vor deinem Haus«, erklärte er. »Kam zufällig hier lang. Also, was ist?«

»Ich bin noch im Nachthemd und ungeschminkt.«

»Ich nehm die Brille ab, dann werde ich's überleben.«

»Meinetwegen!«

Keine zwei Minuten später stand er vor der Tür. Ich hatte mich inzwischen in Hose und Pullover geworfen. Zum Schminken hatte es natürlich nicht mehr gereicht.

»Sie sind bestimmt die Frau Mutter«, sagte TOP, als er mich sah. »Darf ich reinkommen? Ich will zu Ihrer Tochter!«

»Du bist ein verdammter Teufelsbraten!«, grinste ich. »Komm rein!«

»Nicht dass dein Mistvieh mich anspringt«, meinte Tom Piny und guckte, ob er den Kater irgendwo ausmachen konnte.

»Erst die große Fresse und dann Angst vor einem kleinen Katerchen«, höhnte ich und zog ihn rein. »Kaffee?«

»Warum bietest du mir eigentlich nie Grappa an?«, wunderte sich TOP.

»Und warum bringst du mir keine frisch geschlagene Pinie mit?«

»Weil man Pinien nur bei Vollmond schlagen darf – es sei denn, man hat gewichtige sexuelle Gründe.«

»Und Grappa darf man nur nach Sonnenuntergang trinken ... Außerdem hab ich keine passenden Gläser«, erinnerte ich ihn.

»Dann nehmen wir die Eierbecher – wie beim letzten Mal«, lachte Piny. »Hatte was, Grappa-Baby! In echt!«

Tom ließ sich aufs Sofa fallen, dessen Innereien ächzten. Eberhard lag auf dem Sessel gegenüber und hob missbilligend den Kopf, blieb aber sonst ruhig.

»Also? Kaffee oder was?«, wiederholte ich mein Angebot.

»Lass mal. Kaffee regt mich noch mehr auf.«

»Okay.« Ich setzte mich in den zweiten Sessel. »Was ist passiert?«

»Ich habe eine unglaubliche Neuigkeit«, verkündete Piny mit glänzenden Augen.

»Erzähl schon!«

»Du weißt doch, dass der Oberbürgermeister über einen so genannten *Feuerwehrfonds* verfügt. Aus dem bezahlt er nach eigenem Gusto Dinge, von denen nicht unbedingt jeder etwas wissen muss. Für die nicht fünftausend Anträge und Formblätter ausgefüllt werden sollen.«

»Klar weiß ich das. So eine Art Taschengeld. Wenn er mal Lust auf einen Schokoriegel oder die kleine Mahlzeit zwischendurch hat. Und wenn er spontan sein will.«

»Spontan war Nagel noch nie und für Süßigkeiten gibt der bestimmt kein Geld aus«, meinte Piny.

»Und für was gibt er das Geld aus?«

»Genau das ist die Frage. Und ich kenne die Antwort.«

»Nun sag schon!«

»Kennst du den *Erotic-Body*-Laden?«

»Klar, der Nobelladen für Dessous neben dem Rathaus. Wolltest du den nicht kaufen, wenn du pensioniert bist?«, nickte ich.

»Könnte sein. Aber wir reden ausnahmsweise nicht von mir. Sondern von Nagel.«

»Sag bloß, der trägt neuerdings Damenunterwäsche?«

»Nicht auszuschließen – so wie seine Partei ihn immer zur Minna macht! Nein, Nagel soll mit dem Geld aus dem Feuerwehrfonds Dessous gekauft haben. Und zwar in einer Größe, die seiner Frau bestimmt nicht passt.«

»Quatsch!«

»Nur feine Spitzenware. Höschen, Tangas und Strings in Größe 42–44 und Vollschalen-BHs 85 Doppel-D! Dazu einige Korsetts und Catsuits.«

»Was sind denn Catsuits?«

»Das weißt du nicht?« TOP schaute mich voller Entsetzen an.

»Nein. Aber ich kann ja mal den Kater fragen! Eberhard, weißt du, was Catsuits sind?«

Der Löwe hob nicht mal den Kopf ob dieser Frage, sondern zuckte nur mit der Spitze des rechten Ohres – sein Signal für: *Lasst mich mit eurem Mist bloß in Ruhe!*

»Also, sag schon!«, quengelte ich.

»Das sind so Ganzkörperbodys aus Stretch und transparentem Material. Durchsichtig an den wichtigen Stellen.«

»Wow!«

»Und jetzt fragt sich natürlich ein investigativer Journalist wie ich: Für wen waren diese Sachen bestimmt?«

»Bist du schon zu einem Ergebnis gekommen?«

Piny schüttelte den Kopf. »Ich weiß nur, für wen sie nicht bestimmt sein können. Seine Sekretärin und seine Referentin sind zu schlank – genau wie seine Frau. Und für dich konnten die Sachen auch nicht gedacht sein, Grappa. Die Tangas würden dir ja noch passen, aber Doppel-D? Da geht 'ne ganze Menge rein. So viel hast du nicht zu bieten.«

»Soll ich darüber jetzt froh oder traurig sein?«, wollte ich wissen.

»Bleib, wie du bist«, meinte er generös.

»Ich danke dir!«, sagte ich herzlich.

Redet der immer so einen Schrott?, fragte der Kater.

»Woher hast du den Tipp?«

»Informantenschutz, Grappa. Kann ich wirklich nicht sagen. Aber ich werde den Laden besuchen und mit dem Besitzer reden. Und dann schreib ich darüber.«

»Und warum erzählst du mir das alles? Du weißt doch, dass ich bei der Konkurrenz arbeite.«

»Ach, du mit deinem Kinderfernsehen!«, frotzelte er. »Ich wollte dich um einen Gefallen bitten.«

»Welchen?«

»Du bist doch mit der Referentin des OB befreundet. Frag sie doch mal, ob Nagel eine Geliebte hat.«

»Und wenn ja?«

»Dann glaube ich, dass die ganze Entführung nur vorgetäuscht ist. Nagel will sich mit seiner Geliebten absetzen – auf Nimmerwiedersehen. Und dazu ist er in den Jemen gereist!«

Wer ist 85 Doppel-D?

Nein, das konnte ich mir nicht vorstellen: Bierstadts Oberbürgermeister zwischen den wassermelonengroßen Brüsten einer Frau! Der Mann war viel zu pflichtbewusst, um einfach so zu verschwinden, und dass er sich scharfe

Dessous ausgerechnet in einem Shop direkt neben dem Rathaus besorgte, war ja an Naivität kaum zu überbieten.

Außerdem – was war mit dem Ohr? Wenn es wirklich Nagels Teil war, dann konnte Piny seine haarsträubende Geschichte aus Tausendundeiner Nacht in die Tonne hauen.

Als Piny gegangen war, griff ich zum Telefon. Die Referentin des Oberbürgermeisters fiel aus allen Wolken, als ich sie auf direktem Weg nach einer Affäre ihres Chefs mit einer Frau fragte, die vermutlich eine enorme Oberweite hatte. Ich schickte TOP eine SMS auf sein Handy: *Niemand kennt 85 Doppel-D.* Das musste erst mal reichen.

Der Hausputz ließ sich nicht mehr umgehen. Als mich Eberhard im Badezimmer herumwühlen hörte, steckte er den Kopf durch die Tür.

»Du willst mir doch nicht etwa beim Putzen helfen?«, fragte ich.

Rhetorische Fragen kannst du also auch!

»Wenigstens dein Katzenklo könntest du selbst sauber machen!«

Eberhard schenkte sich die Antwort und sprang mit einem mächtigen Satz auf die Fensterbank. Dabei riss er ein paar leere Parfumflakons um, es schepperte und klirrte gewaltig. Der Kater erschrak und hüpfte von der Fensterbank auf meine Schultern.

»Ist ja gut, Löwe!«, beruhigte ich ihn. »Ich wollte die Dinger sowieso mal aussortieren. Am besten, du verziehst dich wieder ins Wohnzimmer und lässt mich meine Frauenarbeit allein machen, ja?«

Eberhard trollte sich. Ich sah ihm nach. Eigentlich passten wir immer besser zusammen, der Kater und ich. Mit keinem Mann hatte ich es jemals so lange ausgehalten ... oder gar zusammengelebt. Der Große Lamborghini lag jedenfalls mit seiner Analyse völlig daneben.

Nach dem Aufräumen packte mich die Neugier. Was war mit Peter Jansen? Zu Hause konnte ich ihn schlecht anrufen, denn im Familienkreis konnte er bestimmt nicht ungestört reden. Ich sendete ihm eine SMS auf sein Handy und eine Mail auf seinen Rechner. Vielleicht würde er sich ja melden.

Da ich schon mal am PC saß, startete ich zu einem kleinen Ausflug in die Chatrooms. Zuerst sah ich nach *SCUM*, sie war mir als Einzige unter Quincys Kontakten in Erinnerung geblieben. Falls der Nick wirklich etwas mit den Sprüchen der skurrilen Feministin zu tun hatte, hätte die Frau dahinter genug Männerhass im Gepäck, um die Kerle reihenweise ins Gras beißen zu lassen.

Doch *SCUM* war nicht online, vielleicht frönte sie gerade jetzt ihrer außergewöhnlichen Freizeitbeschäftigung. Wie könnte ich sie locken, mit mir Kontakt aufzunehmen? Klar, indem ich so tat, als sei ich ein Mann auf der Suche nach einem Abenteuer.

Ich meldete mich unter den Pseudonym *Magic-Phalle* ein, der Name war eindeutig und anzüglich, gab mir ein Alter von fünfundvierzig Jahren und legte mir zwei Kinder zu. Es dauerte ziemlich lange, bis ich einen halbwegs stimmigen Text verfasst hatte:

Ich bin verheiratet und suche ohne Trennungsabsichten von meiner Frau eine Sie für einen diskreten Seitensprung. Bin beruflich (Jurist) unabhängig und schätze eine hohe Lebensqualität, bei der die Freizeit an erster Stelle steht. Einen Teil meiner Freizeit widme ich schönen Dingen wie Kunst und Kultur; auch mein Interesse für Geschichte, Politik und alte Musik ist sehr ausgeprägt – ebenso schätze ich sportliche Aktivitäten wie Schwimmen. Bin fröhlich, ausgeglichen und lache sehr gerne. An das Glück in der Ehe glaube ich nicht mehr, eher an – was immer man darunter auch verstehen mag – »Zweisamkeit«. Ich möchte wieder die Schmetterlinge im Bauch spüren, das gewisse Kribbeln. Deshalb suche ich dich, eine nette Frau zwischen drei-

ßig und fünfzig, attraktiv, mit viel Sinn für Zärtlichkeit und Erotik. Es sollte dir ein Bedürfnis sein, dich ausgiebig körperlich verwöhnen zu lassen. Solltest du dich angesprochen fühlen, dann gib dir einen Stoß und melde dich!

Ich hatte den Text gerade abgespeichert, als mal wieder das Telefon klingelte.

»Du kannst wohl gar nicht mehr ohne mich sein«, muffelte ich Tom Piny an. »Gibt es was Neues an der BH-Front?«

»Danke für deine SMS. Aber deshalb ruf ich nicht an. Die SPD will sich jetzt aktiv um die Freilassung von Nagel kümmern.«

»Was du nicht sagst! Dann hat der Kommentar von Jansen wohl doch Wirkung gezeigt.«

»Und wie!« In Toms Stimme lag so etwas wie Spott. »Sie haben die Aktion ›Ein Lichtlein für Nagel‹ aus der Taufe gehoben. Abends, wenn es dunkel wird, sollen die Bierstädter eine Kerze ins Fenster stellen, um Geschlossenheit zu demonstrieren. Ist das nicht irre?«

»So wie früher für die Menschen in Ostdeutschland?«, fragte ich ungläubig.

»Genau die gleiche Nummer. Die Kerzen werden in der SPD-Geschäftsstelle, im Rathaus, bei der Arbeiterwohlfahrt und beim Westdeutschen Rundfunk verkauft. Ist das nicht die Lachnummer schlechthin?«

»Es ist wenigstens ein Anfang, ein symbolischer Akt«, entgegnete ich. »Besser als gar nichts!«

»Glaubst du wirklich, dass der schlappe Schein von Teelichtern jemanden im fernen Jemen beeindruckt?«

»Wer weiß«, sagte ich. »Vielleicht geht manchem in Bierstadt wenigstens ein kleines Licht auf.«

Nicht wirklich angetan von den Bemühungen der Bierstädter, ihren Oberbürgermeister zu retten, verabschiedete ich mich von TOP und wandte mich wieder dem PC zu. Für *Magic-Phalle* war natürlich noch keine Nachricht da, dafür aber jede Menge Mails an die Adresse meines anderen Pseudonyms *Anima.* Ein Mann namens *Einsamer Butterkeks* buhlte mit dem Satz: *Steh auf Cyber-Sex – du auch?* um meine Gunst. Ich schrieb zurück: *Hast du einen an der Waffel?* Dann fragte mich noch ein Typ namens *Tscherno_Bill* geradeheraus: *Was hast du gerade an?* Meine Antwort: *Geblümte Kittelschürze.* Leider glänzte der *Stramme Hengst* durch Abwesenheit, mit dem hätte ich wenigstens nett über die nächsten Morde plaudern können.

Caligula und Catilina

Am nächsten Morgen überraschte mich Hauptkommissar Brinkhoff mit der Information, dass das Landeskriminalamt einen Profiler abgestellt und nach Bierstadt entsandt habe. Ich saß bereits in meinem Büro und brütete unwillig über den letzten Feinheiten der Pilotsendung.

»Ein Profiler? Das ist endlich mal ein Aufhänger!«, jubelte ich durchs Telefon. »Kann ich den Mann kennen lernen? Mit ihm reden? Ihn interviewen?«

»Nun mal langsam«, forderte Brinkhoff.

»Wieso langsam?«, fragte ich. »Warum erzählen Sie mir denn dann davon?«

»Sie sollen ihn ja kennen lernen. Aber erst mal ohne Kamera. Er hat mich übrigens sogar darum gebeten, den Kontakt zu Ihnen herzustellen. Ich habe ihm erzählt, dass Sie Verbindung zu einem Informanten haben.«

»Leider ist der *Stramme Hengst* wie vom Erdboden … oder wie vom Netz verschluckt.«

»Haben Sie etwas von den Chats oder den E-Mails gespeichert?«

»Ja, klar. Die stelle ich Ihrem Kollegen gern zur Verfügung. Aber viel wird er nicht damit anfangen können.«

»Abwarten. Er interpretiert solche Dinge anders als solche einfachen Polizisten wie ich. Ich werde Dr. Kaligula sagen, dass Sie bereit sind, ihn treffen.«

»Wie heißt der?«, lachte ich.

»Kaligula. Dr. Julius Kaligula.«

»Caligula? Das war ein römischer Kaiser!«

»Ja. Dieser hier schreibt sich aber mit K am Anfang.«

Brinkhoff versprach, sich wieder zu melden. Ich zog die *Bierstädter Allgemeine Zeitung* aus dem Stapel der Tagesblätter, die auf meinem Tisch lagen. Nein, Tom Piny hatte sich doch noch nicht getraut, Nagels Ausflug ins Land der superheißen Höschen zu thematisieren. Er hatte sich darauf beschränkt, die Verkaufsstellen für die Teelichter bekannt zu geben, deren Licht die Entführer beeindrucken sollte.

Ich schaute auf die Uhr. Noch eine halbe Stunde bis zur Programmkonferenz. Zeit genug, mal eben ›zufällig‹ an Jansens Büro vorbeizugehen und ihm einen guten Morgen zu wünschen. Auf mein beherztes Klopfen folgte ein munteres »Herein«. Jansen hatte ebenfalls einige Zeitungen vor sich liegen und trank Kaffee.

»Hi, Peter«, begann ich, »guten Morgen. Und? Geht's gut?«

»O ja, danke der Nachfrage, Grappa-Baby. Und dir?«

»Auch gut. Ist alles so gelaufen, wie du es geplant hattest?«

»Ja, klar!« Er löste den Blick vom Geschriebenen und grinste mich an.

»Was heißt das?« Ich platzte fast vor Neugier.

»Ich hatte ein schönes, ruhiges Wochenende«, erklärte mein früherer Chef.

»Mann! Nun erzähl schon!«

»Was?«

»Das Abendessen bei der Hecke! Wie war es?«

»Harmonisch. Wir haben uns gut amüsiert. Und sie ist eine hervorragende Köchin.«

»Na toll! Peter! Nun lass dir nicht jedes Wort aus der Nase ziehen!« Ich war genervt.

»Es war ein schönes Abendessen zu dritt!«

»Was? Wieso zu dritt?«

»Ada, Guido und ich.«

»Wer ist Guido?« Ich verstand nur Bahnhof.

»Guido Hecke. Ihr Sohn. Sechzehn Jahre alt. Netter Bursche!«

Jetzt war ich platt.

»Sie hat einen Sohn, Grappa!«, wiederholte Jansen. »Selbst geboren und von einem Mann empfangen, denke ich mal, falls wir eine Jungfernzeugung ausschließen. Wer, zum Teufel, hat dir eigentlich den Quatsch gesteckt, dass Ada auf Frauen steht? Als ich ihr erzählt habe, dass sie für lesbisch gehalten wird, hat sie schallend gelacht.«

Das war peinlich! Was hatte Barbara da nur geredet? Aber vielleicht lag Jansen ja auch falsch, denn es gab ja auch spät berufene Lesben und ein halbwüchsiger Sohn am Abendbrottisch bedeutete erst einmal recht wenig.

»Hast du denn wenigstens in ihren Bücherschrank geguckt?«, versuchte ich die Peinlichkeit zu überspielen. »Besitzt sie das Buch von Valerie Solanas?«

»Sie hat etwa zweitausend Bücher«, berichtete Jansen. »Ich hatte leider nur Zeit, die ersten fünfhundert durchzusehen. Weiter bin ich nicht gekommen. War's das jetzt, Grappa-Baby?« Der Hohn in seiner Stimme war nicht zu überhören.

»Reg dich ab«, meinte ich säuerlich. Mein Gefühl sagte mir, dass es besser war zu verschwinden, und ich folgte dem Ratschlag.

Wieder in meinem Büro angekommen, hatte die Sekretärin eine Nachricht von Hauptkommissar Brinkhoff entgegengenommen. Er hatte das Treffen mit dem Profiler schon arrangiert. Das war klasse und die Gelegenheit, die Programmkonferenz zu schwänzen, denn wenn ich pünktlich sein wollte, musste ich sofort los. Ich entschuldigte mich beim Chef vom Dienst für mein Fernbleiben und zog los.

Wenn der Mann einigermaßen kooperativ ist, dachte ich, kann ich einen spannenden Film über seine Arbeit drehen.

Das steinerne Denkmal der Exekutive lag wie ein schwerer, rotbrauner Klotz am Rand der Schnellstraße, die Bierstadt mit dem unbedeutenden Rest der Welt verband. Die vierspurige Strecke führte ins Münsterland, und wer in die andere Richtung fuhr, tauchte ins so genannte Revier ein – dort gingen die Städte übergangslos ineinander über und präsentierten die denkmalgeschützten Reste von Hütten und Zechen. Dazwischen die mehr oder weniger mutigen Versuche, den angesagten Strukturwandel durch Büropaläste aus Glas und Aluminium zumindest optisch nachzuweisen. Die Wirklichkeit sah jedoch anders aus: Viele Büroetagen standen leer, es mangelte an solventen Mietern.

Im Polizeipräsidium bemühte man sich um ein freundliches Ambiente. Unkaputtbare Grünpflanzen standen – in Tonkügelchen gesetzt – im Entree und hinter der schlag- und geschosssicheren Glasscheibe des Empfangs hockte ein braver Beamter, der während seiner letzten Dienstjahre vom Streifendienst verschont blieb. Er hatte nur einen Arm und ich überlegte, bei welcher Gelegenheit er ihn wohl verloren haben könnte. Jedenfalls kannte man mich hier und ich wurde gleich durchgewunken.

Brinkhoff saß in seinem Zimmer, die Möbel waren älter, als ich sie in Erinnerung hatte, und die Scheibe im Fenster hatte noch immer ihren Sprung in der Schüssel.

»Kommen Sie, bitte!«, meinte der Kommissar und schob mich gleich wieder zur Tür raus. »Wir haben Herrn Kaligula ein Büro unterm Dach eingerichtet.«

Brinkhoff klopfte und ein kräftiges »Herein« ertönte.

Der große Mann stand mit dem Rücken zu uns, drehte sich dann um. Brinkhoff stellte mich vor. Kaligula quetschte mir die Hand fast zu Brei und bat mich, Platz zu nehmen. Ich musterte ihn. Na ja, wie ein Mörderjäger aus amerikanischen Thrillern sah er nicht aus. Kaligula hatte das Gesicht eines typischen Intellektuellen, der sich lieber in Büchern vergrub, als auf die Jagd nach einer leibhaftigen Serienmörderin zu gehen. Wache Augen, farbloser Teint und leicht angestaubte Kleidung. Ein bisschen spannender hätte er schon aussehen dürfen.

»Sie sind also der Experte für Serienmörder«, legte ich gleich los. »Wie wollen Sie in diesem Fall vorgehen? Haben Sie schon eine Idee?«

»Ach wissen Sie«, meinte Kaligula und sah mir in die Augen, »so schnell geht das alles nicht. Zuerst einmal heißt es: Informationen sammeln.«

»Wie kann ich Ihnen behilflich sein?«, zeigte ich mich kooperativ.

»Ich lasse Sie beide dann mal allein«, kündigte Brinkhoff an. »Soll ich Ihnen einen Kaffee besorgen?«

Die Frage war an mich gerichtet, der Hauptkommissar kannte meine Vorliebe für die starke schwarze Brühe.

»Sie sind ein Schatz!«, nickte ich und blickte mich in Kaligulas Büro um. An einer Tafel hingen Fotos, doch ich saß zu weit weg, um Details erkennen zu können.

»Ich lasse ihn gleich bringen«, versprach Brinkhoff und verschwand.

»Sie hatten doch Kontakt zu dem Zeugen *Strammer Hengst.*« Kaligula hatte die Frage von vorhin nicht vergessen. »Was wissen Sie über ihn?«

»So gut wie gar nichts«, antwortete ich wahrheitsgemäß. »Er hat mich im Internet angequatscht. Erst schien alles auf Sex hinauszulaufen, doch dann redete er plötzlich über die Morde. Und an einem Abend sagte er den letzten Mord voraus. Aber das hat Ihnen Herr Brinkhoff doch bestimmt schon alles erzählt.«

»Ja. Halten Sie den Mann für glaubwürdig?«

»Keine Ahnung. Kann natürlich auch ein Zufallstreffer

gewesen sein. Leider hat er sich danach nicht mehr gemeldet. War vielleicht doch nur ein Angeber.«

»Wie kam der Kontakt eigentlich zu Stande?«

Ich musste wohl etwas weiter ausholen. Es klopfte und der Kaffee kam in Form einer Thermoskanne, die von einem jungen Beamten angeschleppt wurde. Auch die Becher hatte er nicht vergessen.

Ich servierte Kaligula einen knappen Bericht über die Single-Show *Herzflimmern* und meine Internetrecherchen. Dass ich mich mit dem Nicknamen des letzten Mordopfers eingeloggt und dabei unter anderem das Profil *SCUM* entdeckt hatte, erwähnte ich erst einmal nicht. Es war immer gut, noch etwas in der Hinterhand zu haben.

»Ich würde gern einen Film über Ihre Arbeit machen«, sagte ich.

»Das ist nicht üblich. Der Täter oder die Täterin sollen nicht wissen, wie nah wir dran sind.«

»Sind Sie denn schon nah dran?«, fragte ich.

»Leider nicht!«, seufzte der Profiler. »Ich habe noch kein Gefühl entwickeln können.«

»Gefühl?«, fragte ich überrascht.

»Viel wissen Sie nicht über meine Arbeit, oder?«

»Nur das, was man so in amerikanischen Kriminalfilmen sieht.«

»Könnten Sie mir die E-Mails des *Strammen Hengstes* überspielen?«

»Klar«, sagte ich. »Wenn Sie mich an Ihren PC lassen und mir eine Diskette geben, stelle ich Ihnen die komplette Kollektion zusammen.«

Kaligula loggte sich aus und ich setzte mich an seinen Schreibtisch. Es dauerte eine Weile, bis ich die Mails des *Hengstes* überspielt hatte.

»Ein Foto hat er Ihnen nie geschickt, oder?«, wollte der Profiler wissen.

»Doch. Aber keines, wo sein Kopf drauf war. Ich habe es gelöscht.«

Ich reichte Kaligula die Diskette und loggte mich aus. »Darf ich mir die Fotos ansehen?«

Und schon stand ich vor der Tafel mit den angehefteten Fotos. Auf einem Bild war Quincy zu sehen. Total und close-up. Er lag verrenkt auf dem Bett, nur mit einem knappen Slip mit Leopardenmuster bekleidet. Das Teil passte überhaupt nicht zu seinem gelebten Biedermann-Image, wirkte fast lächerlich.

»Haben Sie ihn gemocht?«, fragte Kaligula, der hinter mich getreten war.

»Gemocht?« Ich schüttelte den Kopf. »Nein, das kann ich nicht behaupten. Er war nur ein Kollege. Ich hatte nicht viel mit ihm zu tun. Wie das eben so ist! Man sieht sich morgens auf der Konferenz und geht dann seiner Wege.«

»Was wissen Sie noch über ihn?«

»Dass er im Internet gesurft hat, wissen Sie ja wohl.«

»Wir haben seine Daten im Büro-PC gefunden und gesichert.«

»Und? Sind Sie zu wichtigen Erkenntnissen gelangt?«, fragte ich.

»Ja. Jemand hat nach seinem Tod in seinem persönlichen Register gestöbert – und sich Daten herauskopiert.«

»Interessant!«, rief ich aus. »Vielleicht die Mörderin?« Ich spürte, dass mir heiß wurde.

»Leider können wir das nicht feststellen, denn die Person hat Urbans Kennung gewusst. Haben Sie eine Idee, an wen wir uns in dieser Sache halten könnten?«

»Keine Ahnung!«, log ich und wurde prompt rot. Schnell drehte ich mich um und blickte wieder auf die Fotos. »Hat er sehr leiden müssen?«

»Tod durch Rattengift dauert schon ein Weilchen«, antwortete Kaligula.

Er hat meine Unsicherheit bestimmt bemerkt, dachte ich.

»Es ist schon Mittagszeit. Haben Sie Lust, mir beim Essen Gesellschaft zu leisten?«

Ich drehte mich zu ihm um, hatte mich wieder im Griff.

Kaligula lächelte. »Kennen Sie ein Restaurant in der Nähe, das Sie mögen?«

»Der *Henker* hat leider noch geschlossen um diese Zeit«, sagte ich. »Das wäre eigentlich das richtige Ambiente für uns gewesen. Aber wie wäre es mit einem Italiener?«

»Gute Idee.«

»Das Restaurant heißt leider nur *Trattoria Catilina* und nicht *Caligula.* Aber es gibt da eine Pizza *Caligula.* Stammen Sie eigentlich direkt von diesem gemütlichen römischen Kaiser ab?«

»Keine Ahnung«, grinste er, »ich bin ein Findelkind und wurde vor der Kirchenpforte abgelegt.«

»In Rom?«

»Nein. Leider nur in einem bayerischen Dorf mit fünf Kneipen, zwei Kirchen und drei Bauernhöfen.«

»Sie machen das ganze Bild kaputt, das ich von Ihnen entworfen habe!«, maulte ich.

»Geht es Ihnen besser, wenn ich Ihnen erzähle, dass Caligula weniger ein gemütlicher Kaiser, sondern eher ein ungemütlicher Massenmörder war?«

»Na, Gott sei Dank!«, seufzte ich erleichtert auf. »Ich mag geheimnisvolle Männer mit schrecklichen Geheimnissen und triebhaften Obsessionen – zumindest theoretisch. Und wenn ich die Chance kriege, die Geheimnisse zu lüften und an den Obsessionen teilzuhaben.«

Er schmunzelte.

Planvoll – Planlos

Wir warteten auf die Vorspeise und Kaligula hatte begonnen, mir Einblicke in sein aufregendes Leben zu geben. Hier gefiel er mir besser als in dem behelfsmäßig eingerichteten Büro im Polizeipräsidium. Merkwürdig, dachte ich, wenn mir dieser Mann auf der Straße begegnet wäre, ich hätte ihn wohl kaum beachtet, so wenig interessant wirkt er.

Aber er hat die richtige Mischung drauf, ein bisschen Charme, ein bisschen Geist, Humor und gutes Benehmen.

»Und? Wie kriegen Sie raus, was den Täter treibt? Sie können ihn ja nicht selbst fragen«, wollte ich wissen.

Inzwischen standen kleine Schälchen mit verschiedenen Antipasti vor uns. Kaligula reichte mir das Ciabatta.

»Wir kommen natürlich auch nicht ohne die übliche polizeiliche Routine aus«, erzählte er. »Damit meine ich die klassische Tatortanalyse, die Obduktion und eine Rekonstruktion des Tathergangs. Für mich sind verborgene Muster wichtig. Ist die Tötungsart immer die gleiche? Ähneln sich die Opfer in Alter, Aussehen und Geschlecht? Wo verschwinden die Ermordeten und wo werden sie gefunden?«

»Na ja, das ist ja in diesem Fall nicht so schwer«, meinte ich – mit ein paar eingelegten Tomaten kämpfend, die sich partout nicht aufspießen lassen wollten. »In allen Fällen hat die Täterin Gift benutzt, die Opfer waren alle Männer mittleren Alters und alle Opfer wurden in Hotelzimmern gefunden. Und: Die Mörderin lässt sie alle noch ein paar letzte Worte auf Band sprechen.«

»Richtig. Das sind wichtige Grundlagen zur Erstellung einer mentalen Landkarte, nach der der Mörder seine Taten vollbringt. Darf ich Ihnen noch einen Prosecco bestellen?«

»Nein«, winkte ich ab. »Wir bekommen ja gleich noch Wein zum Essen. Unter Serienkillern stellt man sich eigentlich jemanden vor, der psychisch gestört ist und nicht anders kann. Also jemand, der auf der Suche nach seinen Opfern nachts hechelnd durch die Stadt streift! Unsere Mörderin plant ihre Taten sehr genau. Sie scheint supercool zu sein.«

»Deshalb unterscheiden wir ja zwischen planvoll und planlos vorgehenden Tätern. Planende Täter töten meist Menschen, die sie sich vorher nach bestimmten Kriterien wie Alter, Aussehen oder Beruf ausgesucht haben. In unserem Fall sind es eben die gebundenen Männer, die im Internet Affären suchen. Der Täter ohne Plan trifft keine Auswahl, seine Überfälle sind ziemlich willkürlich und konkrete Vorstellungen von seinen Opfern hat er eigentlich auch nicht.«

»Dann haben wir es also mit einer planenden Mörderin zu tun«, schloss ich messerscharf.

»Eben. Und da wir das jetzt wissen, können wir auf Erfahrungswerte über die Persönlichkeitsstruktur solcher *organized killers,* die vom FBI entwickelt wurden, zurückgreifen. Unsere Mörderin hat demnach eine hohe Intelligenz, hohe Sozialkompetenz, geht einer regelmäßigen Arbeit nach, hat keine sexuellen Probleme, kontrolliert ihre Gefühle während des Verbrechens und lebt wahrscheinlich mit einem Partner zusammen. Sie ist mobil, hat also ein Auto, und verfolgt die Berichte über sich.«

»Das kann doch nicht alles sein!«, zweifelte ich. »Diese Kriterien treffen auch auf mich zu!«

»Nein«, widersprach Dr. Kaligula.

»Ach? Und warum nicht?«, fragte ich verblüfft.

»Sie können Ihre Gefühle nicht besonders gut kontrollieren«, erklärte er und seine Lippen kräuselten sich spöttisch.

»Jetzt haben Sie mich aber voll durchschaut!«, grinste ich. »Sie sind ein ja doch echter Experte!«

»Ach, wissen Sie!« Kaligula grapschte nach meiner Hand und hielt sie fest. »Sie sind wie ein offenes Buch für mich. Und das ist gut so!«

Ich – ein offenes Buch? Das hatte mir noch nie jemand attestiert. Da bemühte ich mich seit Jahren, mich mit einem mysteriösen und exaltierten Flair zu umgeben, und dann kam dieser Psychologe und hielt mich für schlicht gestrickt!

Zur Strafe entzog ich ihm meine Hand.

»Jetzt zum Beispiel sind Sie eingeschnappt«, stellte Kaligula fest.

»Um das festzustellen, haben wir Sie studieren lassen?«

»Nein. Ich habe studiert, um die richtigen Schlüsse daraus ziehen und voraussagen zu können, was Sie als Nächstes denken, tun oder sagen. Um ein *Profiling* von Ihnen erstellen zu können.«

»Und was denke ich gerade?«

»Sie sind ein wenig unsicher und wissen nicht, ob Sie mich in Ihr Herz schließen sollen oder nicht.«

»So ist es«, bemühte ich mich um Ironie. »Das werde ich mir ganz genau überlegen.«

»Liege ich ganz falsch?«

»Sie liegen völlig daneben. Ich denke nämlich gerade daran, wie lange die Küche noch braucht, um die Pizza *Caligula* rüberwachsen zu lassen. Ich habe nämlich Hunger!«

Na ja, am Ende des Mahls hatte ich ihn dann doch »in mein Herz geschlossen«. Merkwürdig, dass er diesen veralteten Ausdruck für Zuneigung verwandt hatte.

Die Pizza, die seinen Namen trug, schmeckte Kaligula nicht besonders gut. »Dem Belag fehlt die unbedingte Entschlossenheit, seinen Konsumenten zu erfreuen«, erklärte er. »Wenn ich ein Serienmörder wäre, würde ich mich an dem Pizzabäcker vergreifen.«

»Das könnte der Beginn einer langen und beschwerlichen Mordserie sein«, frotzelte ich. »Denn: wo aufhören? Welche Kriterien wären ausschlaggebend? Die Leichtigkeit des Teiges, die Qualität des Mozzarellas, die Schärfe der Peperoni? Oder das Aussehen des Kellners?«

»Einen Pizza-Killer hatte ich jedenfalls noch nicht in meiner Sammlung«, sagte Kaligula. »Aber mal einen Mann, der seine gesamten weiblichen Verwandten umbrachte, weil sie keine vernünftige *Sauce Hollandaise* zu Stande bekamen. Die kriegten das mit dem Wasserbad nicht hin, die Sauce wurde immer flockig.«

»Einfach ein paar Tropfen eiskaltes Wasser hineingeben, wenn die *Hollandaise* gerinnt«, riet ich. »Und noch mal kräftig aufschlagen. Das hilft sofort.«

Wir lachten. Beim Nachtisch schließlich – es gab *Tarta alla Amarene* – erklärte sich der Profiler bereit, in einem Film über die Serienmorde mitzuwirken, um die Mörderin zu provozieren.

Beim Espresso klingelte mein Handy. Es war Tom Piny und er hatte ein besonders exquisites Anliegen: Ich sollte ihn in den Dessous-Shop *Erotic-Body* begleiten – weil er sich allein nicht traute.

Kaligula bekam einiges mit und schaute amüsiert. Daraufhin erklärte ich ihm, dass es in Bierstadt noch einen zweiten interessanten Kriminalfall gäbe, nämlich die Entführung des Oberbürgermeisters durch islamische Terroristen.

»Und was hat das mit Dessous zu tun?«, fragte er neugierig.

Meine Erklärung ließ Kaligula laut lachen. »Und ich dachte schon, Bierstadt sei langweilig! Hier wissen die Frauen ja sogar, wie man eine unfallfreie *Hollandaise* zu Stande bekommt. *Chapeau!*«

»Manchmal tragen wir auch nur scharfe Dessous, wenn wir die Sauce schaumig schlagen.«

»Das ist ja superraffiniert! Bekomme ich das denn mal zu sehen?«, fragte er maliziös.

»Ich frage für Sie rum, wo so was zurzeit aufgeführt wird«, versprach ich. »Jetzt muss ich aber los. Mein Kollege wartet vor dem Laden auf mich. Kann ich Sie anrufen wegen des Films?«

»Ja. Ich gebe Ihnen meine Telefonnummer.«

Er holte eine Visitenkarte aus der Jacke und schrieb etwas auf. »Das ist die Pension, in der ich zurzeit hause.«

Ich schaute auf das Papier und stutzte. »Das ist ja das Hotel, in dem Urban ermordet worden ist!«

»Deshalb habe ich mich da eingemietet. Ich wohne sogar in dem Zimmer, in dem man ihn gefunden hat.«

»Und schlafen in seinem Bett?«

»Ja, klar. Geht doch nicht anders.«

»Wie schauerlich!«

»Stimmt. Ich habe auch jede Nacht Angst.«

»Dann tauschen Sie das Bett!«

»Gerne. Haben Sie eins für mich?«

Fehlanzeige

Es wollte nicht in meinen Kopf, dass ausgerechnet Tom Piny Probleme damit hatte, ohne Frau an seiner Seite eine Boutique für Damenunterwäsche zu betreten.

»Na, du Angsthase!«, begrüßte ich ihn. »Dann mal los!«

»Warte mal, Grappa«, sagte er und zog mich am Ärmel zurück, denn ich hatte den Türknauf schon in der Hand.

»Was ist denn?«

»Lass uns überlegen, wie wir taktisch vorgehen«, schlug er vor.

»Was gibt es da denn für eine Taktik zu beachten?«, schüttelte ich den Kopf. »Wir gehen rein und fragen, ob der Oberbürgermeister Unmengen von heißen Damendessous gekauft hat. Und wenn die Frage bejaht wird, hast du deine Story.«

»Die werden das doch niemals zugeben!«, wandte Piny ein.

»Natürlich nicht!«, stimmte ich zu. »Deshalb ist deine Geschichte ja auch an Blödheit nicht zu toppen!«

»Mein Informant ist aber glaubwürdig!«, beharrte TOP.

»Nun sag schon, wer es ist!«

»Verrätst du es auch keinem?«

»Doch. Ich lade ihn heute Abend als Studiogast in die Sendung ein«, foppte ich ihn.

»Grappa, du bist 'ne blöde Zicke!«

»Ich weiß«, nickte ich. »Sag mir deine Quelle und ich lege dir in dem Laden eine filmreife Nummer hin!«

»Lieber nicht. Ich glaube, wir gehen besser wieder.«

Es reichte. »Komm jetzt!«, befahl ich und betrat den Laden *Erotic-Body*.

Ob es an den heißen Höschen lag, dass die Boutique völlig überhitzt zu sein schien? Es gab Unmengen von dem, was wirkliche Damen und ›Damen‹ unter ihren Kleidern zu tragen pflegen, in jeder Form und fast jeder Farbe.

Eine Verkäuferin erhob sich von ihrem Stuhl und fragte, ob sie uns behilflich sein dürfe.

»Ich will nur mal gucken«, sagte ich. »Mein Mann hat gesagt, dass ich mir was Hübsches aussuchen darf, nicht wahr, Hasi?«

Ich schenkte Tom Piny das entzückendste Lächeln, dessen ich fähig war.

»Was suchen Sie denn? BH und Slip? Body, Korselett, Schnürkorsett, Mieder mit Strapsen?«

»Keine Ahnung«, meinte ich. »Ich wollte mich einfach inspirieren lassen. Wissen Sie, ich kaufe meine Unterwäsche normalerweise bei *C & A*, fleischfarbene Baumwollhöschen im Viererpack, kochfest und Mako gekämmt.«

Piny trat mir auf den Fuß. In seinem Gesicht spiegelte sich Scham wider.

Grinsend ging ich zu einem Ständer mit Bodys. Sie waren schwarz und nur sparsam mit Spitze besetzt. »Ist da meine Größe dabei?«, fragte ich.

»Welche haben Sie denn?«, fragte die Maus.

»85 C!«, antworteten TOP und ich unisono.

»Moment!« Sie bewegte sich in unsere Richtung.

»Ich habe da neulich mal was Schickes bei einer Freundin gesehen«, plapperte ich. »Ihr Freund hat es hier bei Ihnen gekauft.«

»Ja?« Ihr Interesse hielt sich in Grenzen. »Hier – das müsste Ihnen passen!«

Die Verkäuferin präsentierte uns den Traum von einem Dessous: federleichte schwarze Mikrofaser mit wenig Spitze und Seidenbandeinfassung.

»Das sind keine C-Körbchen«, erkannte Piny sofort. »Das passt ihr nicht.«

»Eben. Das passt mir nicht!«, stimmte ich zu, denn ich hatte unauffällig einen Blick auf das Preisschild geworfen – und die Zahl Zweihundertfünfzig erblickt.

»Sie haben Recht. Nur B-Körbchen. Entschuldigen Sie bitte.«

»Meine Freundin hat 85 Doppel-D«, erzählte ich weiter. »Ich wusste gar nicht, dass irgendjemand so was vorrätig hat. Sie sind wohl gut sortiert, was?«

»85 Doppel-D haben wir nicht am Lager«, verriet die Verkäuferin. »Aber wir können solche Maße bei unserem Produzenten bestellen. Das dauert allerdings etwas.«

»Der BH meiner Freundin hat mir so gut gefallen«, redete ich weiter. »Leider ist mir der Herstellername entfallen. Könnten Sie mal in Ihrem Buch nachschauen?«

»Wie ist denn der Name Ihrer Freundin?«

»Hecke.« Was anderes fiel mir auf die Schnelle nicht ein. »Aber das hilft Ihnen nicht weiter, weil ihr Freund die Sachen bestellt hat. Und dessen Namen kenne ich nun wieder nicht.«

»Vielleicht könnten wir es über die ungewöhnliche Größe herausbekommen!«, ging mir die Verkäuferin auf den Leim.

»Das ist ja eine wunderbare Idee!«, strahlte ich. »Nun sag doch auch mal was, Hasi!«

»Eine tolle Idee. Ja, wirklich!«, stotterte Piny.

»Dann will ich mal eben im Auftragsbuch nachsehen.«

»Danke! Wir schauen uns weiter um.«

Als sie entschwunden war, flüsterte Piny: »Große Klasse, Grappa!«

»So was nennt man Recherche, Hasi«, meinte ich gönnerhaft.

»Darfst dir dafür auch was Kleines aussuchen. Vielleicht einen dieser geilen Strings hier.« Mit beiden Händen fuhr Piny in den Ständer mit den Unterhöschen und präsentierte einige.

»Nee, lass mal«, winkte ich ab. »Ich hasse die Dinger. Weißt du, wie sie im Volksmund genannt werden? Ritzmänner. Nix dran, zugig und unbequem. In drei Monaten ist Winter.«

»Ich verstehe. Dann spendiere ich dir eben die guten alten Angora-Unterhosen von *C & A*.«

Wir konnten diesen Punkt nicht ausdiskutieren, denn die Verkäuferin tauchte wieder auf.

»Tut mir Leid«, sagte sie. »Ich habe alles durchgesehen. Doch wir hatten keine Bestellung von BHs in Größe 85 Doppel-D.«

»Dann war das wohl doch eine Verwechslung«, sagte ich. »Trotzdem vielen Dank für Ihre Mühe.«

»Ich habe den Body übrigens doch noch in Ihrer Größe gefunden«, strahlte sie mich an und hielt mir das traumhafte Teil hin.

Ich nahm es in die Hände und hielt es mir an den Körper. »Der Body ist wunderschön!«, schwärmte ich. »Schenkst du ihn mir, Hasi?«

Tom Piny zuckte zusammen. »Willst du ihn nicht erst mal anprobieren?«, fragte er dann scheinheilig.

»Er passt«, behauptete ich.

»Sie können ihn auch umtauschen, wenn Sie den Plastikschutz im Schritt nicht entfernen«, machte die Verkäuferin einen pragmatischen Vorschlag.

»Genauso machen wir es!«, jubelte ich. »Packen Sie ihn ein. Mein Mann bezahlt! Danke, Liebling!« Ich drückte Tom einen Kuss auf die Wange und zog ihn zur Kasse.

»Das wären dann zweihundertfünfzig Euro«, stellte die Verkäuferin fest.

»Was?« Piny wurde bleich. »So viel Geld habe ich gar nicht dabei!«

»Wir nehmen auch Kreditkarten«, erklärte die Frau hinter der Theke.

»Die habe ich vergessen!«, kam es sehr kläglich aus Pinys Mund.

»Ach, Hasi. Dann nehmen wir doch einfach meine.«

Ich legte die Karte hin und bei TOP und der Verkäuferin machte sich Erleichterung breit.

In diesem Augenblick öffnete sich die Tür des Ladens, eine Frau und ein Mann traten ein. Ich sah hin, wieder weg, und dann nochmal hin. Tatsächlich. Vor uns stand die Witwe Urban, die ich fast nicht erkannt hätte. Die graue Maus hatte nämlich eine Verwandlung hinter sich gebracht, die an ein Wunder grenzte. Sie war hochelegant, auffallend und teuer gekleidet. Und sie wurde von einem ›Sahneteilchen‹ von Mann begleitet: höchstens fünfunddreißig, gut gebaut, die langen Beine steckten in engen Jeans, der Waschbrettbauch in einem halb zugeknöpften Hemd, aus dem oben ein schwarz gelockter Flokati brach. Mein Blick und der des Beaus trafen sich und ich verstand plötzlich den Ausdruck *Dumm wie Brot!*.

»Guten Tag, gnädige Frau!«, flötete die Dessous-Verkäuferin. »Ihre Bestellung ist fertig. Ich bin gleich bei Ihnen!«

Schaben und Schleier

Vor der Tür holte ich erst mal Luft. Ich hatte die Tüte mit dem Body gepackt und TOP schnell aus dem Laden gezogen, denn ich wollte nicht, dass mich die Witwe erkannte.

»Hast du das Pärchen gerade gesehen?«, fragte ich Tom.

»Aufgerüschte Schachtel mit jungem Lover«, meinte er lapidar. »Und?«

»Ich kenne die Frau.«

»Ach so – ich dachte schon, du wolltest mir jetzt erzählen, dass du den Bellezzo nicht von deiner Bettkante schubsen würdest!«

»Hör auf mit dem Quatsch!«, fauchte ich. »Mich interessieren bei Männern nur die inneren Werte.«

»Seit wann denn das?«, grinste er.

»Seit gestern. Die Frau, die eben in den Laden kam, ist die Witwe des letzten Mordopfers. Frau Urban.«

Ich schilderte Tom meine Begegnung mit der farblosen Person, die sich innerhalb so kurzer Zeit zu einer eleganten Dame entwickelt hatte, die sich sogar einen Gigolo leisten konnte.

»Dann kann sie der Mörderin ja dankbar sein«, bemerkte TOP.

»Oder sie steckt selbst dahinter!«, gab ich zu bedenken.

»Vielleicht solltest du Brinkhoff informieren. Weißt du eigentlich, dass die einen Profiler vom Landeskriminalamt eingeflogen haben?«

»Klar. Ich komme gerade von ihm. Interessanter Mann. Er versteht seinen Job, glaube ich.«

»Welches verräterische Flackern blitzt denn da in deinen Äuglein, Grappa?«

»Da blitzt überhaupt nichts!«

»Ich seh's doch genau! Mir kannst du nichts vormachen.«

»Ich freue mich eben, wenn mir mal ein intelligenter Mann über den Weg läuft«, entgegnete ich. »Ich bin ja nun wirklich nicht verwöhnt! Von dir übrigens auch nicht!«

»Leider bin ich kein Latinlover mit einem IQ knapp über der Küchenschabe«, seufzte TOP. »Dann wäre mein Leben nämlich viel leichter.«

»Glaub ich nicht«, widersprach ich. »Du bist über vierzig – und dieses Alter legt den knackigsten Männerpo langsam, aber sicher in Falten. Außerdem spricht mich bei Männern Intelligenz immer als Erstes an. Erst danach interessieren mich Körperbau und sexuelle Leistungsfähigkeit. Obwohl: In deinem Fall war das anders, dein Körperbau hat mich sofort angetörnt. Dieser niedliche kleine Bauch, der so possierlich über dem Gürtel hängt, und die schnaufenden Geräusche, die du von dir gibst, wenn du im Rathaus die Treppe statt den Fahrstuhl nimmst.«

»Meine Frau liebt jedes Gramm an mir!«

»Ich doch auch, Süßer. Und jetzt ruf ich den Profiler an.«

»Viel Spaß auf der Pirsch, Grappa«, meinte TOP und drückte mir aufmunternd einen Kuss auf die Wange. »Mach's gut. Das richtige Teil für den Tanz der sieben Schleier vor dem Profiler hast du ja gerade gekauft.« TOP deutete viel sagend auf die Tüte.

»Welche Schleier?«, fragte ich. »So was kostet nur Zeit.«

»Ach ja. Ich vergaß. In deinem Alter wird die ja langsam knapp. Also, bis bald.«

Zehn Minuten später saß ich in meinem Büro, sah die Post nachlässig durch, griff dann zum Telefonhörer, rief Kaligula an und schilderte ihm meine Begegnung mit der Witwe Urban.

»Wir haben die Frau überprüft«, entgegnete er. »Sie hat für die Zeit des Mordes ein Alibi. Ein unumstößliches Alibi.«

»Und woher hat sie das Geld, sich exquisite Dessous zu kaufen? Der Laden ist der teuerste in der Stadt. Urban hat beim Sender nicht viel Geld verdient.«

»Er hatte eine Lebensversicherung abgeschlossen«, erklärte Kaligula. »Und das Geld wird wohl auch ausgezahlt.«

»Sie machen Ihre Arbeit echt professionell«, gab ich zu. »Und ich dachte schon, ich könnte Ihnen einen wertvollen Tipp geben. Schade!«

»Sie könnten mir aber trotzdem noch eine Frage von größter Wichtigkeit beantworten.«

»Ja?«

»Haben Sie sich was Schönes in dem Geschäft gekauft?«

»Ich konnte nicht widerstehen«, gab ich zu.

»Darf ich fragen, was es ist?«

»Etwas, das ich auch in der Küche tragen kann.«

»Wenn Sie die holländische Sauce schlagen?«

Ein Foto für SCUM

Fast hatte ich es schon aufgegeben, daran zu glauben, dass meine Mörder-Suche im Internet irgendeinen Erfolg haben könnte. Und jetzt das! Wie hypnotisiert starrte ich auf den Monitor: *SCUM,* die Frau mit dem skurrilen Männerentsorgungsmanifest, hatte mir – *Magic-Phalle* – geantwortet. Sie wollte sich bald mit mir treffen, um eine *tabulose und offene sexuelle Beziehung* mit mir einzugehen – verlangte vorher aber ein *aussagekräftiges Foto.*

Ich überlegte fieberhaft, wie ich weiter vorgehen sollte. Wenn *SCUM* Verdacht schöpfen sollte, dass ich nur ein Fake war, würde sie wieder im virtuellen Nichts verschwinden und die ganze Arbeit wäre umsonst gewesen.

Wo, zum Teufel, sollte ich ein Porträtfoto von einem Mann herbekommen? Die Fotoagenturen im Internet boten zwar einige Bilder zum Herunterladen an, doch denen sah man sofort an, dass sie von Profis angefertigt worden waren, die Models waren nicht vom Typ *Quincy* oder *Knuddelbär.*

Endlich fiel mir was ein und die Idee war so gut, dass ich auflachte. Ich holte mir die Homepage der *Bierstädter Allgemeinen Zeitung* auf den Schirm. Dort waren unter der Rubrik ›Team‹ die Redakteure abgebildet, natürlich auch Tom Piny. Was hatte ich in dem Profil *Magic-Phalle* geschrieben? 45 Jahre, verheiratet, zwei Kinder, von Beruf Jurist.

Das passte zu TOP. Sollte ich ihn anrufen und fragen? Ich verwarf den Gedanken. Er würde nur Fragen stellen und Bedenken haben. Falls *SCUM* auf das Foto abfahren würde, konnte ich noch immer mit ihm reden. Beherzt kopierte ich das Foto und schickte es an *SCUM*.

Den Rest des Tages verbrachte ich mit den letzten inhaltlichen Feinheiten der *Herzflimmern*-Show. Die fünf männlichen Kandidaten jedenfalls schienen bestens gelaunt zu sein – sie konnten es wohl kaum erwarten, einem Fernsehpublikum von ihren erotischen Wünschen zu erzählen.

Zum Schluss verfasste ich noch einen Pressetext, der kurz vor der Sendung an die regionalen und überörtlichen Zeitungen geschickt werden sollte:

> Die große Liebe ist immer noch das Ideal der Deutschen. Sie wollen beides: tiefes Gefühl auf Dauer und wilden Sex. Doch dieser Wunschtraum, sagen Wissenschaftler, ist eine Illusion. Allerdings könne die erschlaffte Lust auf den Partner wieder belebt werden, etwa durch diskrete Seitensprünge.
> Dabei will die Flirt-Show ›Herzflimmern‹ von *TV Fun* helfen: Drei männliche Kandidaten warten im Studio auf Anrufe charmanter Frauen ...

Ein nett formuliertes Blablabla. Ich war froh, als ich es hinter mir hatte, denn ich brannte darauf, meine neueste Anschaffung anzuprobieren, die in einer Tüte neben meinem Schreibtisch wartete. Gerade als ich das Büro verlassen wollte, klingelte das Telefon.

Es war der SPD-Parteivorsitzende. »Ich möchte Sie um Unterstützung bitten«, sagte er. »Es geht um das Schicksal des Genossen Nagel. Wir alle machen uns Sorgen.«

Heuchler, dachte ich und fragte, wobei ich denn behilflich sein könne.

»Die Benefizaktion ist leider etwas schleppend angelaufen«, berichtete der Parteiboss. »Ich dachte, dass Sie vielleicht in Ihrer Sendung darauf aufmerksam machen können, dass Jakob Nagel unsere Hilfe und unsere Solidarität benötigt.«

»Wenn Sie nicht mehr auf der Pfanne haben als diesen Kerzenverkauf, sehe ich schwarz«, entgegnete ich nicht gerade freundlich.

»Aber nein! Wir planen auch eine Musikveranstaltung im Konzerthaus.«

»Das hört sich ja schon besser an«, freute ich mich. »Wer soll denn da auftreten?«

»Wir dachten an ein multikulturelles Programm. Der Shanty-Chor der Arbeiterwohlfahrt hat bereits zugesagt und wir führen Verhandlungen mit dem Männerchor *Aufsteigende Lerche* aus dem Hansmannhaus.«

»Na, toll!« Das Hansmannhaus war eine große Altenbegegnungsstätte und die Sängertruppe zwischen achtzig und scheintot.

»Und was ist daran multikulti?«, erkundigte ich mich.

»Wir werden auch eine Bauchtänzerin engagieren«, verkündete der Parteichef.

»Die Idee ist gut«, lobte ich. »Immerhin hat Nagel ja einen Faible fürs Arabische.«

»Und die Arbeitsgemeinschaft Sozialdemokratischer Frauen wird Handarbeitsabende organisieren«, fuhr er fort. »Die Basteleien werden dann auf dem Weihnachtsbasar verkauft.«

»Weihnachtsbasar?«, fragte ich ungläubig. »Es ist erst Spätsommer!«

»Manchmal führen eben nur viele kleine Schritte zum Erfolg«, salbaderte der SPD-Mann. »In der Politik braucht man halt manchmal einen langen Atem.«

Zwei linke Hände

»Wir haben in ein paar Tagen Jahrestag«, teilte ich dem Kater mit, der mir dabei zusah, wie ich frisches Nobelfutter in das Glasschälchen schaufelte. »Vor genau einem Jahr habe ich dich in dieser Zechenkolonie aufgelesen und mitgenommen. Und ich weiß bis heute nicht, ob das eine gute oder schlechte Idee war.«

Ich auch nicht, sagte Eberhard trocken und ließ meine Hände nicht aus den Augen.

»Na ja«, lachte ich. »Feiern können wir es ja trotzdem. Du kriegst an dem Tag Ausgang und darfst dir was zu Essen wünschen.«

Der Löwe machte sich über das Futter her, konnte also erst mal nicht antworten. Das war die Gelegenheit, den schwarzen Body anzuprobieren, ohne dass Eberhard seine hämischen Bemerkungen über mich würde ausschütten können.

Ich verdrückte mich ins Bad und zog die Tür hinter mir zu. Schnell aus den Klamotten raus und rein ins überteuerte Nichts. Es schmiegte sich eng an meinen Leib, ohne mir die Luft abzuschnüren. Besonders hübsch fand ich die dezente Spitze am Dekolletee, die sich an den Trägern fortsetzte. Die Körbchen waren durchsichtiger als der Rest, aber nicht so aufdringlich, dass es obszön wirkte.

Ich drehte und wendete mich, fand, dass ich mich durchaus noch sehen lassen konnte. An welchem Mann würde ich die Wirkung des Bodys wohl zuerst ausprobieren? Wahrscheinlich am Kater, dachte ich ohne Begeisterung.

Am Haken hing mein schwarzer Seidenmantel, ich zog ihn über und ging wieder in die Küche zurück.

Willst du etwa schon ins Bett?, wunderte sich der Kater.

»Aber nein, Löwe. Ich hab's mir nur bequem gemacht!«,

antwortete ich. »Ich muss gleich noch ein bisschen arbeiten, aber erst esse ich mal was.«

Ich warf Nudeln ins kochende Wasser, goss Olivenöl in die Pfanne und zerbröselte eine Chilischote darin. Lecker!

Vor lauter Vorfreude öffnete ich schon mal die letzte Flasche Chianti und goss mir ein. In diesem Augenblick klingelte das Telefon.

Stell die Temperatur runter!, mahnte der Kater. *Wer weiß, wie lange das wieder dauert.*

»Danke. Wenn ich dich nicht hätte«, spöttelte ich und rannte zum Telefon. Es war Rumi, der Mann vom Auswärtigen Amt, den ich schon fast aus meinem Gedächtnis getilgt hatte.

»Wir haben ein zweites Ohr geschickt bekommen«, berichtete er mit unheilvoller Stimme.

»Na, so was!«, meinte ich verblüfft. Mehr fiel mir nicht ein, ich nahm erst mal einen weiteren Schluck Chianti.

»Das Besondere ist, dass es das rechte Ohr ist.«

»Und?« Ich verstand wieder mal gar nichts.

»Das erste Ohr war auch das rechte.«

»Wie?«

»Beide Ohren sind rechte Ohren.«

»Vielleicht hatte Nagel ja zwei rechte Ohren ... so wie andere zwei linke Hände haben«, kicherte ich.

Rumi konnte über meinen Supergag noch nicht mal schmunzeln. »Die DNA-Analyse ist eindeutig. Keines ist von Nagel«, widersprach er.

»Schön für ihn. Dann hat er ja doch noch alle.« Ich bemühte mich redlich, ernst zu bleiben, doch so ganz gelang es mir nicht, in meinem Bauch sammelten sich kleine Gluckser, die sich langsam nach oben drängten.

»Ich werde nun endlich in den Jemen fahren«, meinte Rumi leicht angesäuert. »Ich wollte Ihnen das nur mitteilen. Unser Abendessen muss also noch ein wenig weiter warten. Ich hoffe, dass Sie das verstehen.«

»Aber ja!«, meinte ich treuherzig. »Auftrag ist Auftrag. Ich werde mich in Geduld fassen und sofort einer Selbsthilfegruppe beitreten.«

»Selbsthilfegruppe?«

»Schon gut!«, wiegelte ich ab. »Scherze, die man erklären muss, sind nicht wirklich gut. Ich halte hier jedenfalls heldenhaft die Stellung, bis Sie wieder da sind.«

»Das freut mich«, meinte Rumi feierlich. Ironie war nicht seine starke Seite und die gehörte für mich zu den *Basics.*

Kopfschüttelnd legte ich den Hörer auf. Himmel! Die Pasta. Ich mochte sie *al dente* und nicht schlabberig weich.

Wer war das?, fragte der Kater.

Die Pasta war noch okay. Ich goss das Wasser ab und schüttete die Nudeln in eine Keramikschüssel, das Öl mit der Chilischote drüber – fertig!

»Das war Rumi, der Mann vom Auswärtigen Amt. Ich war doch mal mit ihm zum Essen verabredet.«

Weichei, meinte Eberhard verächtlich, *eine Dame versetzt man nicht. Kannst du deiner Autorin nicht mal sagen, dass er weg muss?*

»Und wie?«

Sie soll ihn sterben lassen!

»Nein. Das hat er nicht verdient. Er fährt aber jetzt ohnehin erst mal in den Jemen.«

Gut. Das ist doch die Vorlage, die du brauchst.

Der Kater zwinkerte mir zu, sprang auf den Tisch und beobachtete aufmerksam, wie ich die Spagetti um die Gabel wickelte. Wenn ich zum Aufrollen zu lange brauchte, schlug er mit seiner Tatze nach dem Nudelfaden. Ein neues Spiel – es war so komisch, dass ich die Sauerei, die es verursachte, klaglos hinnahm.

Nach dem Essen sah der Tisch aus, als sei eine Horde Affen darüber galoppiert. Leider hatte mein Seidenmantel auch ein paar Spritzer Olivenöl abbekommen, einige Pastafäden klebten auf dem Stuhl und auf des Katers Rücken, zwischen den Öhrchen des Löwen hatte sich die Spur einer roten Chilischale festgepappt.

Ich weiß es jetzt, sagte der Kater.

»Was weißt du?«

Was ich zu unserem Jahrestag essen will.

»Komm mir bloß nicht mit so einer Spagetti-Orgie wie heute! Das war ein absoluter Einzelfall!«

Keine Spagetti. Ich will Meisenknödel.

»Wie kommst du denn darauf?«

Eine Anzeige in der Zeitung. ›Sorgen Sie schon jetzt für die Ernährung Ihrer Lieblinge im Winter‹, zitierte der Löwe. *›Kaufen Sie Meisenknödel.‹*

Erst jetzt verstand ich.

»Kater!«, lachte ich. »Diese Dinger sind nicht aus Meisen gemacht, sondern für Meisen. Weil die im Winter sonst nichts zum Picken finden.«

Der Kater schaute mich betröpfelt an – schwieg aber. Ob der Glanz in den Pupillen etwa ein Anflug von Selbstironie war?

Ich räumte auf, setzte die Spülmaschine in Gang und ging ins Arbeitszimmer. Nachdem ich den PC hochgefahren und dabei ein weiteres Glas Wein getrunken hatte, schaute ich nach Post von *SCUM.*

Aber sie hatte noch nicht reagiert. Ganz wohl war mir nicht, dass ich ihr Toms Konterfei zugespielt hatte. Aber wir sind ja nicht auf der Welt, um uns wohl zu fühlen, dachte ich.

Die Flasche auf dem Küchentisch war noch halb voll beziehungsweise schon halb leer. Ein Zustand jedenfalls, den ich ändern würde.

Ich las noch ein wenig, hörte die schönsten Stellen aus meinen gesammelten Händel-Opern, die ein mitleidiger Musikproduzent auf einen Sampler eingespielt hatte, leerte die Flasche und erlaubte dem Kater, sich auf meinem Seidenmantel zu lümmeln.

Es war wohl letztendlich doch zu viel Wein gewesen, denn ich wachte mitten in der Nacht auf und konnte nicht mehr schlafen. Eine Gelegenheit, in meiner Mailbox nochmal nach einer Antwort von *SCUM* zu suchen. Nun gab es eine Reaktion auf Toms Foto:

Du gefällst mir und ich will dich treffen, bestehe aber auf einer diskreten Abwicklung. Wenn ich dir auch gefalle, schenke ich dir ein Erlebnis, das du nie vergessen wirst.

Verdammt, dachte ich, jetzt habe ich ein Problem.

Schöner beichten

Wie sollte ich meinem Freund Tom Piny klar machen, dass er sich mit einer Unbekannten, die vielleicht eine Mörderin war, in einem Hotel treffen sollte? Es führte kein Weg daran vorbei – ich musste eine umfassende Beichte ablegen und TOP einweihen. Auch Dr. Kaligula sollte Bescheid wissen.

Bevor ich ins Studio fuhr, rief ich den Profiler an.

»Ich muss Sie dringend sehen«, begann ich, »und zwar bald.«

»Schön, das freut mich. Ich hoffe, es ist privat.«

»Nicht ganz«, druckste ich. »Ich würde Sie allerdings auch gern wiedersehen. Aber – es gibt da noch was.«

»Erzählen Sie!«

»Ich habe Kontakt zu einer Frau, die im Internet chattet und die die Mörderin sein könnte!«

»Ach wirklich?« Das Interesse des Profilers hielt sich in engen Grenzen.

»Ich möchte das aber nicht am Telefon erzählen«, erklärte ich. »Es dauert zu lange, ich muss zur Arbeit und ich … na ja, ich habe wohl Murks gebaut.«

»So, so«, sagte er tadelnd. »Aber schön, dass Sie mich in Ihren Murks einweihen wollen. Machen Sie einen Vorschlag!«

»Heute Abend bei mir? Um acht? Bei einem leichten Mahl, einem guten Wein und leiser Musik beichtet es sich schöner.«

»Einverstanden. Ich werde nicht streng mit Ihnen sein, denn Sie bewahren mich vor einsamen Stunden in einem tristen Hotelzimmer. Aber eine Bedingung stelle ich.«

»Und welche?«

»Ich möchte gern, dass Sie Ihr neues Küchen-Outfit tragen.«

»Kein Problem«, sagte ich. »Tragen werde ich es – aber ob Sie es zu sehen kriegen?«

»Überlassen Sie das doch einfach meinem Geschick!«

»Einverstanden.« Ich atmete auf.

Eberhard hatte dem Telefongespräch wohl gelauscht, denn er muffelte: *Wen wirst du heute Abend anschleppen?*

»Einen netten Mann, der mir aus der Patsche helfen soll. Und – eines rate ich dir: Mach bloß keinen Ärger!«

Ist es privat oder dienstlich?

»Dienstlich. Aber vielleicht wird es auch ein bisschen privat.«

Ja, ja. Wir warten aufs Christkind! Der Kater grinste schief und machte gleich darauf einen Satz zur Seite, um dem Telefonbuch auszuweichen, das ich nach ihm geworfen hatte.

Zur Strafe bekam das Vieh nur das ungeliebte Trockenfutter in die Schüssel gestreut. Ich verließ eilig das Haus und hielt kurz an der Bäckerei.

Anneliese Schmitz stand hinter der Ladentheke und beschriftete Preisschildchen.

»Tach auch«, sagte ich.

»Tach. Wie isses?«

»Gut. Selbst?«, kürzelte ich.

»Muss.«

»Ich kriege Besuch heute Abend. Können Sie mir ein Baguette zurücklegen?«

»Wer kommt denn?« Gut, dass sie nicht neugierig war.

»Ein Mann.«

»Ihr Neuer?«

»Noch nicht«, antwortete ich brav.

»Soll noch werden, was?«

»Muss.«

»Dann wünsch ich aber was.«

»Danke. Gegen sechs also.«

»Werde ein paar Glückskörner einbacken.«

»Das hilft?«, lachte ich.

»Muss.«

»Geben Sie mir doch auch ein Schlafmittel für den Kater«, seufzte ich.

Zehn Minuten später erreichte ich den Parkplatz des Studios, ging in mein Zimmer und schaute nach Post und Zeitungen. Der Pressetext über die *Herzflimmern*-Show war fast überall abgedruckt worden, auch im überregionalen Teil. Das würde sich positiv auf den Erfolg auswirken! Die Fotos von Moderatorin Gudrun Ottawa und dem Großen Lamborghini war ebenfalls gut platziert worden. Die Blondine würde manchen Mann vor den Fernseher locken, der sich vielleicht sonst die gegnerische Millionärs-Rate-Show oder einen Thriller angucken würde, und der Sternenfritze mit den unglaublich blauen Augen würde mit seinem Sternenkram bei den Frauen Furore machen.

Insofern lief alles prächtig. Jetzt musste ich nur noch die Programmkonferenz und eine Regiebesprechung hinter mich bringen, Tom Piny erklären, dass eine mutmaßliche Mörderin ein Auge auf ihn geworfen hatte, was Leckeres zu Essen kaufen und mich zu Hause für Dr. Kaligula aufrüschen.

Man wächst mit seinen Aufgaben, dachte ich, packte die Zeitungsartikel und trabte zum Konferenzraum. Aber alles schön der Reihe nach!

»Wir haben alles zusammen, um *Herzflimmern* zu einem erfolgreichen Format zu machen«, gab ich auf der Konferenz bekannt. »Durch *TV Fun* werden die Singles und diejenigen, die sich nach Wärme und Erotik sehnen, wissen, dass es in ihrem tristen Leben Hoffnung gibt!«

Kabel und Kleiderschrank

»Du beschwerst dich doch manchmal, dass dein Leben so gleichförmig verläuft, ohne besondere Höhepunkte«, begann ich. Tom Piny und ich saßen im *Catilina.*

»Ich habe mich nie über ein langweiliges Leben beschwert«, widersprach TOP. »Du musst mich mit jemandem verwechseln. Außerdem kenne ich ja dich – deshalb kann mein Dasein gar nicht so öde sein. Hast du den Body schon anprobiert?«

Das war nun nicht die thematische Richtung, in die ich wollte.

»Ich habe dich ja auch sehr gern«, beteuerte ich. »Und das Wichtigste an einer Freundschaft ist, dass man Vertrauen zueinander hat, nicht wahr?« Mein Lächeln war das zarteste, was ich zu zeigen im Stande war.

»Grappa-Baby«, wunderte sich TOP. »Du bist ja so handzahm. Alles in Ordnung?«

»Also?« Mein Messer bearbeitete leicht hektisch die knusprige Kante der Pizza. »Hast du Vertrauen zu mir oder nicht?«

»Kommt drauf an«, meinte Tom vorsichtig. »Wenn du mich nicht wieder dazu bringen willst, zweihundertfünfzig Euro für ein Dessous zu bezahlen, das ich dann noch nicht mal zu sehen bekomme.«

Es hat keinen Sinn, um den heißen Brei Pirouetten zu drehen, dachte ich.

»Ich habe eine tolle Story für dich«, versuchte ich es anders. »Es geht um diese Frau. Die sich im Internet

Männer sucht und sich mit ihnen in Hotels trifft. Sie vielleicht umbringt. Mir ist es gelungen, Kontakt zu ihr aufzunehmen.«

»Echt?« Tom ließ vor Überraschung die Gabel fallen. »Wie hast du das geschafft?«

»Fantasie, Intelligenz und Erfindungsreichtum – gewürzt mit einer Prise Mut und dem unbedingten Willen zum Erfolg ... Du kennst doch mein Rezept, Süßer«, legte ich los. »Ich habe so getan, als sei ich ein verheirateter Mann, der fremdgehen will. So ein Typ, der alles hat: trautes Heim, Kinderlein und die Gattin, die ihm die Unterhosen wäscht. Und jetzt sucht er nur noch geilen Sex ohne Verantwortung bei Frauen, die er im Internet kennen lernt.«

»Ja, ja – Männer sind Schweine«, mümmelte TOP seine Pizza.

»Nun will sich die Frau mit mir treffen. Gut, nicht? Dann können wir sie kriegen.«

»Und wie soll das gehen?«, fragte Tom. »Willst du dich als Mann verkleiden? Wird wohl nicht so einfach – bei 85 C.«

»Sie wird mich auf jeden Fall für einen Mann halten ... Ich habe ihr nämlich ein Foto von einem Mann zugeschickt. Um sie anzulocken. Und es hat sofort geklappt.«

»Das hilft dir nicht viel weiter. Du musst sie doch auf frischer Tat ertappen.« TOP lustwandelte noch immer im Tal der Ahnungslosen, während mir der kalte Schweiß auf der Stirn stand.

»Deshalb muss ja der Mann von dem Bild die Mörderin treffen. In der Kriminologie nennt man so was *Lockvogel.*«

»Ach, was?« Er hatte nach wie vor keinen Schimmer. »Halt mich nicht für blöd, Grappa. Ich hab auch schon mal einen Fernsehkrimi gesehen.«

So, dachte ich, alles oder nichts. »Ahnst du wirklich nicht, wer auf dem Foto drauf ist?«

TOP sah mich an, kauend, doch langsam hörten seine Kiefer auf zu mahlen und sein Blick verengte sich.

»Willst du etwa sagen, dass du *mein* Foto verschickt hast?«

»Es kann dir nichts passieren«, sagte ich schnell, »überall wird es von Polizei nur so wimmeln und du wirst vollständig verkabelt. In dem Hotelzimmer werden jede Menge Abhörgeräte installiert, und wenn du willst, verstecke ich mich höchstpersönlich im Kleiderschrank und springe im richtigen Moment hervor und rette dich – mit der geladenen Pistole in der Hand.«

Stiefelchen und Lockvogel

Es lief doch noch ziemlich glimpflich für mich ab. Tom Piny war zwar geschockt, aber auch ein bisschen geschmeichelt, denn er war ja ab sofort die Hauptperson einer spannenden Story. Journalistisch jedenfalls würde er an der Quelle sitzen. ICH – DAS MORDOPFER ... Ich sah die Überschrift schon vor meinem geistigen Auge. Oder vielleicht auch: WIE ICH DER SERIENMÖRDERIN ENTKAM.

In einem Feinkostladen kaufte ich allerhand teure Sachen, holte das bestellte Weißbrot in der Bäckerei Schmitz ab und fuhr noch schnell zu meinem Weinladen. Dort stöberte ich herum und entschied mich dann für einen Weißen, der es in sich haben sollte: *Er hat eine animalische Nase mit einer Spur Petrol, ist fleischig-voll im Ansatz, kiesig und ein wenig barriquegeschminkt. Die Tannine nicht allzu rau, das Finale ist lang und im Abgang entwickelt er sich etwas breit.*

Diese geschliffene Weinlyrik war überzeugend, auch wenn ich sie nicht zu interpretieren verstand. *Animalisch* sagte mir natürlich etwas, und wenn Kaligula und ich vom Genuss des Weißweines ordentlich *breit* werden würden, war das ziemlich erwünscht.

Schwer bepackt kam ich zu Hause an. Eberhard sah mich, begrüßte mich kurz und sprang auf den Küchentisch, um mir beim Auspacken zu helfen.

»Keine Zeit für Katerspiele! Tüten bleiben zu«, winkte ich ab. »Du weißt, wir kriegen gleich Besuch. Der liebe Onkel Profiler rückt an. Und ich rate dir, dich zu benehmen. Ich habe gehört, dass er Katzen in Formalin sammelt.«

Was?

»Vergiss es! Nun muss ich mich hübsch machen.«

Na, dann viel Erfolg, grinste Eberhard spöttisch und verzog sich.

Ich duschte, überlegte, was ich anziehen sollte, wusste nur, dass ich den scharfen Body tragen würde. Vielleicht darüber einen langen Wickelrock, der beim Übereinanderschlagen der Beine an der richtigen Stelle aufzuklappen pflegte, was mir gewöhnlich ein »Huch« entlockte und meine männlichen Gäste dazu brachte, mich die nächsten zwei Minuten, während ich züchtig an dem widerspenstigen Rock nestelte, nicht aus den Augen zu lassen. Nach der Rock-Schau war die Stimmung meist prickelnder als zuvor.

Ich hatte diesen Supertrick allerdings lange nicht mehr angewandt und war mir nicht sicher, ob ich ihn noch beherrschte. Ich hatte gerade das rechte Auge mit dem Kajalstift umrundet, als es an der Haustür klingelte. Verdammt, fluchte ich, und warf mir meinen Mantel über.

Barfuß lief ich zur Tür und fragte, wer da sei. Es war Kaligula! Warum denn bloß jetzt schon? Ich drückte mürrisch auf und der Mann kam leichtfüßig die Treppe hoch.

»Oh, komme ich zu früh?«, fragte er mit einem Blick auf mein Outfit.

»Nur unwesentlich«, meinte ich trocken. »Suchen Sie sich irgendwo einen Stuhl und fühlen Sie sich wie zu Hause. Hatten wir nicht acht gesagt?«

»Tut mir Leid.« Er tat zerknirscht. »Ich hatte halb in Erinnerung.«

»Jetzt ist es eh zu spät. Sie haben mir ja nun meinen Auftritt versaut«, muffelte ich. »Ich verschwinde nochmal ins Bad. Und wenn Ihnen etwas Schwarzes entgegenkommt, dann erschrecken Sie nicht. Das ist mein Kater. Seien Sie nett zu ihm, dann dürfen Sie bleiben.«

Ich zog die Badezimmertür hinter mir zu, schminkte mich fertig und zog mich an. Erst den neuen Body, dann Pullover und Wickelrock. Noch ein wenig Parfum und fertig.

Meinen Gast fand ich im Wohnzimmer in eins meiner Bücher vertieft. Sie lagen überall rum, meist aufgeklappt und mit dem Buchrücken nach oben, weil mir immer die Lesezeichen fehlten. Kaligula hatte Petronius Arbiters *Gastmahl des Trimalchio* erwischt, die satirische Schilderung einer römischen Fressorgie. Hoffentlich erwartete er keine mit Würsten gefüllte Schweine oder in Wein marinierte Lerchenzungen von mir.

Neben Kaligula saß der Kater – und betrachtete ihn prüfend. Der Profiler tat so, als sei Eberhard nicht da, und ich schloss mich ihm an.

»Sie mögen die römische Geschichte?«, fragte Kaligula.

»Klar, besonders wenn es um Fress- und Saufgelage geht.«

»Dann sollten Sie mal bei Catull nachschlagen«, empfahl er. »Er hat in seiner achten *Carmen* ein üppiges Mahl beschrieben und seinen Freund mit dem Gedicht eingeladen: *Du wirst gut speisen bei mir in wenigen Tagen – wenn die Götter dir gnädig sind – wenn du gutes und reichliches Essen mitbringst – nicht ohne ein schönes Mädchen und Wein und Witz und lautes Gelächter*.«

»Der Freund musste das Essen mitbringen«, stellte ich fest. »Und bekam ein schönes Mädchen dafür.«

»Essen ist da, Mädchen auch. Alles perfekt!«, strahlte Kaligula. »Die Zivilisation macht doch Fortschritte. Dafür geht unser nächstes Festmahl auf meine Rechnung.«

»Ich werde darauf zurückkommen. Haben Sie eigentlich wirklich nichts mit dem römischen Kaiser zu tun? Nein, kann ja nicht sein. Sie kommen ja aus Bayern. Wie heißen Sie eigentlich mit Vornamen?«, fragte ich scheinheilig.

Wahrscheinlich Seppel, mischte sich Eberhard ein.

»Julius. Wie der römische Kaiser. Gaius Julius Caesar Germanicus. Den Namen Caligula bekam er nämlich erst von den Soldaten verpasst. Das Stiefelchen – so die Übersetzung.«

»Wie süß«, meinte ich. »Warum die ihn wohl so genannt haben? Wollen Sie ein Glas Wein?«

»Sie wollen mich wohl betrunken machen!«

»Mit einem Glas Wein?«

»Vielleicht werden es ja auch mehrere.«

»Ich mag willenlose Männer.«

»Dann sollten wir beide jetzt ganz schnell ganz viel Wein trinken. Ich mag nämlich willenlose Frauen.«

»Und wer von uns beiden behält den Überblick?«, fragte ich.

Wahrscheinlich ich, sagte der Kater.

»Wahrscheinlich er«, sagte Kaligula und deutete auf den Löwen.

»Verstehen Sie ihn?«, wollte ich wissen.

»Wen?«

»Ich dachte, Sie verstehen, was der Kater sagt.«

»Wenn Sie möchten, dass ich ihn verstehe, antworte ich mit einem uneingeschränkten Ja.«

Alter Schleimer, mischte sich der Kater erneut ein.

»Haben Sie das gehört?«, grinste ich. »Eberhard sagte, dass er Sie gern mag.«

»Ich mag ihn ja auch.« Kaligula streckte die Hand aus und wollte den Kopf des Katers tätscheln.

»Vorsicht«, warnte ich und der Profiler zog den Arm wieder zurück.

Ich holte den Wein und wir nahmen einen Begrüßungsschluck. Beim Anstoßen schaute ich in seine Augen. Der Blick war heiter, mit einer Spur Ironie angereichert – eine Mischung, die mir gefiel, und wenn er lächelte, tauchten plötzlich zwei Grübchen in den Wangen auf.

»Darf ich den ersten Teil meiner Beichte schon vor den Antipasti ablegen?«, fragte ich.

»Ist es so schlimm, dass Sie es mir nur bröckchenweise zumuten können?«

»Ich muss Ihnen etwas demonstrieren. Aber dazu müssen wir in ein anderes Zimmer gehen. Keine Angst – es ist nicht mein Schlafzimmer.«

»Das lässt mich aber aufatmen«, seufzte er.

»Sind Sie eigentlich gut in Ihrem Beruf?«

»Ich glaube schon. Meine gelösten Fälle können sich wohl sehen lassen.«

»Wie schön«, strahlte ich, »dann können Sie vielleicht bald Ihr Meisterwerk vollbringen. Kommen Sie!«

Im Arbeitszimmer stellte ich den PC an und loggte mich unter dem Namen *Magic-Phalle* im Single-Service ein.

»Setzen Sie sich neben mich«, empfahl ich Kaligula, »dann können Sie besser sehen, was ich mache.«

»Aber gern.« Er griff sich einen Stuhl. Sein rechter Oberschenkel berührte meinen linken, und der Geruch eines dezenten Herrenparfums zog in meine Nase. Ich tat so, als sei ich voll auf das Geschehen auf dem Monitor konzentriert, und erklärte ihm kurz, wie die Internet-Partnerschaftsbörse funktionierte, dass ich unter Urbans bevorzugten Profilen *SCUM* entdeckt hätte und dass ich sie für die Mörderin hielt.

»Und diese SCUM will sich jetzt bald mit mir treffen«, schloss ich den ersten Teil meines Berichtes.

»Dann brauchen Sie also einen Mann«, erfasste Kaligula messerscharf die Situation.

»Ja. Ich brauche einen Mann«, stimmte ich zu. »Aber nicht, um ihn ihr als Fraß vorzuwerfen.«

»Und wozu brauchen Sie einen Mann?«

Er saß schon dicht neben mir, schien jetzt aber noch näher zu kommen, denn ich spürte seinen Atem auf meinem Hals.

»Es gibt einfach Dinge, die machen allein keine richtige Freude«, antwortete ich und meine Stimme hatten jenen Ton, der zwar schon lockte, aber noch eine leichte Distanz ausdrückte.

»Ich verstehe, was Sie meinen«, sagte er leise und pustete auf meinen Hals. Sein Atem war kühler als die Temperatur meiner Haut. In dem Augenblick bewegte ich mich und der Wickelrock fiel ein wenig auseinander. Ob ich den Trick noch draufhatte?

»Erkälten Sie sich nicht«, lächelte mein Gast, nahm den Stoff und deckte meine Schenkel wieder zu.

»Und jetzt müssen wir darüber reden, welchen Mann wir in die Höhle von *SCUM* schicken«, kam er zum Thema zurück.

»Ich habe schon einen«, gestand ich zerknirscht, erklärte ihm die Sache mit TOP und auch, dass ich *SCUM* bereits ein Bild meines Kollegen geschickt hatte.

»Ist er denn bereit, als Lockvogel zu dienen?«, fragte Kaligula.

»Ich glaube schon, dass er den Lockvogel geben würde«, antwortete ich. »Doch lassen Sie uns eine Pause machen. Die Antipasti warten!«

Kaligula folgte mir ins Wohnzimmer. Er setzte sich und beobachtete mich, wie ich peu à peu die Vorspeisen aus der Küche holte und sie auf dem Tisch drapierte.

»Was wissen Sie noch über diese Frau?«, fragte Kaligula, als wir schließlich beide saßen.

Kurz und knapp erläuterte ich ihm den Namen *SCUM* und erzählte, dass der Name mit Valerie Solanas zu tun hatte – der fast vergessenen Feministin.

Nach gefüllten Paprikaschoten und gebratenen Auberginen sagte er: »Wir sollten die Chance aber auf jeden Fall nutzen. Auch wenn ich nicht so richtig an den Erfolg glaube.«

»Warum nicht?«, fragte ich. »Es passt doch alles. Eine Frau, die untreue Männer hasst und sie umbringt. Umbringen muss.«

»Meine Erfahrung spricht dagegen«, erklärte er. »Hass als Motiv – das mag es geben. Doch die hochprofessionelle Vorbereitung der Taten spricht gegen jemanden, der psychisch gestört ist. Wie schon gesagt, die Täterin geht ausgesprochen planvoll vor. Sie wählt ihre Opfer mit Bedacht aus – aber nach welchem Muster? Und jetzt diese theoretische Überhöhung! Die Gesellschaft zur Vernichtung der Männer! Wenn sie so eindeutig feministisch wäre, würde sie sich nicht wie eine billige Hure kleiden, wenn sie auf Jagd geht.«

»Oder gerade«, widersprach ich. »Um die Absurdität von Verrat und Betrug noch stärker herauszustellen. Diese *Dreckskerle* wollen Sex wie mit einer Hure, nur ohne dafür zu bezahlen: schnell, herzlos, ohne jede Verantwortung und Moral.«

»Einige Dinge stören mich trotzdem.« Kaligula war wieder ganz Fachmann. »Zum Beispiel die Inszenierung mit dem Tonband. Alle Opfer mussten ihre letzten Worte auf Band sprechen. Als Abschied für die, die sie betrügen wollten. Warum macht sie das?«

»Das ist es doch!«, ereiferte ich mich. »Die Mörderin will den betrogenen Ehefrauen sagen: Hier bin ich und ich habe euer Problem gelöst. Und zwar endgültig.«

»Ja, sie verhält sich so wie eine Auftragskillerin, die eine Einkaufsliste abhakt.«

»Das finde ich nicht.«

Ich goss Wein nach. »Dagegen spricht dieser Satz, den alle sagen müssen. *Ich bin ein Dreckskerl.* Jemand, der gegen Geld Männer umbringt, macht sich doch diese Mühe nicht.«

»Oder gerade. Um vom Motiv abzulenken. Jedenfalls

werde ich sofort morgen mit Ihrem Kollegen Kontakt aufnehmen. Die Antipasti sind übrigens ausgezeichnet.«

»Danke. Ich habe sie auch sehr liebevoll eingekauft.«

Er lachte. »Und der Wein hat es echt in sich. Noch ein Glas – und ich kann für nichts mehr die Hand ins Feuer legen.«

»Wollen Sie sich denn die Finger verbrennen?«, fragte ich.

»Eigentlich schon. Aber nur ein bisschen.«

»Dann sind Sie bereit für weitere kulinarische Freuden?«

»Aber ja. Exquisiten Genüssen kann ich nicht widerstehen.«

Die *Penne rigate* kochten schon einige Minuten und waren fast so weit. Ich löffelte das Pesto über die Nudeln, streute noch ein paar kleingeschnittene Tomaten darüber und garnierte alles mit gerösteten Pinienkernen. Zufrieden blickte ich auf die beiden Teller – das Ganze sah wirklich sehr appetitlich aus.

Als ich in der Tür zum Wohnzimmer stand, staunte ich. Mein Besucher hatte sich neben Eberhard aufs Sofa gesetzt, kraulte ihm den Nacken und der Kater schien es zu genießen.

»Wir haben Sie das denn geschafft?«

»Was?«, fragte er.

»Der Kater lässt sich sonst von niemandem anfassen«, erklärte ich. »Kompliment.«

»Angewandte Psychologie«, grinste Kaligula. »Ich habe nämlich die Begabung, mit Tieren reden zu können ... und ich habe Ihrem Kater eingeredet, dass ich nur ehrenvolle Absichten habe.«

»Und das hat er Ihnen geglaubt?«

Kaligula legte den Zeigefinger über die Lippen – so, dass Eberhard ihn nicht sehen konnte.

»Die Essen ist fertig. Kommen Sie!«

Wir setzten uns zu Tisch und aßen beide artig unseren Teller leer. Als er mir ein Stück Weißbrot reichte, zog ich seine Hand zu mir, nahm seinen Daumen in den Mund, leckte ihn ab und umkreiste die Kuppe mit der Zunge. Und da ich nicht zu den Frauen gehörte, die beim erotischen Spiel züchtig die Augen niederschlugen, sahen wir uns an – es war wie ein Kampf, den wir beide zugleich gewinnen und verlieren wollten.

»Zeigst du mir jetzt deine Neuerwerbung?«, schnurrte er. »Das Ding, das du in diesem Laden gekauft hast.«

Einige Augenblicke später war mir klar, dass ich den dritten Gang des Menüs an diesem Abend wohl nicht mehr zur ›Aufführung‹ bringen würde.

Um Fische schlagen

Am nächsten Morgen gab es nur ein schnelles und einfaches Frühstück, denn heute war der Tag, an dem *Herzflimmern* über den Schirm gehen würde, und ich musste früher als üblich in den Sender fahren.

Versonnen sah ich Kaligula an und fragte mich, wie lange es wohl diesmal dauern würde, bis wir beide wieder unserer Wege ziehen würden. Er hatte sich – genau wie ich – in der Nacht zu einem bewussten Single-Leben bekannt, und es war so, als hätten wir beide einen Zaun um unsere Gärten gezogen, damit bloß niemand in den des anderen eindringen konnte. Unsere Lust war stark gewesen – aber eher von Gier als vom Begehren bestimmt. Heißes, dampfendes Fleisch – mehr nicht.

»Noch Kaffee, *amore?*« Er schaute mich an, als hätte er meine Gedanken erraten, denn sein Blick war liebevoll. Damit hatte ich nicht gerechnet und ich errötete. Stumm hielt ich ihm die Tasse hin und er füllte sie.

Es war ein schöner Morgen – schon ein wenig herbstlich, doch mit einer goldenen Sonne, die durch Fenster und die Balkontür ins Zimmer schien. Der Kater war auf die Blumenbank auf dem Balkon gesprungen und räkelte sich in der Sonne.

»Kann ich heute mit deinem Kollegen sprechen?«, fragte Kaligula. »Er soll sich so schnell wie möglich mit *SCUM* treffen, damit wir in der Sache endlich weiterkommen. Ich glaube zwar noch nicht daran, dass sie die Richtige ist, aber wir sollten jede Chance nutzen.«

»Ich gebe dir gleich seine Nummer«, sagte ich. »Warst du eigentlich mal verheiratet?«

»Noch nie. Die Frauen halten es nicht mit mir aus. Ich arbeite wohl zu viel.«

»Das ist der Grund?«, wunderte ich mich.

»Zumindest haben die Damen das immer behauptet. Und du? Was stimmt bei dir nicht?«

Ich wollte schon antworten, aber er ließ mich nicht dazu kommen. »Warte! Ich werde es dir sagen!« Er musterte mich und meinte dann: »Du jagst dem Traum der romantischen Liebe nach. Stimmt's?«

»Nicht mehr«, antwortete ich, »vielleicht als ich jung war. Jetzt will ich nur noch meine Lust befriedigen – und fertig. Echte Beziehungen sind anstrengend, verletzend oder todlangweilig.«

»Es gibt ein Gedicht von Brecht. Es heißt *Liebeslied aus einer schlechten Zeit.* Möchtest du es hören?«

»Natürlich. Ich mag Gedichte.«

Kaligula beugte sich vor, nahm meine Hand und rezitierte: *»Wir waren miteinander nicht befreundet / Doch haben wir einander beigewohnt. / Als wir einander in den Armen lagen / War'n einander fremder als der Mond. / Und träfen wir uns heute auf dem Markte / Wir könnten uns um ein paar Fische schlagen: / Wir waren miteinander nicht befreundet / Als wir einander in den Armen lagen.«* Er legte seine Hand auf meine Wange. »Meinst du, das Gedicht trifft auf uns zu?«

Du magst doch gar keinen Fisch, sagte Eberhard. Der Kater war unbemerkt ins Zimmer gekommen.

»Nein«, sagte ich. »Das Gedicht passt nicht. Ich mag nämlich keinen Fisch.«

Wenig später verließ er meine Wohnung. Beim Abräumen des Tisches fiel mir auf, dass er seine Papierserviette bemalt hatte, während ich wohl im Bad war.

Ich faltete sie auseinander, um einen Sinn in den Runen zu entdecken. Kaligula hatte mit den Buchstaben des Namens *SCUM* gespielt und sie in verschiedenen Kombinationen zusammengesetzt, doch etwas Sinnvolles war nicht dabei rausgekommen. Dasselbe hatte er mit meinem Namen auch gemacht: GRAPPA, APPARG, GARAPP und RAGAPP.

Und er hatte etwas gezeichnet. Ich brauchte eine Weile, um zu erkennen, was es war, und identifizierte schließlich eine Heuschrecke mit Flügeln, einem mächtigen Leib und sehr langen Beinen.

Eine schöne Erinnerung an diesen Morgen, dachte ich, faltete die Serviette wieder zusammen und verstaute sie in einem Holzkistchen, in dem schon allerlei Zeug lag, an das ich liebe oder weniger liebe Erinnerungen knüpfte.

Drei Männer und ein Profi

Sie hießen Torsten, Frank und Bernhard, waren zwischen achtunddreißig und fünfundvierzig Jahre alt und auf der Suche nach »neuen emotionalen Erfahrungen«. Gemeinsam mit der Moderatorin Gudrun Ottawa sah ich mir die Filme an, die ein Reporter über die drei gedreht hatte. So sollten die potenziellen Anruferinnen schon mal ein paar Informationen über die Kandidaten erhalten.

»Gruselig«, meinte sie.

»Was? Die Typen?«

»Ja. Besonders dieser Bernhard. Selbstgefällig und dumm. Die Frau, die sich mit dem mal treffen wird, tut mir schon jetzt Leid.«

Es war zwar nicht im Sinn einer lockeren Show, aber ich musste Gudrun Ottawa Recht geben.

»Ich finde diesen Frank noch schlimmer. Während ich mit ihm telefonierte, kaute er ständig Kaugummi«, erzählte ich. »Ich habe ihm schon gesagt, dass er das heute Abend weglassen soll. Und dieser angebliche Manager namens Torsten mit seinem Sportwagen hätte die Kohle für den Schlitten lieber in die Einrichtung seiner Wohnung stecken sollen.«

»War denn nichts Besseres zu kriegen?« Gudrun Ottawa machte ein leicht angesäuertes Gesicht.

»Nein. Kein Mann mit Niveau präsentiert sich in so einer Show. Das ist leider so. Sie sind ausgewählt und werden heute Abend da sein. Ist das ein Problem für Sie?«

»Aber nein. Ich bin schließlich Profi. Wenn ich im Studio stehe, mache ich das, wofür ich bezahlt werde – und zwar gut.«

»Das habe ich auch nicht anders von Ihnen erwartet«, meinte ich versöhnlich. »Mir ist klar, dass diese Show keine Sternstunde der Fernsehgeschichte sein wird. So, jetzt muss ich mit dem Astrologen reden – er braucht noch die Daten der Kandidaten.«

Der Große Lamborghini wartete bestimmt schon in meinem Büro auf mich. Mit den drei Filmen unter dem Arm verließ ich den Ansichtsraum.

Lamborghini war doch noch nicht da, er hatte angerufen und steckte im Stau, die Autobahn nach Bierstadt war mal wieder dicht. Zeit genug, Kaligula anzurufen und zu fragen, ob er schon mit Tom Piny gesprochen hatte.

»Wir sitzen gerade in meinem Büro zusammen«, erklärte mein neuer Lover, »dein Kollege ist zu allem bereit. Wann können wir in Ruhe reden? Wir müssen ja mit der Frau wieder Kontakt aufnehmen.«

»Ich werde dir so schnell wie möglich Bescheid sagen«, versprach ich, »lass mich nur erst die Sendung heute Abend einigermaßen überstehen.«

»Bereust du es?«, fragte er.

»Meinst du, letzte Nacht?«

»Ja.« Ich dachte mir, dass er nicht reden konnte, weil Tom Piny neben ihm saß und vermutlich die Ohren spitzte.

»Ich glaube nicht, dass das Gedicht von Brecht auf uns zutrifft«, sagte ich. »Wir werden für uns ein anderes finden.«

Tücken der Technik

Noch zehn Minuten bis zur Sendung. Das Studiopublikum saß bereits an seinem Platz, die Telefonleitungen waren geschaltet, die Scheinwerfer vernünftig positioniert, die Fernsehregie voll besetzt und die drei Kandidaten in der Maske gewesen. Moderatorin Gudrun Ottawa hockte mit dem Großen Lamborghini in der Deko und machte Entspannungsübungen; die Maskenbildnerin stand mit ihren Utensilien in der Nähe, um notfalls noch ein paar glänzende Stellen nachzupudern.

Mein Job war es nur noch, im Fernsehstudio neben dem Regisseur zu sitzen und einzugreifen, wenn etwas schief lief, aber davon ging ich nicht aus. Trotzdem war ich nervös und hatte tierisches Lampenfieber.

»Noch fünf Minuten bis zur Sendung. Begeben Sie sich bitte alle auf Ihre Positionen!«, ordnete der Regisseur über das Studiomikrofon an.

Gudrun Ottawa stöckelte zu dem Pult, hinter dem sie die Zuschauer begrüßen würde, der Große Lamborghini, der immer noch an der eigens aufgebauten Bar saß, würde zu ihr treten, wenn er ein Zeichen vom Aufnahmeleiter erhielt, ebenso wie die Hauptpersonen von *Herzflimmern*, das Männer-Trio, das sich auf Barhockern lümmelte.

»Noch zwei Minuten bis zur Sendung.«

Ein Mann lief quer durchs Bild, er war für das Publikum im Studio zuständig, gab Zeichen, wenn Applaus oder Lachen gebraucht wurde, und griff ein, wenn jemand durchdrehte, ausfällig wurde oder sonst irgendetwas tun würde, das den Ablauf der Sendung stören könnte.

»Achtung! Noch eine Minute bis zur Sendung! Gudrun, ist alles klar bei dir?«

»Alles in bester Ordnung«, antwortete die Ottawa dem Regisseur.

Jetzt wurde es ernst. Hatte ich an alles gedacht? Im Kopf ging ich nochmal alle Posten durch. Was, wenn sich keine Frau für die drei Deppen an der Bar erwärmen konnte?

»Noch dreißig Sekunden – der Vorspann läuft«, sagte der Regisseur.

Ich drückte die Taste, sagte: »Guten Flug euch allen!«, und lehnte mich zurück. Nun war sowieso alles zu spät.

Auf dem Ausgangsmonitor sah ich, dass wir auf Sendung waren, es flogen Sterne übers Bild, Schmusemusik ertönte und dann war auch schon die Moderatorin zu sehen. Charmant begrüßte sie die Zuschauer, die Gäste, erklärte die Regeln der Sendung und nannte die Telefonnummern. Alles lief gut.

Dann moderierte sie den Großen Lamborghini an. Redete etwas über Astrologie und die Sterne. Irritiert schaute ich auf mein Storyboard und fand den Text, den sie von sich gab, nicht im Plan. Der Astrologe sollte längst neben ihr stehen. Doch kein Lamborghini tauchte im Bild auf. Ottawa redete und redete.

»Was ist los?«, fragte ich den Regisseur. Der tippte auf den Monitor, auf dem die Einstellungen der automatischen Kameras einprogrammiert waren – eine zeigte die Bar. Das Bild erschien auf dem zweiten Monitor und ich bekam einen Schock: Der Große Lamborghini stand gekrümmt vor dem Tresen und hatte offensichtlich Mühe, sich aufrecht zu halten.

»Sollen wir abbrechen?«, fragte mich der Regisseur.

»Nein!« Die Ottawa redete noch immer. Sie hatte zum Glück ein kleines Mikrofon im Ohr, das sie unbemerkt mit der Regie verband. Ich drückte den Knopf und sagte: »Mach mit den Kandidaten weiter!«

Sie verstand. »Zu dem Mann, der mit Ihnen nach den Sternen greifen will, kommen wir im Verlauf der Sendung. Und nun zu unseren drei Kandidaten: Torsten, achtunddreißig Jahre alt! Hallo, Torsten!«

Torsten kam ins Bild und stellte sich neben die Blondine. Ich atmete erleichtert auf. Die Kamera fuhr langsam an den Kandidaten ran und blieb dann auf seinem Gesicht hängen.

Aber, was war das? Dem Mann stand der Schweiß auf der Stirn und er taumelte.

»Moderier den Film an!«, flüsterte ich der Ottawa ins Ohr. »Der kippt uns gleich um!«

»Und jetzt werfen wir – und ganz besonders Sie, meine Damen – einen Blick in Torstens Leben. Unser Team hat ihn zu Hause besucht!«

Die MAZ wurde gestartet. Jetzt hatten wir gut zwei Minuten, um zu klären, was im Studio los war.

»Was ist passiert?«, fragte der Regisseur.

Der Aufnahmeleiter stand neben Lamborghini, den man inzwischen zu einem Sessel geführt hatte. »Der Mann hier ist wie benommen!«, hörte ich den Aufnahmeleiter sagen. »Wir sollten einen Arzt holen!«

Ich schaute auf die Uhr, sie zählte die Zeiten der Filmbeiträge rückwärts. In dreißig Sekunden würden wir wieder live auf Sendung sein.

»Stell den zweiten Kerl vor und moderier dann den Werbeblock an«, sagte ich der Ottawa ins Ohr. »Und dann will ich wissen, was hier vor sich geht, zum Teufel!«

Die Moderatorin hob die Hand, um zu signalisieren, dass sie mich verstanden hatte. In dem Moment sah ich, dass Kandidat Torsten nach rechts aus dem Bild fiel. Zu spät, um zu reagieren, denn der Blondschopf der Ottawa erschien wieder auf dem Monitor mit dem Ausgangsbild.

»Und jetzt machen wir einen kleinen Moment Pause«,

sagte sie lächelnd in die Kamera. »Dann stelle ich Ihnen den zweiten Kandidaten vor! Sie werden sehen, dass Frank ein Mann ist, der es verdient, wieder Herzflimmern zu bekommen! Bis gleich!« Das Publikum versuchte einen mittleren Applaus und der Werbeblock startete.

»Was ist passiert?« Ada Hecke hatte den Regieraum betreten, ich hätte sie fast umgerannt. Ich riss die Tür zum Studio auf und mir bot sich ein unfassbarer Anblick. Auf dem Boden lagen die drei Kandidaten und ein paar Kollegen des Teams und schienen zu schlafen, andere wandelten wie in Trance herum, das Publikum hatte es auch nicht auf den Sitzen gehalten, alles lief oder wankte durcheinander. Ich ging zur Ottawa, die mit schreckensgeweiteten Augen an ihrem Pult stand und das Chaos betrachtete.

»Wir brechen ab!«, hörte ich Ada Hecke in meinem Rücken befehlen. »Und du, Gudrun, wirst den Zuschauern mitteilen, dass wir die Sendung wegen technischer Probleme abbrechen müssen. Anschließend wiederholen wir das Regionalmagazin von heute Abend. Rufen Sie bitte die Polizei, Frau Grappa!«

Schöne Grüße

Eine halbe Stunde später wimmelte es überall von Polizisten, Krankenwagen fuhren vor, luden die Opfer ein, starteten mit Blaulicht. Zeitungsreporter umlagerten *TV Fun.* Die Informationen über den Anschlag hatten sich wie ein Lauffeuer verbreitet. Niemand durfte den Sender betreten oder verlassen, es sei denn, er lag auf einer Bahre.

Die Leute aus dem Publikum durften erst dann gehen, wenn sie ihre Personalien angegeben hatten.

»Hast du was Ungewöhnliches bemerkt?«, fragte ich Barbara Rutzo, die sich leichenblass am Stativ ihrer Kamera festhielt.

»Nein«, stammelte sie. »Plötzlich gingen einige in die Knie. Als hätten sie gesoffen oder ein Schlafmittel genommen. Irgendwer muss was in die Getränke gekippt haben.«

Inzwischen waren die Spurensicherer der Polizei auch schon dabei, die Bar zu untersuchen und die gebrauchten Gläser und die Flaschen einzupacken. Ein Kriminalbeamter vernahm die Studentin, die die Drinks gemixt hatte, sie war kaum in der Lage, etwas zu sagen, denn sie schluchzte ununterbrochen und versicherte, dass sie mit der Sache nicht zu tun hätte.

Mein Handy klingelte. Es war Tom Piny. Ich nahm den Anruf an.

»Bombenstimmung bei dir, Grappa, was?«, fragte mein Kollege. »Wollte mir gerade mit meiner Frau deine Show reinziehen und was sehe ich: Deine Leute kippen reihenweise um! Du hast einfach kein Händchen fürs Fernsehen.«

»Rufst du mich an, um mir zu sagen, dass ich eine Niete bin, oder was?«, blaffte ich.

»Keep cool, Grappa-Baby.« Sein Ton wurde etwas sachlicher. »Sag mir nur, was passiert ist, dann krieg ich noch eine Meldung ins Blatt.«

»Das war Sabotage!«, sagte ich wütend. Ich merkte, dass mir Tränen in den Augen standen. Meine Nerven waren nicht mehr die besten. »Irgendwer hat irgendwas in die Drinks gekippt, die an der Bar gemixt wurden. Ich bin ziemlich fertig, immerhin sollte das meine erste große Sendung werden.«

»Vergiftete Drinks? Warum sollte jemand so was machen?«, fragte TOP ungerührt weiter.

»Warum? Warum?«, äffte ich ihn nach. »Wenn du's rausgekriegt hast, dann teil's mir mit. Damit ich mir das Arschloch vorknöpfen kann! Und jetzt: Tschüs!« Ich stellte das Handy ab.

Inzwischen hatte sich die Lage etwas beruhigt. Programmchefin Dr. Ada Hecke steuerte auf mich zu, im Schlepptau einen Jungen.

»Das ist mein Sohn Guido«, erklärte sie auf meinen erstaunten Blick. »Er wollte unbedingt mit. Sie wissen ja, wie Kinder sind. Ich muss nach draußen, um ein Statement zu dem Vorfall abzugeben. Bin gleich wieder da.«

»Klar«, log ich. »Ich weiß, wie Kinder sind.«

Sie lächelte, drückte das Kreuz durch, setzte einen geschäftsmäßigen Blick auf und stöckelte Richtung Ausgang – eine Ritterin, weder Tod noch Teufel fürchtend.

Ich wandte mich dem Kind zu. Hoffentlich macht der Kleine keinen Stress, dachte ich. Der Junge hatte sich die Haare in verschiedenen Farben getönt, einen Gardinenring in der Augenbraue, seine Hose hing bis zu den Kniekehlen und die Schuhe waren größer als sein Kopf. Kein Sohn, den ich der Hecke zugetraut hätte!

»Willst du 'ne Cola?«, fragte ich das Kind.

»Nee, lass mal! Trinken sollte man hier ja besser nichts.« Er duzte mich einfach.

Ada, du hast versagt, dachte ich.

»Wer ist denn der Oberbulle hier?«, fragte Guido mäßig interessiert.

»Da kommt er gerade!« Ich deutete auf Hauptkommissar Anton Brinkhoff. »Willst du ihm bei der Aufklärung des Falles helfen?«

»Ich will ihm nur was geben«, antwortete der Junge. »Das klebte an der Tür da drüben. Von außen.«

»Zeig mal!«

Guido kramte einen Zettel aus der Tasche seiner überdimensionierten Hose und reichte ihn mir. Das Blatt war nicht besonders groß und zeigte das Abbild einer großen Heuschrecke.

Ein Blitz schlug mir ins Hirn! Das Tier ähnelte dem Insekt, das Kaligula heute früh beim Frühstück auf die Papierserviette gemalt hatte.

Ich behielt den Zettel und sagte: »Das wird den Hauptkommissar sicher interessieren. Wir gehen gleich zu ihm.«

In meinem Kopf ging alles drunter und drüber. Bevor

ich meine Gedanken ordnen konnte, steuerte Anton Brinkhoff schon auf mich zu.

»Das war ja eine tolle Sendung, was?«, flapste er. »Wollten Sie sich Ihren Platz an der Wand im *Henker* verdienen, Frau Grappa?«

»Ich finde das gar nicht komisch«, meinte ich.

»Entschuldigen Sie! Niemand ist ernsthaft verletzt«, beruhigte mich der Kommissar. »Ich habe gerade im Krankenhaus angerufen. Die Leute müssen sich nur ausschlafen und sind bald wieder fit.«

»Das ist Guido!« Ich schob den Jungen vor mich. »Er ist der Sohn meiner Chefin und er hat das hier an der Tür gefunden.«

Brinkhoff nahm die Zeichnung, sah sie an und stutzte. Nach einigen Sekunden wandte er sich von uns ab und holte sein Handy heraus.

Ich spitzte die Ohren und hörte, was ich hören wollte: »Dr. Kaligula? Gut, dass ich Sie erreiche. Könnten Sie wohl zu *TV Fun* kommen? Es hat hier einen Anschlag während einer Live-Sendung gegeben. Und – es könnte sich um einen Gruß unserer Mörderin handeln.«

Kopflose Kopulation

»Nun sag schon!«, drängte ich. »Was bedeutet diese Heuschrecke?«

Julius Kaligula und ich hatten uns nach dem vorläufigen Ende der Ermittlungen in eine Bar verzogen.

»Das Tier ist das Markenzeichen der Täterin«, antwortete er. »Sie hinterlässt es bei jedem Mord.«

»Und warum weiß ich das nicht?«, fragte ich.

»Weil das nicht an die Öffentlichkeit soll«, erklärte der Profiler. »Um Trittbrettfahrern keine Chance zu geben.«

»Du hast das Tier bei unserem Frühstück auf die Serviette gemalt.«

»Tatsächlich?« Es schien ihm peinlich zu sein. »Manchmal bin ich so in meine Fälle vertieft, dass ich … an nichts anderes denken kann.«

»Ich hatte aber nicht den Eindruck, dass du letzte Nacht nur an den Fall gedacht hast!«

»Das stimmt«, nickte er.

»Ist das ein Kompliment?«, fragte ich.

»Vielleicht auch etwas mehr«, lächelte er, nahm meine Hand und küsste sie.

Die Getränke kamen. Sie waren blutrot, am Glasrand klemmte eine Zitronenscheibe und der Geruch von Medizin stieg in meine Nase.

»Zum Wohl!«, sagte mein Lover.

»Zum Wohl!« Ich legte meine Hand an seine Wange.

In diesem Moment klingelte es in Kaligulas Jackett. Er griff nach dem Handy und meldete sich. Es musste beruflich sein, denn seine Körperhaltung änderte sich, wurde aufrechter, die Miene drückte höchste Aufmerksamkeit aus und die Stimme war geschäftsmäßig kühl.

Der Profiler sagte zwar nicht viel, aber ich bekam mit, dass es um den Anschlag bei *TV Fun* ging.

»Das war Brinkhoff mit der Analyse der Getränkereste. Da hat jemand so genannte K.-o.-Tropfen reingemixt«, klärte mich Kaligula auf. »Das Zeug ist eigentlich harmlos, haut die Leute nur für eine Zeit lang um.«

»Und wer hat dieses Zeug da hineingemixt?«, fragte ich.

»Das steht noch nicht fest«, antwortete Kaligula. »Sei froh, dass alles so glimpflich abgegangen ist. Das Zeug, es ist Rohypnol, wird in ein bis zwei Stunden komplett vom Körper abgebaut. Darf ich dich um was bitten?«

»Ja, klar.«

»Schreibe nichts über die Gottesanbeterin!«

»Gottesanbeterin?«

»Das Insekt, das sich die Mörderin als Logo gewählt hat, heißt Gottesanbeterin, auf Latein: *Mantis religiosa*.

Die Täterin verziert die Briefumschläge damit, in die sie die Tonbänder mit den letzten Worten ihrer Opfer legt. Sie hat sich wohl einen Stempel mit dem Bild anfertigen lassen.«

»Warum gerade dieses Viech?«

»Vielleicht weil es so interessant ist!« Kaligula goss etwas Tonic in seinen Drink. Das Blut im Glas wurde heller. »Das Aufregendste an dem Insekt ist, dass das Weibchen das Männchen während der Kopulation auffrisst. Die *Mantis* fängt beim Kopf an, und obwohl der Kopf schon weg ist, begattet das Männchen sie immer weiter …«

»Wahnsinn!« Ich war angegruselt, aber auch fasziniert. »Das zeigt mal wieder, dass Männer beim Vögeln keinen Kopf brauchen!«

Kaligula grinste. »Es soll Frauen geben, denen es auch so geht.«

Ich wurde rot. Zum Glück war das Licht schummrig.

»Dein Kollege muss sich unbedingt in den nächsten Tagen mit *SCUM* treffen«, wechselte Kaligula zum Glück das Thema. »Ich habe mit ihm bereits alles abgesprochen. Er hat alle Daten von mir gekriegt und ihr schon eine E-Mail geschrieben, dass er es kaum erwarten kann, sie zu sehen. Und er hat ihr ein verschwiegenes Hotel am Rand von Bierstadt für die … na ja … Kopulation vorgeschlagen. Mal sehen, ob sie darauf anspringt. Vielleicht haben wir ja Erfolg und sie ist die Richtige.«

»Es passt alles«, behauptete ich. »Und Tom Piny ist genau der richtige Lockvogel! Einen besseren gibt es nicht.«

Wir plauderten noch ein Weilchen, flirteten ein bisschen, tauschten einen freundschaftlichen Kuss und gingen dann auseinander.

Zu Hause empfing mich der Kater. Eberhard gähnte und streckte seine Glieder, er hatte wohl schon geschlafen.

»Weißt du, was eine Gottesanbeterin ist?«, fragte ich.

Der Löwe sagte nichts, sondern strich nur schmeichelnd um meine Fesseln.

Ich verstand: Futter war alle. Ich füllte die Schüssel und verzog mich ins Arbeitszimmer. Mal sehen, ob ich eine Nachricht in meiner Mailbox hatte.

Nicht zu fassen! Der *Stramme Hengst* hatte sich gemeldet!

Hallo, Süße. Du wirst heute kein Glück mit deiner Sendung haben! Das Schicksal ist gegen dich und die Mantis religiosa auch.

Überrascht sah ich auf die Uhrzeit, zu der der *Stramme Hengst* die Nachricht versandt hatte, und erstarrte: Es war eine halbe Stunde vor dem Beginn der Show gewesen! Er hatte von dem Anschlag also schon vorher gewusst!

Die Mail hatte einen Anhang. Ich öffnete ihn und las:

Die Mantis religiosa ist eine Räuberin, lauert ihrer Beute lautlos auf und packt dann blitzschnell zu. Die Fangbeine sind mit Widerhaken ausgestattet, die ein Entkommen der Beute unmöglich machen, und können wie ein Taschenmesser zusammengeklappt werden. Nach der Kopulation versucht das Männchen, sich schnell aus dem Staub zu machen, doch sechzig Prozent schaffen es nicht. Zur Paarung schleicht sich das Männchen von hinten an das Weibchen heran und bespringt es plötzlich. Es hält die Hügel des Weibchens fest, damit es ihren Partner nicht abschütteln kann. Die Paarung selbst dauert meist mehrere Stunden, dabei kommt es vor, dass das Weibchen beginnt, das Männchen aufzufressen und nur noch der Hinterleib allein die Befruchtung vollzieht. Der Tod des Männchens ist allerdings nicht völlig sinnlos. Die Nährstoffe aus seinem Körper helfen dem Weibchen die Eier zu produzieren, die sie dann klumpenweise in regelmäßigen Reihen ablegt und die sie mit einer schleimigen, blättrigen, aushärtenden Absonderung bedeckt.

Igitt, sagte der Kater. Er hatte sein Mahl beendet und war auf den Schreibtisch gesprungen.

»Wieso?«, widersprach ich. »Manche Männer riskieren halt auch mal mehr als Kopf und Kragen für eine geile Nacht.«

Eindeutige Attacke

Die Frau mit den Namen *SCUM* antwortete Tom noch in derselben Nacht. Sie erklärte sich mit einem Treffen und der Hotelwahl einverstanden. Die Pension, die Kaligula für das Treffen zwischen Tom Piny und *SCUM* ausgesucht hatte, war ein unauffälliger Kasten am Rand von Bierstadt. Sie gehörte zu einer Hotelkette und lag in der Nähe eines Industriegebietes mit mehreren Autobahnauffahrten. Ich hatte so lange gequengelt, bis Kaligula mir versprach, dass ich die Ergreifung der Mörderin miterleben durfte.

Meinem Vorschlag, dass ich mich als Barfrau verkleiden würde, konnte er allerdings nichts abgewinnen.

»Wir haben unsere Leute für so was«, meinte er, »außerdem würdest du ja überhaupt nichts mitkriegen, denn Barfrauen bleiben hinter der Bar. Ich hab einen Platz für dich in unserem Kommandozentrum neben dem besagten Zimmer reserviert!«

Das war wiederum sehr gut! Ich hatte mich krankgemeldet. Das war glaubhaft, denn nach dem Anschlag auf die Sendung zeigten einige unserer Mitarbeiter ziemlich schwache Nerven.

»Kann Tom auch wirklich nichts passieren?«, vergewisserte ich mich. Kaligula und ich saßen in einem Raum des Hotels, das völlig in der Hand der Kripo war. In dem Hotelzimmer, in dem der ›Liebesakt‹ zwischen TOP und der Mörderin stattfinden sollte, waren zahlreiche Mikrofone und eine kleine Kamera angebracht worden. Außerdem konnten wir durch eine Glasscheibe, die als Spiegel getarnt war, jeden Laut und jede Bewegung mitbekommen.

»Wie habt ihr das denn so schnell hingekriegt?«, fragte ich mit Blick auf den Durchguck.

»War kein Problem. Manchmal arbeiten Handwerker auch zügig, wenn's eilt.«

»Wie werdet ihr vorgehen?«

»Eigentlich haben wir an alles gedacht«, beantwortete Kaligula meine Frage. »Der gefährlichste Punkt ist der Moment, an dem die Täterin die Waffe zieht und sie an den Kopf des Opfers hält, um es zu zwingen, die letzten Worte zu sprechen.«

»Du glaubst nicht, dass sie abdrückt, wenn die Bullen das Zimmer stürmen?«

»Nein. Ich glaube, dass sie sich im Griff hat und sehr schnell die Aussichtslosigkeit ihrer Lage begreift.«

»O Mann, ist das spannend!«, rief ich begeistert aus. »Ich werde einen Krimi schreiben, wenn das hier alles vorbei ist. Mit uns beiden als Helden.«

Kaligulas Miene ließ offen, ob er meinen Vorschlag goutierte. Er nahm sein Handy und gab Instruktionen. Hauptkommissar Anton Brinkhoff war der Mann, der in der Nähe des Hotels auf die Ankunft einer Frau wartete, die *SCUM* sein könnte. Dann würde er uns sofort informieren.

Der Profiler schaute auf die Uhr. »Gleich müsste Piny auftauchen.«

In dem Moment summte das Handy. Kaligula lauschte hinein und sagte: »Okay, ich verstehe.«

»Piny?«, fragte ich.

Kaligula nickte. »Er betritt gerade das Hotel.«

Ich bemerkte, dass meine Nerven aufs Höchste angespannt waren.

»Komm!«, sagte Kaligula. Er zog mich zur Wand mit der Scheibe. Noch rührte sich in dem Zimmer nebenan nichts.

»Wo bleibt der denn?«, fragte ich ungeduldig.

»Sie treffen sich doch an der Bar. Zu einem Begrüßungsschluck.«

»Ich hätte TOP gar nicht für so romantisch gehalten«, ulkte ich.

»Das war eine Empfehlung von mir. Die Täterin trinkt vorher manchmal was an der Bar. Vielleicht um ein Feeling für ihr Opfer zu entwickeln.«

»Hoffentlich geht alles gut«, murmelte ich. »Und wenn sie es doch nicht ist?«

»Du kannst einen ganz schön nervös machen!«

Wir starrten voller Spannung in das Nachbarzimmer. Die Minuten verrannen.

Plötzlich öffnete sich nebenan die Tür. Kaligula legte den Zeigefinger auf die Lippen.

Gebannt sah ich, wie Tom Piny den Raum betrat, dicht gefolgt von einer Frau. *SCUM* hatte dickes, gelocktes blondes Haar, war ziemlich klein und mit üppigen Formen gesegnet. Das Gesicht konnte ich nicht richtig erkennen, sie trug eine dunkle Brille und die Haare fielen über ihr Antlitz.

»Willst du noch was trinken?«, fragte *SCUM*. Tom saß auf dem Bett und wusste wohl nicht, was er machen sollte. Einmal sah er genau zu uns hin, irgendwie hilflos.

Die Frau ging zur Minibar. Die musste direkt unter dem durchsichtigen Spiegel stehen, denn das Gesicht der Frau war plötzlich voll im Bild. Die Augen waren noch immer von der Brille verdeckt, doch sie griff nach ihr, nahm sie ab, als sie sich bückte, und richtete sich wieder auf.

»Nein!«, krächzte ich.

»Leise!«, warnte mich Kaligula.

»Erkennst du sie denn nicht?«, flüsterte ich aufgeregt.

»Was?«

Die Frau hatte inzwischen zwei Gläser in der Hand und ging auf Tom zu. Er nahm das Glas, trank aber nicht.

»Das ist die Urban! Franzi Urban, die Witwe.« Ich bemühte mich, meine Stimme gesenkt zu halten.

Die Mikrofone, die im Nebenzimmer installiert waren, gaben die Sätze leicht verzerrt wieder.

»So, mein Süßer«, sagte die Witwe Urban und knöpfte ihre Bluse auf, »dann guck mal, was ich zu bieten habe!«

Tom zuckte nicht mit der Wimper. Auch nicht, als sie ihren Rock aufknöpfte und fallen ließ. Sie trug halterlose schwarze Strümpfe und einen Tanga.

»O weh«, flüsterte ich.

TOP guckte wie hypnotisiert auf die Frau, ich spürte sein Entsetzen durch die Glasscheibe.

Als die Frau langsam auf ihn zuging und sich über ihn beugte, wich er zurück, versuchte über das Bett zu flüchten, scheiterte aber an der Wand dahinter. Er sah aus wie ein strampelnder Käfer, der auf dem Rücken lag, bevor er aufgespießt wurde.

Die Brüste der Frau baumelten über seinem Gesicht.

»Bestimmt 85 Doppel-D«, murmelte ich – beeindruckt von dem üppigen Anblick. Da hat er wenigstens was davon, dachte ich.

Doch Tom wandte angeekelt den Kopf ab. »Geh weg!«, krächzte er. »Geh weg, du!«

Das lief nicht wie vorgesehen.

»Du sollst mich in Ruhe lassen!«, forderte mein Kollege.

»Der dreht gleich durch! Können wir ihn nicht da rausholen?«, flüsterte ich Kaligula zu.

»Er macht alles falsch, was man falsch machen kann!« Kaligula fasste sich in die Haare. »So ein Idiot!«

»Dann brich die Aktion ab«, flehte ich. »Wenn sie die Waffe, das Gift und ein Tonbandgerät bei sich hat, hast du doch das, was du brauchst, oder?«

»Nein!«, antwortete er hart. »Sie muss ihm erst die Waffe an den Kopf halten. Sonst haben wir keine Beweise, die in einem Prozess verwertbar sind.«

Ich verstand. TOP würde also durchhalten müssen.

Inzwischen machte sich die Witwe am Reißverschluss seiner Hose zu schaffen. Tom schlug ihre Hände beiseite, drehte den Kopf und sah wieder zu uns hin.

»Wie dumm! Er schaut dauernd in den Spiegel!«, ärgerte sich Kaligula.

»Er hat Angst«, murmelte ich.

»Ich hätte wissen müssen, was passiert, wenn man sich auf Laien wie euch verlässt!«

Das war zu viel!

»Wer hat denn rausgekriegt, wer die Mörderin ist?«, zickte ich ihn an. »Ich habe *SCUM* entdeckt! Dein tolles Profil kannst du ins Klo werfen!«

»Abwarten!«, meinte er kühl und schaute wieder durch den Spiegel.

»Nun komm schon«, gurrte Franzi Urban, »bist du etwa schüchtern, mein Kleiner?« Wieder griff sie nach seiner Hose.

Mit beiden Händen über seinem besten Stück versuchte Tom der Attacken Herr zu werden.

»Was hast du denn?«, blaffte die Witwe ihn ärgerlich an. »Bist du verklemmt, oder was? Nun komm schon! Ich werde dir zeigen, wo es langgeht!«

»Ich kann das nicht so schnell«, stammelte TOP. »Können wir nicht erst mal ein bisschen reden? Uns näher kennen lernen?«

»Verdammt!«, stieß Kaligula hervor. »Der ist zu blöd zum Vögeln!«

»Hör auf, auf ihm rumzuhacken!«, entgegnete ich.

»Stell dich nicht so an!« Die Witwe von gegenüber drückte Toms Hände beiseite und öffnete gekonnt seine Hose, versenkte eine Hand im Hosenschlitz, holte – für uns nicht sichtbar – etwas hervor, beugte sich nach vorn und schürzte die Lippen.

In dem Augenblick kam Leben in meinen Freund: Er stieß die Urban von sich, sie schrie auf und landete auf dem Boden. TOP sprang vom Bett, lief zum Spiegel, schlug mit der Faust drauf und brüllte: »Ich will raus! Verdammt nochmal, holt mich hier raus!«

Der Wahrheit verpflichtet

Na toll. TOP hatte alles vermasselt. Die Jungs vom Sondereinsatzkommando machten einen Höllenlärm, als sie durch die Tür brachen und sich mit gezogenen Waffen im Zimmer aufbauten.

Franzi Urban bedeckte ihre Blöße mit den Händen und stammelte unsinnigerweise: »Was wollen Sie denn hier?«

TOP hing völlig aufgelöst auf einem Hocker vor dem Spiegel.

»Komm!«, befahl Kaligula. Ich trabte hinter ihm her – in dem Bewusstsein, dass wir endlich ein großes Stück weitergekommen waren.

»Du bist vielleicht ein toller Lockvogel!«, blaffte ich Tom an, als wir im Nebenzimmer angekommen waren. Er antwortete nicht, sondern starrte auf die leicht derangierte Witwe, die schon dabei war, sich wieder ›ausgehfertig‹ zu machen.

Langsam füllte sich der Raum.

Anton Brinkhoff trat neben mich, kopfschüttelnd und leicht grinsend. Zum Glück verkniff er sich eine hämische Bemerkung, griff nach der Tasche von Franzi Urban und kippte sie auf dem Bett aus. »Keine Waffe, kein Tonbandgerät, kein Gift!«, stellte er fest, und als hätte es das noch gebraucht: »Sie ist nicht so ganz die Richtige!«

Kaligula ging auf die Urban zu und erklärte sie trotzdem für vorläufig festgenommen. Die fing prompt an zu kreischen, sah ihre Menschenrechte verletzt und titulierte Tom, der sich gerade wieder von dem Schock erholte, als »Dreckskerl«.

Jedenfalls ist jetzt Stimmung in der Bude, dachte ich, auch wenn das der Sache nicht unbedingt dienlich ist.

Frau Urban wurde abgeführt. Ich schaute zu Kaligula. Seine Miene verriet nicht, was er dachte, aber ich konnte es mir lebhaft vorstellen.

»Na ja«, sagte ich, »dann will ich mich mal um Tom kümmern. Sehen wir uns später noch?«

»Weiß noch nicht«, wich er aus.

»Tut mir Leid, dass das so in die Hose gegangen ist«, meinte ich ordentlich zerknirscht. »Ich hatte es nur gut gemeint.«

»Ich weiß. Aber sie ist die Falsche. Es wäre auch zu einfach gewesen.«

»Aber ihr Mann ist tot! Vielleicht hat sie ihn ja doch umgebracht. Und die anderen Morde waren nur Tarnung.«

»Verdeckungstaten? Nein! Das passt überhaupt nicht ins Bild.«

Er gab mir einen Kuss auf die Wange. »Lass dein Handy eingeschaltet. Ich ruf dich an, wenn das hier erledigt ist.«

Kaligula und seine Leute verschwanden, Tom und ich blieben zurück.

»Die wollte mir echt an die Wäsche«, stammelte er – noch immer erschüttert.

»Ja, sie ist richtig rangegangen!«, bestätigte ich. »Und sie war gar nicht an deinem Tod, sondern nur an deinem göttlichen Body interessiert. Unglaublich!«

»Was ist unglaublich?«, fragte er – leicht eingeschnappt. »Dass sich eine Frau für meinen Körper interessiert?«

»Genau das. Aber tröste dich, die Geschmäcker sind ja bekanntlich verschieden«, grinste ich. »Manche Frauen mögen es ja, wenn an einem Mann was dran ist.«

»Davon profitierst du auch, Grappa!«, stichelte er. »Du bist nicht gerade ein Hungerhaken!«

»Eben. Und deshalb sehe ich jetzt zu, dass ich nicht vom Fleisch falle. Wie wär's mit einer schnellen Pizza im *Catilina?*«

»Da sag ich nicht Nein!«

Zehn Minuten später saßen wir im Restaurant. TOP war wieder fast der Alte, der missglückte Ausflug ins Reich der Versuchung hatte zumindest seinen Durst auf *Bierstädter Pils* nicht beeinträchtigt.

»Scheißspiel«, sinnierte er nach dem dritten Glas. »Kannst du mir mal sagen, was ich darüber schreiben soll?«

»Du weißt, dass Journalisten der Wahrheit verpflichtet sind«, mahnte ich ihn und ließ eine Peperoni in den Mund gleiten.

In dem Moment gab mein Handy Laut. »Wir haben sie vernommen«, berichtete Kaligula. »Es ist nicht das erste Mal, dass sie so was macht.«

»Was macht?«

»Affären suchen – im Internet.«

»Und warum dieses *SCUM*-Profil?«, fragte ich. »Der feministische Hintergrund?«

Kaligula lachte. »Du wirst es nicht glauben, aber sie weiß gar nicht, wer die Solanas ist. Die Buchstaben hat sie sich aus den Anfangsbuchstaben der Vornamen ihrer One-Night-Stands zusammengesucht: Siegfried, Christian, Udo und Manfred. Aneinander gereiht kommt dabei *SCUM* raus!«

Alibi und Affären

Abgekämpft kam ich nach Hause. Der Tag war ziemlich aufregend und nicht von Erfolg gekrönt gewesen. Ich wollte nicht glauben, dass Franzi Urban unschuldig war. Immerhin war ihr Mann das Opfer der Serienmörderin geworden – und sie selbst trieb sich auch im Internet herum.

Doch leider hatte die Witwe für den Abend, an dem ihr Mann vergiftet wurde, ein unangreifbares Alibi – sie hatte an einem Volkshochschulkurs mit dem Titel *Frauen in der Lebensmitte – wohin?* teilgenommen.

Ob sie den Tipp für ihre Streifzüge in diesem Kurs bekommen hatte? Jedenfalls war sie den ganzen Abend in der VHS gewesen, das konnten einige Frauen in der Mitte ihres Lebens bestätigen.

Auch dass sich der Name *SCUM* im Verzeichnis der gespeicherten Profile ihres Mannes befand, konnte Frau Urban erklären. Sie habe versehentlich mit ihm gechattet, dann aber festgestellt, dass es ihr Uli war, der ihr seine Sadomaso-Avancen machte. Überhaupt sei sie nur durch ihn auf die Idee gekommen, sich im Internet zu tummeln.

Kaligula glaubte der Witwe die Geschichte. Wir standen wieder am Anfang.

Eberhard strich in der Wohnung herum, ziemlich missgelaunt, und behandelte mich wie Luft.

»Du könntest mich ja ruhig mal ein bisschen aufheitern«, schlug ich ihm vor, »wozu hab ich dich denn?«

Dazu definitiv nicht, zickte er.

»Was muffelst du hier so rum?«, fragte ich.

Der Kater warf den Kopf in den Nacken und schwieg.

»Dann eben nicht!«, sagte ich und ging zum Kühlschrank. Erfreut stellte ich fest, dass noch eine halbe Flasche Wein da war – genau die Menge, die ich mir heute verdient hatte.

Und was bekomme ich?, fragte der Kater, während ich mir ein Glas eingoss. Er war mir in die Küche nachgeschlichen.

»Seit wann trinkst du denn Weißwein?«, fragte ich.

Ich sehe schon.

»Was siehst du?«

Du hast es vergessen, stellte er fest und musterte mich anklagend. Ich verstand nicht.

Welcher Tag ist wohl heute?, fragte er.

»O je!« Ich fasste mir an den Kopf! »Unser Jahrestag! Armer Löwe! Ich habe ihn völlig vergessen! Und was jetzt?«

Nicht mein Problem.
»Verzeihst du mir?«
Eben typisch Frau.
»Danke für deine Nachsicht«, lachte ich, hob ihn hoch, und drückte meine Nase in sein Fell und kraulte den kleinen Bauch.
»Wir feiern nach, ja? Wenn das alles hier vorbei ist, lassen wir es richtig krachen!«, versprach ich.

Idee beim Klavier

Am nächsten Morgen informierte mich Brinkhoff über die Freilassung von Franzi Urban. Sie hatte nichts Ungesetzliches getan. Schneller Sex in Hotels – auch versuchsweise – stand nicht im Strafgesetzbuch.

Heute hatte ich frei. Das passte gut. Die Ereignisse der letzten Tage hatten mich mitgenommen. Sollte ich Kaligula anrufen? Er saß bestimmt allein in seinem Hotel oder schlug die Zeit mit Arbeit tot.

Ich wählte die Büronummer des Profilers – niemand ging ans Telefon.

Der Kater und ich frühstückten lange. Anschließend ließ ich mir ein Bad ein, wählte mein teuerstes Badegel, zündete ein paar Kerzen an und stieg ins Wasser. Eberhard lag eingerollt auf dem Klodeckel – zwischen sich und dem Deckel natürlich ein flauschiges Badehandtuch, damit er es auch richtig bequem hatte.

Im Radio lief das WDR-Klassikprogramm. Sie spielten Mozarts Klavierkonzert Nr. 20, die Musik war seelenvoll und begünstigte bestimmt die hautstraffende Wirkung meines Badezusatzes. Ich blieb fast eine halbe Stunde im Wasser und meine Haut war gekräuselt, als ich mich abtrocknete.

In einen mollig-weichen Bademantel gehüllt, setzte ich mich an den PC und schaute in meine Mailbox. Natürlich gab es eine Mail des *Strammen Hengstes,* der um Applaus für seinen Hinweis mit der *Mantis religiosa* bat. Das Pferd ist verdammt kindisch, dachte ich ärgerlich.

Komm aus deiner Höhle, mailte ich ihm, *und sag, was du zu sagen hast.*

Mir ging diese Gottesanbeterin nicht mehr aus dem Kopf. Das ›Markenzeichen‹ der Mörderin und die Tatsache, dass ausgerechnet Guido den Zettel an der Tür gefunden hatte, passten nicht zusammen. Ich dachte über den Jungen nach. Er hatte sich so präsentiert wie alle Jungen in dem Alter: supercool nämlich. Mit nichts und niemandem etwas zu tun haben wollend. Umso merkwürdiger, dass ausgerechnet Guido so erpicht darauf gewesen war, der Polizei zu helfen, ihr den Hinweis mit der *Mantis religiosa* zu geben.

Was wäre, wenn gar kein Zettel an der Tür geklebt hätte?

Eberhard trottete ins Arbeitszimmer.

»Wenn das stimmt«, dachte ich halb laut, »dann hat Guido den Zugang zu dem Stempel, den die Mörderin bei ihren Taten benutzt.«

Kannst du nicht so reden, dass ich dich verstehe?, fragte der Kater.

»Wenn der Junge den Stempel benutzt hat, dann kennt er die Mörderin und ...« Ich stockte. »Dann könnte Guido auch der *Stramme Hengst* sein.«

Wer ist Guido?, wollte Eberhard wissen.

»Der Sohn der Programmchefin«, erklärte ich. »Irgendwas stimmt mit dem nicht.«

Ich dachte, der Hengst sei ein Pferd!

»Der Hengst könnte aber auch dieser Junge sein!«

Warum?

»Die E-Mails mit den Hinweisen auf die Morde wurden immer nachmittags abgeschickt. Weil Guido morgens in der Schule ist und erst danach die Internetcafés abklappern kann. Aber – wie hat er während der Sendung die Tropfen in die Drinks mixen können? Er tauchte erst viel später mit seiner Mutter auf. Nein, das kann alles nicht stimmen. Oder doch?«

Eberhard schwieg, er interessierte sich nicht mehr für den Fall.

Wenn Ada Hecke mit den Morden etwas zu tun oder sie sogar begangen hatte, musste ihr doch klar sein, dass ihr Sohn den Zettel mit der *Mantis* an die Polizei weitergegeben hatte. Vielleicht hatte die Mutter ihn sogar angestiftet? Mir stand der Kopf quer und mein Hirn glühte.

Theorien satt

Vielleicht könnte mir Peter Jansen weiterhelfen. Ich hatte ihn einige Tage nicht gesehen, weil ich mit der Aktion ›Lockvogel‹ beschäftigt gewesen war. Vielleicht wusste er inzwischen mehr über Ada Hecke.

Er hatte zum Glück noch nichts vor und wir verabredeten uns für den Abend im *Henker*.

Es dunkelte schon, als ich das Haus verließ. Ich ließ mein Auto stehen, nutzte die Gelegenheit, durch Bierstadts Straßen zu spazieren, denn ich brauchte Bewegung. Eigentlich hatte ich mir für diesen Sommer, der jetzt schon fast zu Ende war, ein Fahrrad kaufen wollen, um mich in Schwung zu bringen. Aber es hatte sich irgendwie nicht ergeben.

In den Fenstern glimmten vereinzelte Kerzenlichter: die kümmerlichen Reste der Aktion ›Ein Lichtlein für Nagel‹. Noch immer war der Oberbürgermeister von Bierstadt verschwunden – aber die Menschen in Bierstadt hatten sich daran gewöhnt.

Gregor Gottwald, Nagels Vorgänger, appellierte zwar in schöner Regelmäßigkeit an die Entführer, Nagel endlich freizulassen, verband diese Bitte aber auch mit der Zusage, im schlimmsten Fall selbst wieder als OB zur Verfügung zu stehen – um die Stadt aus ihrer Krise zu führen. Da stellte nicht nur ich mir die Frage, welche Krise wohl die schlimmere sei – die mit einem weiter verschwundenen Nagel oder die mit einem wiederauferstandenen Gottwald.

Peter Jansen saß bereits an einem Tisch. Wie er ihn ergattert hatte, war mir schleierhaft, denn an diesem Samstagabend brummte es im *Henker.* Heute Abend war es die Lesung einer Krimiautorin, die aus ihren gesammelten Fragmenten vorzulesen drohte. Bis sie anfing, musste ich mit Jansen klar sein, denn das wollte ich mir auf keinen Fall antun. Ich hatte Krimi genug gehabt in den letzten Wochen.

»Hallo, Peter.« Ich drückte ihm einen Kuss auf die Wange. »Wie geht es dir?«

»Unverändert«, meinte er. »Doch als ich von dem Treffen zwischen der Urban und Tom Piny hörte, bekam mein Leben wieder etwas Farbe.«

»Bist du noch immer für Ada Hecke entflammt?«, kam ich unverblümt zur Sache. Jansen erhielt etwas Zeit, sich die Antwort zu überlegen, denn die Kellnerin fragte nach unseren Wünschen.

Jansen bestellte seine Limonade und ich entschied mich für einen halben Liter Chianti. Noch eine Dreiviertelstunde bis zum Beginn der Lesung. Die Zeit würde reichen, um den Wein in der Karaffe zu vernichten.

»Und? Noch immer verknallt?«, wiederholte ich.

»Wir sind gute Freunde geworden«, erklärte er.

»Kommt sie eigentlich gut mit ihrem Sohn klar?«

»Im Prinzip schon. Aber, du weißt ja, wie Kinder in dem Alter sind.«

Nein, das wusste ich natürlich nicht, aber ich nickte für alle Fälle mal. »Und womit vertreibt sich Guido seine Zeit?«

»Er hat die Hobbys, die die heutige Jugend so hat. Computer, Disko und Rumhängen.«

»Computer?«

Jansen sah mich verständnislos an. »Was sollen die Fragen, Grappa?«

Die Getränke wurden gebracht. Ich goss den Wein ein, nahm einen kräftigen Schluck und erklärte Jansen meine gewagte Theorie.

Er hörte mir gespannt zu – ich hatte eher mit einem ungläubigen Gelächter gerechnet.

»Guido ist in einem Hacker-Club«, meinte er, als ich mit meinem Bericht zu Ende war, »deshalb ist deine Theorie gar nicht so abwegig.«

»Weißt du, was du da sagst?«, fragte ich aufgeregt. »Wenn Guido der *Stramme Hengst* ist, dann ist Ada Hecke die Mörderin! Nur so könnte es gehen!«

»Du spinnst, Grappa!« Jansen schüttelte den Kopf. »Zuerst die Urban und jetzt Ada! Franzi Urban hätte wenigstens noch ein Motiv gehabt, aber Ada? Sie hat genug damit zu tun, euer Kinderfernsehen aus den roten Zahlen zu kriegen.«

»Vielleicht entspannt sie sich so«, beharrte ich auf meiner Theorie. »So eine Art Selbstverwirklichung!«

»Klar. Tagsüber Fernsehen, abends Serienmörderin«, meinte Jansen trocken. »Eigentlich ganz logisch. Andere ziehen sich was Nettes an und gehen in die Oper, sie zieht sich was Nettes an und killt geile Kerle. Und sie schüttet K.-o.-Tropfen in die Drinks, um die eigene Show an die Wand zu fahren.«

»Was weißt du schon, was in Menschen vorgeht?«

»Ach, Grappa! Ich sehe dich schon am Montag in der Programmkonferenz, wie du mit dem Finger auf sie zeigst und sagst: Sie sind eine Mörderin!«

»Ein bisschen cleverer stelle ich mich schon an!« Langsam ging er mir auf den Zeiger mit seinem Sarkasmus. »Ich werde Kaligula jedenfalls meine Theorie erläutern. Er hört mir wenigstens zu!«

»Der ist ja auch psychologisch geschult. Der weiß halt, wie man mit jemandem wie dir umgehen muss! Außerdem ... da ist doch noch was anderes zwischen euch, oder liege ich da falsch?«

Jetzt schaltete ich auf stur.

»Vielleicht bist du ja auch die Mörderin!«

»Ach, ja?« Diese Theorie interessierte mich.

»Du chattest doch auch im Internet. Und deine Beziehungen zu Männern waren immer – gelinde ausgedrückt – sehr diffizil. Deinen Sinn für Dramatik könntest du auf jeden Fall mit so was voll befriedigen! Wer also kann ganz ausschließen, dass du unmittelbar vor den Wechseljahren eine Psychose bekommen hast und widerliche Kerle umlegst? «

»Gute Idee«, meinte ich. »Jedenfalls besser als Osteoporose-Gymnastik zu machen oder dem AWO-Singspielkreis beizutreten.«

»Eben! Sag ich doch!«, grinste er. »Endlich mal eine wirklich überzeugende Theorie.« Jansen hob das Glas mit der Limonade und prostete mir zu.

Entdeckung

Natürlich war ich nicht so leicht von meiner Meinung abzubringen, dass Guido der *Stramme Hengst* und Ada Hecke die Gottesanbeterin sein könnten. Die E-Mails des Jungen an mich mit den Hinweisen könnten so eine Art ›Hilferuf‹ gewesen sein. So was Ähnliches hatte ich oft in Filmen gesehen – allerdings nur in solchen, in denen der Drehbuchautor den Plot nicht richtig im Griff gehabt hatte.

Ich hatte den *Henker* und Peter Jansen verlassen und war auf dem Nachhauseweg.

Kurz entschlossen nahm ich mein Handy aus der Handtasche und rief Kaligula an. »Wo steckst du gerade?«, fragte ich.

»Bei einem beruflichen Termin«, antwortete er.

Im Hintergrund hörte ich Musik.

»Ach ja? Du Ärmster! Immer im Dienst. Vielleicht können wir uns danach noch sehen?«

»Wäre schön gewesen«, meinte er. »Aber ich bin gar nicht in Bierstadt. Ich rufe dich morgen an, ja?«

»Schade!«, meinte ich ehrlich. »Dann bis morgen! Einen schönen Abend noch.«

Frustriert schaltete ich das Handy ab und ging weiter. Menschen liefen mir entgegen. Meistens zu zweit, untergehakt oder eng umschlungen. Lachend, aber sich auch anschweigend. Wo sie wohl hinwollten? Ins Restaurant, ins Kino oder ins Bett – jedenfalls dorthin, wo es zu zweit mehr Spaß machte als allein.

Ich kam am *Catilina* vorbei. Die Trattoria war gefüllt mit Menschen. Ich stand davor, überlegte, ob ich mir an der Bar noch einen Prosecco gönnen sollte, verwarf den Gedanken dann aber wieder.

Gerade als ich mich abwenden wollte, blieb mein Blick an einem Paar hängen, das in einer Nische saß. Was ich sah, haute mich fast um: Dr. Julius Kaligula – offensichtlich gewaltig Charme versprühend –, eine Frauenhand haltend. Und diese Hand gehörte einer Frau, die ich ebenfalls nur allzu gut kannte: Barbara Rutzo.

Wut und Enttäuschung überfielen mich und ich hatte den Türknauf schon in der Hand, um eine Szene hinzulegen, an die sich Bierstadt noch Jahre später würde erinnern können. Doch dann beherrschte ich mich. Durch die Scheibe beobachtete ich die beiden noch einige Augenblicke, bis ich mir wie eine Spannerin vorkam.

Ich atmete tief durch und ging schnell nach Hause.

Das war es dann wohl! Tschüs, Kaligula. Verdammter Kerl!

»Kannst du mir sagen, warum Männer immer lügen müssen?«, fragte ich Eberhard.

Weil sie Angst haben.

»Angst? Wovor denn?«

Dass sie nicht perfekt sind.

»Lügst du nicht auch?«

Nein. Ich bin ja perfekt.

Kein heißes Wasser

Am Montag überraschte uns Dr. Ada Hecke mit der Ansage, dass sie an *Herzflimmern* festhalten wollte. »Das Konzept ist überzeugend. Außerdem hat der Anschlag ein solches Presseecho erzeugt, dass wir eine tolle Quote haben werden. Die Werbekunden bleiben jedenfalls am Ball. Auch Frau Ottawa hat sich bereit erklärt, die Sendung weiter zu moderieren.«

Mein Blick fiel auf die Zeitungsausschnitte, die der Königspudel auf den Konferenztisch gelegt hatte. Es waren sehr viele und sie belegten, dass die Gazetten ausführlich über die ›umwerfenden‹ Drinks berichtet hatten.

»Ist das nicht etwas zynisch?«, warf Peter Jansen ein. Er saß ein wenig abseits am Ende des Tisches und mir fiel wieder einmal auf, wie wenig er zu den geschniegelten Fernsehleuten passte – in seinen abgewetzten Jeans und dem legeren Freizeithemd mit schlabberigem Kragen.

»Ich dachte mir schon, dass du das so siehst«, sagte Ada Hecke. »Aber alle Verletzten sind längst aus dem Krankenhaus entlassen worden. Gegen das Konzept der Sendung, nämlich einsame Menschen zueinander zu bringen, kannst du aber nichts haben, oder?«

Einige Kollegen am Tisch hoben überrascht die Köpfe und in ihren Augen blitzte Aufmerksamkeit – es war ihnen nicht entgangen, dass die gefürchtete Hecke den alternden Zeitungsfuzzi duzte und sich prächtig mit ihm zu verstehen schien, denn sie hatte ihm mit einem warmen Blick und einem Lächeln geantwortet.

»Dann lasst wenigstens diese Fremdgeher draußen«, riet Jansen. »Bringt echte Singles zueinander, denen es wirklich um Liebe und Zuneigung geht und nicht nur um eine schnelle Nummer in einer miesen Absteige.«

»Das ist ein guter Vorschlag!«, beeilte sich Thaurus von Massenberg zu sagen. Er hatte wohl die Zeichen des Augenblicks begriffen, der alte Schleimer!

»Frau Grappa wird neue Kandidaten und Kandidatinnen finden«, nickte Hecke.

Ich schluckte. Nur das nicht. Noch heute Nachmittag würde ich die Programmchefin bitten, mich von der Aufgabe zu befreien. Ich musste die Serienmorde aufklären – jetzt erst recht, weil sich Profiler Kaligula nun offensichtlich um andere Dinge kümmerte.

Barbara Rutzo nahm an der Konferenz nicht teil. Eifersucht stieg in mir hoch. Vor meinem geistigen Auge wälzten sich Barbara und Kaligula in dem Hotelbett, in dem vorher die Leiche von Quincy gelegen hatte. Ob Kaligula durch so was angetörnt wurde? Diesen Kick brauchte, um sich in die Opfer und in den Täter einfühlen zu können? Vermutlich reizte ihn die ganze Sache auch deshalb, weil Barbara Rutzo als lesbisch galt. Dieser Mann hatte mich genauso ausgenutzt, wie er es jetzt vermutlich mit Barbara tat.

»Frau Grappa?«, hörte ich jemanden durch einen Nebel sagen.

Es war Ada Hecke. Sie sah mich fragend an.

»Entschuldigung!«, murmelte ich und wurde rot. »Mir ist nicht gut. Ich muss raus hier.«

Heftig stieß ich meinen Stuhl zurück – er wäre um ein Haar umgekippt – und stürzte aus dem Zimmer.

Im Damenwaschraum kühlte ich meine Stirn mit Wasser. Bleib cool, Grappa, sagte ich mir, dich hat bisher noch kein Mann auf die Knie gezwungen – psychisch jedenfalls.

Plötzlich bemerkte ich, dass ich nicht allein war. In der Dusche nebenan war jemand. Merkwürdig. Die Duschen waren für Moderatoren eingerichtet worden, die von außerhalb kamen und sich vor der Sendung noch frisch machen wollten.

»Hallo?«, rief ich und hielt das Ohr an die Tür.

»Moment!«, schallte es durch die Tür. »Ich bin gleich so weit!«

Wessen Stimme war das? Natürlich die einer Frau. Barbara? Nein, warum sollte sie hier duschen.

Die Tür öffnete sich und Gudrun Ottawa stand vor mir. Sie war in ein Badetuch gewickelt und Wasserperlen glänzten auf ihren Schultern.

»Hallo«, sagte sie freundlich. »In meinem Hotel gab's kein heißes Wasser heute Morgen. Wenn zwanzig Leute zugleich duschen wollen ... Was ist mit Ihnen? Sie sehen etwas mitgenommen aus!«

»Immer der gleiche Ärger mit den Männern«, lächelte ich.

»Nicht meine Baustelle«, lachte die Moderatorin und begann sich abzufrottieren. »Ich habe alle Männer aus meinem Leben aussortiert. Alles miese Dreckskerle!«

Ich zuckte unmerklich zusammen. Schon wieder dieses Wort.

»So! Das hat gut getan!« Gudrun Ottawa nahm das Badetuch, schlang es sich um die Hüften, wandte sich von mir ab, um ihr Seifenzeug aus der Dusche zu holen.

Ich nahm ihren Rücken als leicht gebräunte Fläche wahr, auf der nur etwas störte: eine nicht zu übersehende Tätowierung.

Mir stockte der Atem. Etwa zehn Zentimeter über Ottawas rechter Hüfte prangte eine *Mantis religiosa.*

Mal anrufen

Sie hatte zum Glück die Tür hinter sich geschlossen, ohne mein überraschtes Gesicht zu sehen. In meinem Zimmer brauchte ich einige Zeit zur Erholung. Mein erster

Impuls war, Kaligula anzurufen, doch ich brachte es nicht fertig. Sollte er doch selbst sehen, wie er mit dem Fall klarkam.

Es klopfte. Barbara Rutzo stand in der Tür. Ausgerechnet.

»Hallo«, begrüßte sie mich, als sei nichts gewesen. Na ja, sie war ja auch ahnungslos.

»Auch hallo«, reagierte ich knapp.

»Was war in der Konferenz?«, wollte sie wissen.

»Nichts Besonderes. Nur: *Herzflimmern* bleibt.«

»Gut. Das Konzept ist ja auch okay.«

Ich betrachtete die Kamerafrau. Sie war zehn Jahre jünger als ich, strahlte eine burschikose Unbefangenheit aus. Klar, dass intellektuelle Typen wie Kaligula so was anziehend fanden. Das Kontrastprogramm zu mir. Aber vielleicht war er auch einfach notorisch eroberungssüchtig.

»Ich habe keine Lust mehr, die Show zu machen«, erklärte ich. »Die erste Sendung hat mir gereicht. Ich weiß nur noch nicht, wie ich das der Hecke verklickern soll.«

»Sag's ihr doch einfach.« Sie lachte. Statt erfrischend wie früher fand ich sie jetzt einfach nur prollig. Reiß dich zusammen, ermahnte ich mich.

»Das werde ich auch. Wahrheit ist immer das Beste. Ich war vorgestern übrigens kurz davor, dich anzurufen. Hatte spontan Lust, dich zu treffen. Diese einsamen Wochenenden gehen mir auf die Nerven. Wir wollten doch sowieso mal einen Wein zusammen trinken.«

»Hättest du mal tun sollen! Ich habe auch nur zu Hause herumgehangen, und das war verdammt öde.«

»Das nächste Mal mache ich es«, versprach ich und das Bild erschien wieder vor mir: Barbara und Kaligula händchenhaltend beim Italiener. Mein Lächeln konnte nicht besonders echt wirken, denn die Eifersucht kehrte zurück und machte mich für ein paar Sekunden willenlos.

Zum Glück klingelte mein Handy. Auf dem Display erkannte ich Kaligulas Nummer. Auch der noch! Ich ging dran und sagte: »Moment!«, und zu Barbara gewandt: »Sorry, es ist hochgradig privat.«

Sie grinste, hob kurz die Hand und trollte sich.

»Guten Morgen!«, begrüßte mich mein Exlover. »Bist du im Sender?«

»Ja, klar«, antwortete ich. »Ich muss mich ja gelegentlich um meinen Job kümmern. Gibt's was Neues von deiner Mörderjagd?«

»Es gibt etwas. Aber das möchte ich dir nicht am Telefon sagen. Können wir uns heute Abend sehen?«, fragte Kaligula.

»Ich habe leider keine Zeit«, log ich.

»Schade. Interessiert dich der Fall nicht mehr?«

»Doch, natürlich. Können wir das denn nicht am Telefon erledigen?«

»Ist irgendwas? Deine Stimme klingt so … anders.«

»Mach doch kein Drama draus! Am Samstag hattest du keine Zeit, heute Abend kann ich nicht. Ich melde mich bei dir, wenn ich wieder Luft habe, einverstanden?«

Supercool

»Ich will diese Sendung nicht mehr machen«, teilte ich der Hecke wenig später mit. »In zwei Monaten ist meine Zeit hier sowieso abgelaufen und ich gehe zurück zur Zeitung. Fernsehen ist nicht meine Welt.«

Dr. Ada Hecke hatte den Chefsessel hinter ihrem Schreibtisch verlassen und sich zur Sitzgruppe für die Besucher begeben. Jetzt saß sie rechts von mir, die Beine damenhaft und unbequem übereinander geschlagen.

»Und was wollen Sie die restlichen zwei Monate bei uns tun?«, fragte sie.

»Filme machen, als Reporterin arbeiten. Ich treibe mich lieber draußen rum, statt acht Stunden täglich im Büro zu hocken. Außerdem habe ich noch drei Wochen Urlaub.«

»Gut!« Sie streckte überraschend schnell die Waffen. »Ich werde einen anderen Kollegen bitten, *Herzflimmern* zu übernehmen. Tut mir persönlich zwar Leid, aber Zwang hemmt jede Kreativität.«

»Danke.« Ich atmete auf. »Wie geht es eigentlich Ihrem Sohn?«

»Was meinen Sie?«

»Er hat doch das ganze Chaos an dem Abend mitbekommen. War er nicht geschockt?«

»Aber nein.« Ada Hecke lachte. »Die Kinder von heute sind nicht so leicht zu beeindrucken. Guido schon gar nicht. Er ist – so sagt er – der Coolste in seiner Klasse.«

»Netter Junge. Und sehr aufmerksam. Er hat der Polizei ja ziemlich weitergeholfen.«

»Weitergeholfen? Der Polizei?«

»Er hat doch den Zettel gefunden, der an die Tür geklebt worden war!«

»Welchen Zettel?« Ihr Blick wurde plötzlich hart.

»Den Zettel mit dem Zeichen, das die Mörderin verwendet – eine Gottesanbeterin. Ich dachte, das hätten Sie mitbekommen!«

»Nein. Davon hat er mir nichts erzählt!« Hecke versuchte sich ihre Aufregung nicht anmerken zu lassen.

»Da sehen Sie mal, wie supercool Ihr Junge ist«, lächelte ich. »Er gibt der Polizei einen wichtigen Hinweis und schweigt dann aus Bescheidenheit.«

In meinem Büro zurück schaute ich in meine Mailbox – sie war leer. Der *Stramme Hengst* hatte nichts von sich hören lassen.

Eher zufällig blickte ich aus dem Fenster meines Büros. Ada Hecke verließ schnellen Schrittes den Sender.

Ich wählte die Nummer von Heckes Sekretärin und verlangte die Chefin. »Sie musste ganz plötzlich weg«, erzählte die Mitarbeiterin bereitwillig. »Versuchen Sie's doch mal auf dem Handy.«

Ich entgegnete, dass das so wichtig nun auch wieder

nicht sei. »Kommt sie denn nochmal wieder?«, setzte ich nach.

»Davon hat sie nichts gesagt.«

»Wissen Sie, wo sie hinwollte?«

»Nach Hause. Irgendwas ist mit ihrem Sohn, glaub ich.«

Die Richtigen und die Falschen

Es war kurz nach sieben und ich packte meine Sachen. Draußen war es kühl und es dämmerte schon. Das Jahr ging langsam dem Ende zu, vor zwei Wochen hatte ich noch mit offenem Verdeck nach Hause düsen können. Jetzt hatte ich sogar schon die Heizung angestellt.

Mal sehen, wo der Kater war. Ich hatte ihn am Morgen wieder hinausgelassen, ihm nun doch den Wohnungsschlüssel umgehängt und mit einer Nachbarin vereinbart, dass sie ab und zu mal aus dem Fenster schauen sollte, ob das Vieh davor saß. Wie fast alle Frauen mochte sie Katzen, und schwarze ganz besonders.

Vor dem Bäckerladen von Anneliese Schmitz stoppte ich.

»Tach auch!«, sagte ich, als ich im Laden stand. Anneliese Schmitz sortierte wie immer die Brotlaibe im Regal.

»Tach auch. Wie isses?«

Eigentlich hätte ich jetzt »Muss« sagen müssen, doch das wäre eine Lüge gewesen.

»Beschissen!«

»In echt?«

Ich nickte.

»Was 'n los?«

»Stress.«

»Privat?«

»Auch.«

»Tja.«

Tja? Was meinte sie damit?

»Wieso?«, fragte ich vorsichtig nach.

»Ich sach doch immer, Ihnen fehlt ein Mann. Einer, der mal länger bleibt.«

Überrascht von diesem Sprechanfall sagte ich: »Das Beste an den Männern, mit denen ich zusammen war, war eigentlich immer, dass sie nicht länger geblieben sind.«

»Und warum haben Sie dann Stress?«

Eine gute Frage. »Die richtigen wollen nicht länger bleiben, sondern nur die falschen«, erklärte ich.

»Wer ist denn aktuell?« Anneliese Schmitz hatte schon längst aufgehört, die Brote in der Auslage zurechtzurücken.

»Niemand.«

»Is auch schwer in Ihrem Alter.«

»Na, toll! Das sagt der Kater auch immer.«

»Isser das da nich?« Die Bäckersfrau hatte sich zur Ladentür gewandt und durch die Glasscheibe blickte uns Eberhard an.

Ich öffnete und er kam sofort herein. »Hallo, Löwe! Alles okay mit dir?«

Na, klar.

Anneliese Schmidt bückte sich und nahm den Kater auf den Arm. »Der is ja wirklich putzig«, begeisterte sie sich. »Und so ein schönes Fall hatter! Liegt am guten Futter«, bemerkte sie mit Kennerblick.

»Er frisst mir die Haare vom Kopf.«

»Und die kleine Wampe! So 'nen schönen Kater gibt's aber selten.«

Siehst du, grinste Eberhard, *eine Frau mit Geschmack.* Er räkelte sich auf ihrem großen Busen und schnurrte.

Männer sind tatsächlich echte Dreckskerle – ohne Ausnahme! dachte ich, treulos und immer und überall auf ihren Vorteil bedacht.

»Sie können ihn haben«, bot ich an. »Er schimpft sowieso den ganzen Tag und nörgelt herum, dass er zu wenig Auslauf bekommt. Bei Ihnen wäre er sicher besser aufgehoben.«

»In echt?« Anneliese Schmitz schien begeistert. »Sie würden ihn abgeben?«

»Klar!« Mir rutschte das Herz zwar in den Magen, aber gesagt war gesagt.

Eberhard hörte auf zu schnurren, entgegnete nichts, sondern sah mich nur mit seinen Opalaugen groß an.

»Ich überleg es mir vielleicht doch noch«, hörte ich mich sagen. »Und jetzt packen Sie mir vier Achtkornbrötchen ein, bitte.«

Eifersucht und Nylons

Wenn du mich loswerden willst, dann sag es mir und ich verlasse sofort das Haus und komme niemals wieder zurück. Der Kater war tief gekränkt.

»Sei nicht so theatralisch!«, forderte ich. »Ich dachte, die Bäckerin gefällt dir. So, wie du es dir auf ihrem Busen bequem gemacht und entzückt geschnurrt hast!«

Du weißt, dass ich mein Schnurren nicht kontrollieren kann.

»Ach was? Das ist ja völlig neu! Du kannst doch sonst alles!«

Ich glaube, wir vertagen die Diskussion. Deine Eifersucht macht dich noch unberechenbarer als üblich.

»Ja!«, stimmte ich zu. »Es läuft im Moment nicht besonders gut bei mir. Ich darf ja wohl auch mal schlechte Laune haben, oder?«

Schon klar. Krieg ich was zu essen?

Endlich verstanden wir uns wieder! Ich löffelte das Nobelfutter ins Schälchen – *Gourmetmenü mit Gänsefleisch und Möhren* – und sah ihm zu, wie er sich darauf stürzte, nachdem er das Fleisch ausgiebig beschnüffelt hatte.

So, wenigstens der Kater war für den Augenblick glücklich!

Mein Magen knurrte auch. Im Tiefkühlfach waren noch mit Spinat gefüllte Ravioli, die nur ein paar Minuten in kochendem Wasser ziehen mussten. Ein paar Blätter Salbei vom Balkon in Butter knusprig gebacken und drübergestreut, und das Ganze war perfekt.

Als ich mit einem prächtig aussehenden Teller zum Tisch gehen wollte, klingelte das Telefon. Die Nummer auf dem Display sagte mir nichts, aber der Anruf kam aus Bierstadt.

»Ja?«, fragte ich – in der festen Absicht, das Gespräch kurz zu halten.

Am anderen Ende meldete sich niemand.

»Dann eben nicht!«, sagte ich und legte auf. Doch natürlich ließ mir meine Neugierde keine Ruhe. Die Nummer des Anrufers war gespeichert und ich drückte die entsprechende Taste, um zurückzurufen.

Nichts. Der Ruf ging zwar raus, doch keine Reaktion. Noch nicht einmal ein Anrufbeantworter bettelte um eine Nachricht nach dem Piepston.

Nachdenklich spießte ich die Ravioli auf. Der Kater saß auf dem Küchenblock und putzte sich. Ich konnte ihm einfach nicht klar machen, dass er auf dem Boden zu bleiben hatte. Wobei mir eine leise Ahnung sagte, dass er einfach keine Lust hatte, immer zu mir aufzuschauen. Im Moment waren wir exakt auf Augenhöhe.

»Eine Ravioli ist für dich, Löwe!«, sagte ich und stellte ihm den Teller hin. »Aber wenn du diese Bäckerin nochmal so schamlos angräbst, setzt es was!«

Der Kater grinste schief, war aber so schlau, nichts zu entgegnen.

Es klingelte an der Wohnungstür. Ich ging zur Sprechanlage und sprach das gewohnte »Ja, bitte?« hinein. Nichts, es waren nur Straßengeräusche zu hören. Merkwürdig, dachte ich. Erst der anonyme Anruf und jetzt ein

Klingeln an der Tür. Ich öffnete nicht, sondern schlich zum Fenster, um die Straße beobachten zu können. Doch niemand ging vom Haus weg.

Ich stiefelte in die Küche zurück.

Eberhard leckte inzwischen den Teller leer, seine Barthaare glänzten fettig.

»Ach, Kater! Ich muss dringend mit der Polizei reden.« Hektisch suchte ich die Nummer von Kommissar Brinkhoff. Doch leider hatte er sein Handy ausgeschaltet. Dann eben morgen, nahm ich mir vor.

Bevor ich ins Bett ging, verriegelte ich die Tür besonders sorgfältig, lief ins Arbeitszimmer und fuhr den Rechner hoch. In meiner Mailbox lag eine Nachricht. Den Absender kannte ich nicht. Ich öffnete das Dokument und las:

Ich suche eine Sie, die mir ihre defekten Feinstrumpfhosen, Feinsöckchen oder Feinkniestrümpfe sowie die defekten Nylons, anstatt sie zu entsorgen, zusendet. Ich bin ein Mann, der ein Faible für diese schönen Kleidungsstücke hat. Gerne auch gegen Bezahlung.

Das war zu viel! Ich löschte die Mail und legte mich ins Bett. Kopfschüttelnd.

Hexenhammer

Gegen acht Uhr stand ich auf und rief bei Brinkhoff im Präsidium an.

»Ich habe einige wichtige Hinweise zu den Morden«, kündigte ich an. »Und eine Theorie.«

»Sie und Ihre Theorien!« Er klang nicht besonders interessiert.

»Ich habe wirklich was herausgefunden!«, beharrte ich.

»Wäre es nicht besser, Sie sprechen mit Dr. Kaligula?«

»Ist der denn überhaupt noch mit dem Fall betraut?«, fragte ich scheinheilig. »Man hört so wenig von seinen Erfolgen!«

Der Hauptkommissar lachte. »Was ist denn mit Ihnen los? Sie verstanden sich doch immer gut mit dem Doc.«

»Ist alles ein bisschen abgekühlt«, sagte ich wahrheitsgemäß. »Also? Kann ich mit Ihnen reden?«

»Okay. Weil Sie es sind. In einer Stunde? In meinem Büro.«

»Anderthalb. Ich bin noch im Nachthemd.«

Er war einverstanden. Wenigstens auf Brinkhoff war Verlass. Ich machte mich fertig und stellte dem Kater frisches Wasser hin. Er hatte wohl heute keine Lust zu einer Tour um den Block, denn er räkelte sich noch auf dem Sessel im Wohnzimmer, auf dem er zu schlafen pflegte, wenn ihm der Platz zwischen meinen Füßen zu unruhig wurde und er damit rechnen musste, einen Tritt abzukriegen.

Brinkhoff erwartete mich schon, denn er hatte zwei Becher und eine Thermoskanne mit Kaffee besorgt.

»Na, dann mal los!«, ermunterte er mich, während er den Kaffee eingoss.

»Dieser Junge hat damit zu tun«, begann ich. »Guido Hecke. Das ist der, der Ihnen den Zettel mit der Gottesanbeterin gegeben hat. Ich glaube, dass er der *Stramme Hengst* ist.«

Ich redete etwa eine Viertelstunde, bemühte mich, all meine kühnen Gedankengänge miteinander zu verknüpfen, um dann zu dem Schluss zu kommen: »Deshalb glaube ich, dass Dr. Ada Hecke mehr weiß, als sie zugibt! Und Gudrun Ottawa hängt auch mit drin.«

»Wer ist Gudrun Ottawa?«

»Heckes Freundin. Die Moderatorin meiner Show.«

Brinkhoff starrte mich an, griff zum Telefonhörer, wählte und sagte: »Könnten Sie bitte mal in mein Büro kommen? Es ist wichtig.«

»Wen haben Sie denn da angerufen?«, fragte ich. »Den Notarzt?«

Er lachte. Einige Augenblicke später betrat Kaligula den Raum. Er hatte Ringe unter den Augen, sah müde und überarbeitet aus. Warum soll es ihm besser gehen als mir? dachte ich schadenfroh.

»Hallo.« Er begrüßte mich mit einem leichten Kuss auf die Wange. Brinkhoff grinste.

»Was machst du denn hier?«, zickte ich. »Ich wollte Herrn Brinkhoff sprechen und nicht dich. Also geh wieder!«

»Würdest du bitte nicht so ein Theater machen?« Kaligula war noch blasser geworden, seine Nervenstränge schienen etwas angenagt zu sein.

»Ich lasse Sie beide dann mal allein«, kündigte Brinkhoff an und grinste immer noch breit. »Denn ich habe keine Lust in Ihr Scharmützel zu geraten. Trinken Sie noch etwas Kaffee, er wird Sie beruhigen, Frau Grappa.«

»Sehr witzig!«, zischte ich.

Trotzdem erklärte ich Kaligula meine Theorie und der Profiler rang sich ein müdes Lächeln ab. »In einem hast du Recht. Guido Hecke ist der *Stramme Hengst.* Ich habe den Zettel, der angeblich mit Tesafilm an die Studiotür geklebt wurde, untersuchen lassen. Es gibt weder Spuren von Kleber auf dem Papier noch auf der Tür. Also hat der Junge gelogen. Ich habe eine Überwachung angeordnet. Guido ist ein Computerfreak. Seine Mutter kauft ihm immer das Neueste, was gerade auf dem Markt ist. Aber Guido geht manchmal nach der Schule nicht nach Hause, sondern in ein Internetcafé. Warum? Wenn er doch alles, was er braucht, zu Hause hat.«

»Ich habe es geahnt«, rief ich. »Dieser pubertierende Bengel! Führt mich wochenlang an der Nase rum und spielt den Sexgott!«

»Einer meiner Mitarbeiter beobachtete Guido im Café und setzte sich anschließend an den PC, an dem der Junge gehockt hatte. Und siehe da! Über eine bestimmte Funktion, die die Seiten anzeigt, auf die der Benutzer zuletzt Zugriff hatte, konnten wir seine Aktivitäten zurückverfolgen.«

»Und wo hat der Kleine überall rumgesurft?«

»In dem Single-Service, und auf einer Seite, die ich bisher noch nicht kannte. Sie trägt den Namen *www.Hexenhammer.de.* Aber er hat sich die Seite nur angesehen, weder eine E-Mail geschrieben noch sich im Gästebuch eingetragen.«

»Und? Was fängst du mit diesen Infos an? Es ist nicht verboten, Internetcafés aufzusuchen und sich im Single-Chat als Erwachsener auszugeben.«

»Nein. Aber wir haben gestern eine Hausdurchsuchung in Heckes Wohnung durchgeführt. Und in Guidos Zimmer einige Disketten gefunden – mit gespeicherten Chats. Da waren auch die Mails drauf, die er dir geschrieben hat. Mit den Tipps zu den Morden. Und den Informationen über die *Mantis religiosa.*«

Nun war ich platt. Deshalb hatte die Hecke so fluchtartig den Sender verlassen! Nicht weil ich sie aufgeschreckt hatte, sondern weil die Polizei bei ihr alles umkrempelte.

»Hast du Guido schon verhört? Was sagt er?«, wollte ich wissen.

»Nein. Ich kann ihn nicht fragen. Er ist weg.«

»Was heißt das?«

»Er ist verschwunden!«

»Verschwunden? Und wie erklärt sich seine Mutter das?«

»Sie macht auf verzweifelt. Hat ihn als vermisst gemeldet.«

»Du glaubst ihr nicht?«

»Ich glaube ihr kein Wort!« Kaligulas Stimme war hart. »Sie hat ihren Sohn ganz schnell irgendwo hingeschafft. Um Zeit zu gewinnen.«

»Zeit? Wofür?«

»Um Spuren zu beseitigen! Ich habe mir diese Hexenhammer-Seite angeguckt. Sie ist ziemlich männerfeindlich und bietet Frauen Beratung bei Partnerschaftsproblemen an. Angeblich nur eine Beratung. Aber ich habe die Vermutung, dass es dabei nicht bleibt. Die Oberhexe ist eine Frau, die loszieht und auf Bestellung untreue Männer umbringt.«

»Eine echte Marktlücke!« Ich war begeistert. »Warum bin ich eigentlich nicht auf die Idee gekommen?«

»Es wundert mich nicht wirklich, dass du an so was Spaß hättest«, muffelte mein Exlover.

»Und jetzt verrat mir, du schlauer Profiler, wer die Frau ist!«

»Deine Chefin.«

»Das habe ich auch mal gedacht«, räumte ich ein. »Hast du ihre Alibis überprüft?«

»Meine Leute sind gerade dabei.«

»Glaubst du, Urban ist blind gewesen?«, zweifelte ich. »Da stöckelt seine Chefin in die Latino-Bar, um ihn zu ermorden, und er erkennt sie nicht?«

»Sie hat sich eben verkleidet«, beharrte Kailgula auf seiner Theorie. »Und als er mit ihr auf dem Zimmer war, hat sie ihn mit einer Waffe bedroht.«

»Und welches Motiv hat die Hecke?«

»Keine Ahnung«, gab Kaligula zu.

»Siehst du!«

»Ich habe niemals gesagt, dass ich mich nicht auch irren kann«, meinte Kaligula reserviert. »Aber zurzeit ist sie unser einziger Anhaltspunkt.«

»Da kann ich dir einen tollen Tipp geben«, kündigte ich an. »Knöpf dir doch mal Gudrun Ottawa vor.«

»Die Moderatorin? Warum ausgerechnet die?«

»Sie hat eine interessante Tätowierung. Eine *Mantis religiosa.* Direkt hier!« Ich deutete auf die bewusste Stelle genau über meiner rechten Hüfte.

Liebe, kein Sex

Wir waren dienstlich geblieben, und das war gut so. Zu Ende gegangene Beziehungen wiederzubeleben war nicht mein Ding. Aufgewärmtes Essen schmeckt auch nicht mehr frisch, sondern nur fade.

Kaligula hatte beschlossen, die Ottawa zur Vernehmung einzuladen. Wenn sie hörte, dass er von dem Tattoo wusste, würde sie sich an die Szene in der Dusche erinnern und sofort auf mich kommen. Sollte sie, ich hatte meine Pflicht als gute Staatsbürgerin erfüllt und alles erzählt, was ich wusste. Jetzt sollte Kaligula mal machen.

Warum war ich eigentlich so erpicht darauf, eine Mörderin zu finden, die im Grunde ziemlich segensreich gewirkt hatte? Immerhin hatte sie die Welt von einigen ›Prachtexemplaren‹ von Männern befreit, an denen Valerie Solanas ihre helle Freude gehabt hätte.

Ich saß in meinem Büro im Sender. Man hatte mir den Sendeablauf für das Magazin am Abend aufs Auge gedrückt. Ada Hecke hatte einige Tage Urlaub genommen – so hieß es. Jetzt führte der Chef vom Dienst die Geschäfte.

Die Programmkonferenz war nur Ritual. Jeder wollte schnell wieder an seinen Schreibtisch zurück, um was auch immer zu tun. Ada Hecke hatte die Runde immer total im Griff gehabt. Heute schien alles auseinander zu fließen, weil sie nicht mehr die Peitsche schwang.

Wenigstens Peter Jansen war wie immer. Seitdem einige Kollegen wussten, dass er ein ausgezeichnetes Verhältnis zur Chefin hatte, war er in ihrem Ansehen gestiegen und vom antiquierten Zeitungstrottel zum kompetenten Berater mutiert. Alles Schleimer, dachte ich, und ganz vorneweg trabt der Königspudel.

»Lass uns einen Kaffee trinken«, schlug ich Jansen vor.

»Wie geht's der Hecke denn, jetzt, wo ihr Sohn verschwunden ist?«

»Das kannst du dir doch denken«, entgegnete er.

»Tut mir Leid.«

»Tatsächlich?«

Wir waren in der Kantine angekommen, holten den Kaffee und steuerten einen Tisch an. Hier war sonst niemand – außer der Kaffeemaschine und der Putzfrau, die die Tische abwischte.

»Was ist los?«, fragte ich. »Warum meinst du, dass es mir wurscht ist, wie es der Hecke geht?«

»Hast denn nicht du der Polizei gesteckt, dass Guido der *Stramme Hengst* sein könnte?«

»Das haben die doch schon gewusst«, erklärte ich. »Die sind misstrauisch geworden, als er ihnen nach dem Anschlag diesen Zettel mit der Heuschrecke präsentierte.«

»Der Junge hat es nicht leicht«, verteidigte Jansen ihn. »In dem Alter sind die Kinder immer schwierig. Keine Kinder mehr und noch keine Erwachsenen. Und, na ja, er ist ohne Vater aufgewachsen – das spielt natürlich auch eine Rolle.«

»Hat die Hecke nun was mit den Morden zu tun oder nicht?«

»Nein. Hat sie nicht.« Er sah mir in die Augen.

»Und woher weiß Guido dann so gut Bescheid?«

»Er ist Computerfan. Mitglied in einem Hacker-Club – was weiß ich? Er muss durch Zufall auf all das gestoßen sein.«

»Das glaubst du doch selbst nicht!« Jansen war ja völlig verblendet! »Und warum ist er dann verschwunden?«, setzte ich nach.

»Weil er überfordert ist und sich vielleicht schämt, dass er seine Mutter durch sein Verhalten belastet.«

»Vielleicht hat deine Hecke ihn aus dem Verkehr gezogen! Damit er nicht noch mehr Unheil anrichtet.« Aufgebracht haute ich mit der Faust auf den Tisch.

Der Kaffee schwappte über.

»Deine Wut nützt dir nichts, Grappa«, meinte Jansen. »Außerdem solltest du dich wirklich mal von deinen eindimensionalen Denkstrukturen lösen. Die mögen ja manchmal ganz nützlich sein – in diesem Fall aber bestimmt nicht. Es gibt zu vieles, das du nicht weißt und vermutlich auch nicht verstehen kannst. Warte doch einfach ab, wie sich die Sache weiter entwickelt. Was hast du davon, eine Mörderin zu finden, die eigentlich nur segensreich gewirkt hat?«

»Segensreich?« Komisch, die gleiche Idee hatte ich doch auch schon gehabt.

»Ja. Frag doch mal die Frauen der Opfer, ob es ihnen schlechter oder besser geht. Ich habe mir mal die Mühe gemacht und ein bisschen rumtelefoniert.«

»Du hast die Witwen der Kerle angerufen?«

»So ist es. Und habe von allen die gleiche Antwort bekommen, nämlich dass sie gut ohne ihre Männer klarkommen und richtig aufgeblüht sind. Warum auch sollte jemand notorischen Fremdgängern, perversen Schlägern und chronischen Säufern nachtrauern?«

»Und warum haben sich die Frauen nicht einfach getrennt?«

»Das ist nicht immer so einfach. Sonst wären die Frauenhäuser ja wohl nicht so voll.«

»Was ist eigentlich mit dir? Bist du auch schon zu einem Fremdgänger geworden?«

»Nein!« Das Wort kam schnell und lag klar in der Luft. »Es war der falsche Weg. Ich liebe diese Frau – aber wir hegen keine erotischen Gefühle füreinander.«

»Weil sie doch lesbisch ist?«

»Grappa! Sie ist überhaupt nichts. Aus bestimmten Gründen hat sie überhaupt kein Interesse an Sex.«

»Das gibt es nicht!«

»Glaub mir, Grappa, das gibt es! Und es gibt Männer, die so was akzeptieren.«

Verschollen

Kaum wieder in meinem Büro überraschte mich Tom Piny mit einem Anruf.

»Grappa-Baby«, begann er. »Wie geht es dir?«

»Bestens«, knurrte ich. »Was ist los?«

»Ich habe Neuigkeiten. Über Nagel.«

Ach ja, dachte ich, den gibt es ja auch noch. »Dann erzähl mal!«

»Dass es nicht seine beiden rechten Ohren sind, das wussten wir ja schon«, begann er.

»Eben. Sagtest du nicht was von Neuigkeiten?«

»Genau. Dieser Typ vom Auswärtigen Amt, Rumi, ist jetzt auch entführt worden. Jedenfalls ist er in der Wüste verschollen, während er Nagel suchte.«

Mir kam Eberhards Wunsch wieder in den Kopf, dass dieses *Weichei* zu entsorgen sei. Nein, so weit war die Welt noch nicht, dass ein einzelner Kater jemanden zu einer Entführung anstacheln konnte!

»Tut mir echt Leid für Rumi«, sagte ich ehrlich zerknirscht. »Und was hast du noch auf der Pfanne?«

»Es hat eine Geldübergabe gegeben!«

»Was? Also hat die Stadt doch für Nagel gezahlt!«

TOP lachte. »Nee, bestimmt nicht. Der SPD-Unterbezirk hat das Geld gezählt, das bei der Aktion ›Ein Lichtlein für Nagel‹ zusammengekommen ist. Damit soll jetzt eine neue Expedition in die Wüste gestartet werden. Nur leider wird es eine sehr, sehr kleine Expedition werden.«

»Wieso?«

Tom kicherte und konnte sich kaum noch einkriegen.

Mir schwante, auf was er hinauswollte. »Nun sag schon! Wie viel ist es?«

»Dreitausend Euro. Und das auch nur, weil der Westdeutsche Rundfunk die Summe aufgestockt hat.«

»Dem Sender fehlt ja jetzt auch was«, sah ich ein. »Nagel hat denen mit seinen Reden das Programm zugeklatscht. Und zwar kostenneutral.«

»Eben. Nur kriegst du für die dreitausend Euro noch nicht mal einen Esel, der freiwillig durch die Wüste trabt.«

»Ich gebe die Hoffnung trotzdem nicht auf!«, meinte ich heldenhaft. »Schlimm nur, dass fast niemand mehr über den Fall redet, keiner vermisst Nagel, alle scheinen ihn vergessen zu haben. Er hat gar keine Spuren in den Seelen der Menschen hinterlassen! Ist das nicht schrecklich?«

»Jedenfalls nicht so schrecklich wie manche seiner Auftritte.«

»Du bist so gemein!«

»Ist ja gut, Grappa! Bist ein liebes Mädchen. Der alte Gregor Gottwald macht seine Sache übrigens ganz gut. Er hat nichts verlernt«, berichtete TOP. »Im Rathaus geht es wieder richtig rund. Ach ja, und die Sache mit den Dessous hat sich geklärt!«

»Du meinst 85 Doppel-D?«

»Ja. Nagel ist unschuldig.«

»Das wusste ich schon immer! War wohl 'ne Ente?«

»Nein. Gottwald hat die Dinger bezahlt. Mein Informant hat nur was von einem Oberbürgermeister gehört, der eingekauft hat, und ist natürlich davon ausgegangen, dass es Nagel war. Aber es war halt der Alt-OB.«

»Und wen hat er damit beglückt?«

»Das recherchiere ich gerade.«

»Willst du wirklich drüber schreiben?«

»Nein. Ich will die Frau kennen lernen!«, lachte Piny. »Das Ganze ist Privatsache. Gottwald hat die Sachen aus eigener Tasche bezahlt, die Info mit dem Feuerwehrfonds war tatsächlich eine Ente.«

»Dann ist die Luft aus der Geschichte raus.«

»Was macht deine Mörderjagd?«

»Da tut sich auch nicht viel«, log ich. »Nix mehr los in Bierstadt.«

Eifersucht und eine gute Idee

Gudrun Ottawa hatte überhaupt keine Probleme damit, die Tätowierung zu erklären. Sie könne schließlich nichts dafür, dass sich eine irre Mörderin für das Motiv einer Gottesanbeterin entschieden hätte. Das Tattoo gehöre zu dem Standardangebot jedes Tätowierers.

»Und das stimmt sogar!«, sagte Kaligula. Er hatte mich zu Hause angerufen, um mir das Neueste mitzuteilen. Ich war natürlich kühl zu ihm. »Selbstverständlich hat sie mich gefragt, woher ich von dem Tattoo weiß. Ich habe aber nichts verraten.«

»Darauf wird sie schon selbst kommen, wenn sie ein bisschen grübelt. Gibt es was Neues von Guido?«

»Nein, nichts. Er ist immer noch weg. Wie wäre es denn jetzt mit einem Glas Wein? Im *Catilina* zum Beispiel. Hast du Lust?«

»Du gehst ja dort offenbar ein und aus. Neulich sah ich dich dort zufällig – beim Turteln mit der Rutzo. Das war an dem Abend, als du einen dienstlichen Termin außerhalb von Bierstadt hattest.«

»Ach, so!« Kaligula lachte auf. »Deshalb bist du in letzter Zeit so merkwürdig! Eifersüchtig?«

»Nein. Ich mag es nur nicht, belogen zu werden. Du kannst machen, was du willst – wir hatten und haben ja keine Beziehung. Aber erzähl mir nicht, dass du nicht in Bierstadt bist, wenn ich dich Minuten später flirtend im Restaurant sehe.«

»Verstehe. Das war blöd«, gab er zu. »Aber dienstlich war der Termin trotzdem. Ich habe die Rutzo nämlich verhört.«

»Na, dann ist ja alles in schönster Ordnung«, höhnte ich. »Hat sie dich denn weiterbringen können?«

»Nicht besonders.«

»Oh, tut mir Leid. Hat das Händchenhalten nichts gebracht?«, giftete ich.

»Du bist wirklich komisch, wenn du eifersüchtig bist.«

»Bin ich gar nicht! Viel Erfolg dann noch weiterhin.« Wütend knallte ich den Hörer auf. Eberhard erschreckte sich durch das plötzliche Geräusch und fegte wie von Dämonen gehetzt durch den Flur.

So, dachte ich, gut, dass es raus ist! Eifersucht ist ein Gefühl, das ich bei mir immer plausibel finde, bei anderen dagegen übertrieben und lächerlich.

Ich ging ins Arbeitszimmer, schaltete den PC ein und schaute in meine Mailbox. Da war nichts.

Plötzlich fielen mir Heckes und Jansens Worte wieder ein, dass Guido ein totaler Computerfreak sei. Dann würde er sich bestimmt einen Zugang zu seinem Lieblingsspielzeug verschaffen – falls er nicht gefesselt in einem Verlies schmorte. Vielleicht war das eine Möglichkeit, mit ihm Kontakt aufzunehmen.

Bitte unbedingt melden – schrieb ich in die Betreffzeile der Mail, die ich an den *Strammen Hengst* richtete. Und weiter:

Hallo, Guido. Ich weiß nicht, wo du bist, und es ist mir auch ziemlich egal. Du solltest nur wissen, dass die Polizei deine Mutter inzwischen für eine Mörderin hält, und das hast du ihr eingebrockt. Melde dich also besser und lege die Fakten auf den Tisch! Wenn du nicht zur Polizei gehen willst, dann setz dich mit mir in Verbindung. Ich bin bereit, mich mit dir zu treffen, und ich verspreche dir, dass ich die Bullen nicht informieren werde. Wenn du weiter versteckt bleibst, hilfst du niemandem, noch nicht mal dir selbst. Falls du Kontakt zu mir aufnehmen willst, ruf mich auf dem Handy an oder klingele einfach an der Tür. Aber entscheide dich schnell. Vielleicht überprüft die Polizei die

Mails, die bei dir und bei mir eingehen. Grüße von Grappa.

Ich hing noch die drei Telefonnummern an, unter denen ich zu erreichen war. Für alle Anschlüsse zugleich würde Kaligula so schnell keine Abhörgenehmigung kriegen, hoffte ich. Dann drückte ich den Knopf *Senden.*

»Na, dann beten wir mal, dass der *Hengst* sich meldet«, sagte ich zu Eberhard, der meine Aktivitäten von der Schreibtischecke aus beobachtet hatte. »Dann kannst du ihn mal kennen lernen.«

Der kommt vorbei?

»Das will ich hoffen. Aber du brauchst dir keine Sorgen zu machen. Der Hengst ist kein wildes Pferd, sondern ein verängstigtes Kind, das zu viel weiß und Hilfe braucht.«

Weißglut und Wahrsagerei

Hexenhammer! Ich kannte diesen Namen nur im Zusammenhang mit dem Beginn der Hexenprozesse. Im Jahre 1487 veröffentlichten Heinrich Institoris und Jakob Sprenger im Auftrag des Papstes Innozenz VIII. den Hexenhammer *Malleus maleficarum,* das Handbuch für Hexenprozesse – sozusagen eine kirchlich sanktionierte Anleitung, Menschen zu befragen und zu quälen und sie anschließend zu verbrennen.

Im Internet war allerhand Interessantes zu erfahren – und gegen Mitternacht hatte ich so viel über Hexen, Ketzer, Folterer, Pfaffen und die Heilige Mutter Kirche gelesen, dass ich vermutlich stilecht auf einem Besen Richtung Blocksberg hätte düsen können.

Der originale Hexenhammer war eine Hasstirade auf alles Weibliche und erinnerte mich in seiner intoleranten Art an die Sprüche der Valerie Solanas. Bei der waren die Männer nur Dreckskerle und beim Hammer war die Frau das Böse schlechthin. Die Autoren hatten alle frauenfeindlichen Sprüche zusammengetragen, die im 15. Jahrhundert bekannt waren. *Weint ein Weib, so sinnt es gewiss auf listige Tücke,* stand da und: *Die Weiber treibt zu allen Schandtaten nur eine Begierde: denn aller Weiberlaster Grund ist die Habsucht.*

Auf Lateinisch hörte sich das bestimmt netter an als bei Valerie Solanas, die ihre Pamphlete vermutlich nur in gequetschtem Amerikanisch herausbekam.

Die Webseite *www.Hexenhammer.de* informierte sachlich und historisch korrekt über dieses dunkle Kapitel der Menschheitsgeschichte und es gab viele Hinweise auf andere Seiten, die Frauen interessieren könnten, zum Beispiel die über Valerie Solanas.

Für die Polizei durfte es kein Problem sein, die Betreiber der Webseite herauszukriegen. Aber was brachte das?

Es machte keinen Sinn mehr, den PC anzulassen. Ich fuhr ihn runter. Eberhard wartete schon am Fußende des Bettes auf mich.

»So, Löwe«, gähnte ich. »Für heute reicht es. Und falls es heute Nacht an der Tür klingelt, dann krieg bitte keinen Herzkasper vor Schreck.«

Du sagtest ja schon, dass das Pferd vielleicht kommt.

»Na ja, ich rechne nicht wirklich damit.«

Ich lag schon fast waagerecht auf der Matratze, als das Telefon sich nochmal meldete.

Es war Kaligula und seine Laune war nicht besonders gut. »Ich habe deine Mail an Guido gelesen«, blaffte er mich an. »Und ich erwarte, dass du mich sofort informierst, wenn er Kontakt zu dir aufnimmt.«

Ich hatte befürchtet, dass er Guidos Mail-Account überwachte! »Den Teufel werde ich tun! Lös deinen Fall doch allein, du superschlauer Profiler!«

»Spätestens morgen habe ich die Genehmigung, deine Telefone abzuhören, und ich werde zwei Mann vor deiner Wohnung postieren.«

»Mach nur!«, meinte ich ungerührt. »Solange du dich auf einen kleinen Jungen konzentrierst, kann deine Serienmörderin munter weitermachen. Du steuerst auf einen Karriereknick zu, mein Bester.«

Jetzt hatte er mich schon zum zweiten Mal an diesem Tag zur Weißglut gebracht! Leider war ich wieder hellwach und an Schlaf nicht mehr zu denken. Es war kurz nach Mitternacht.

Spätestens morgen würde Kaligula seine Ankündigungen wahr machen und mich überwachen lassen. »Guido, lass mich nicht hängen!«, murmelte ich.

Ich warf die Espressomaschine an. Wenn schon wach, dann aber richtig. Eberhard hielt es auch nicht mehr im Schlafzimmer. Er sprang auf den Küchentisch.

Während der Kaffee brühte, kraulte ich den Kater. Immer ein Ohr zur Tür gerichtet, um ja nicht Guidos Klingeln zu verpassen.

Ich glaube, da steht einer vor der Tür, sagte Eberhard.

»Wie kommst du da drauf?« Es war mir bisher nicht aufgefallen, dass der Kater einen siebten Sinn hatte und Dinge voraussehen konnte.

Gleich wird es klingeln, sagte er.

Es klingelte.

»Wer ist es?«, fragte ich.

Keine Ahnung!

»Wieso weißt du das nicht?«

Ich fang doch erst an mit der Wahrsagerei!

Es klingelte wieder.

»Eberhard! Sag schon! Ich habe keine Lust, Kaligula vor der Tür stehen zu haben!«

Frag doch!

»Wen?«

Deine Sprechanlage!

Ich befolgte den Rat, doch niemand meldete sich. Es war genauso wie neulich, doch jetzt betätigte ich den Öffner. Mit einem Ohr im Flur verfolgte ich, dass jemand die Tür aufdrückte und ziemlich schnell die Treppen hochkam. Der Besucher schien allein zu sein, denn ich vernahm nur die Schritte von zwei Füßen. Das Treppenhaus war dunkel geblieben, nur das Licht der Straßenlaternen sorgte für schummrige Sicht.

Ich schloss die Tür und legte das Auge an den Spion. Mein Herz schlug mir bis zum Hals. Jetzt stand der Jemand vor der Tür. Ich drückte den Lichtschalter für die Lampe an der Wand neben dem Eingang.

Duftwolken und Stillosigkeit

»Willst du was zu essen? Oder was trinken?« Der bleiche verwirrte Junge in meiner Wohnung aktivierte meine längst verschüttet geglaubten Muttergefühle.

Guido Hecke nickte und krächzte dann: »Danke.«

Jetzt ist er auch noch im Stimmbruch, stellte ich fest.

»Setz dich mal ins Wohnzimmer«, wies ich ihn an. »Ich mache dir zwei Spiegeleier und einen heißen Pfefferminztee.«

Guido schlurfte von dannen. Sein Erscheinungsbild hatte sich seit unserem ersten Treffen im Studio nicht verändert: Viel zu große Klamotten umschlotterten den mageren Leib, die Hose war zu lang – deshalb hatten die Beine unten Schmutzränder – und die Senkel der riesigen unförmigen Schuhe waren nicht zugebunden.

Ist das der Hengst?, fragte Eberhard. Er saß aufrecht im Flur und machte einen runden Buckel.

»Das ist er«, bestätigte ich.

Der stinkt. Riechst du das nicht?

»Er ist doch auf der Flucht vor den Bullen«, erklärte ich. »Da bleibt die Sauberkeit auf der Strecke. Du stinkst auch, wenn du dich mit Marvin und Co gefetzt hast.«

Der stinkt aber vor Angst.

»Eberhard! Er ist ein kleiner Junge! Kannst du bitte ins

Wohnzimmer gehen und dafür sorgen, dass er sich nicht vom Fleck rührt? Und sei freundlich zu ihm!«

Der Kater trollte sich. Ich schlug die Eier in die Pfanne und machte Wasser heiß.

Wie sollte ich mit Guido reden? Na ja, ich würde ihn wie einen Erwachsenen behandeln. Die Eier hatten schnell einen braunen Knusperrand und ich schob sie auf einen Teller, legte eine Scheibe Brot daneben und ging ins Wohnzimmer.

Heckes Liebling saß ziemlich gesittet auf dem Sofa, Eberhard hatte sich vor ihm auf dem Boden aufgebaut und fixierte ihn – die Nase vor Ekel gekräuselt.

»Hier!« Grinsend reichte ich Guido den Teller. Er packte die Eier, faltete sie in der Mitte zusammen und biss davon ab. Das Eigelb floss natürlich sofort, zum Glück hielt Guido den Teller drunter, sodass nichts auf das Parkett tropfte.

Widerlich! Angeekelt drehte sich Eberhard zu mir um. *Mir wird übel!*

»Sorry!«, meinte der Junge, als ob er des Katers Missbilligung registriert hätte.

»Macht nichts«, sagte ich. »Wer mit einem Kater zusammenlebt, ist einiges an schlechten Tischsitten gewöhnt. Das Vieh pflegt zum Beispiel sein Spiegelei durch die ganze Wohnung zu schleifen. Also – fühl dich ganz wie zu Hause.«

»Lieber nicht«, feixte der Junge und tunkte mit dem Brot das Eigelb auf.

»Ich hol dir jetzt den Tee«, kündigte ich an. »Und dann reden wir.«

»Hast du kein Bier im Haus?«

Ich schenkte mir die Vorhaltungen. »Doch. Pils. Ist das okay?«

»Yep.«

Klar, dass er das Glas ignorierte und sich die Pulle gleich an den Hals setzte – so supercool, wie er war.

Endlich hatte er alles verdrückt und die Flasche war auch schon fast leer.

»Also, Guido, dann schieß mal los!«, kam ich zur Sache. »Wo ist dein PC?«

»Im Arbeitszimmer.«

»Dann komm.«

Ich ging vor, er schlurfte hinter mir her. Guido startete den PC, schob eine Diskette, die er aus den Tiefen seiner Schlabberhose hervorgezaubert hatte, ins Laufwerk und öffnete die darauf gespeicherten Dateien. Gebannt starrte ich auf den Monitor.

Guido klickte auf ein Foto. Es zeigte eine Frau, die gerade ein Haus verließ – offenbar ein Hotel, denn im Hintergrund waren die Umrisse einer Rezeption und eine verschwommene Person zu erkennen. Die Frau war in einen weiten Mantel gehüllt, den sie oben mit den Händen zuhielt, sie hatte hellblondes langes Haar und trug eine große Sonnenbrille, die Teile des Gesichtes verhüllte.

»Wer ist das?«, fragte ich, obwohl mir schwante, dass die Frau auf dem Bild die Mörderin sein musste.

»Warte!«

Der Hecke-Sprössling öffnete ein weiteres Foto: dieselbe Frau, wie sie ins Auto stieg. Leicht nach vorn gebeugt, die Sonnenbrille gerade abnehmend.

»Und jetzt das noch!«, sagte Guido.

Das dritte Bild war durch die Windschutzscheibe aufgenommen – offensichtlich mit einem großen Tele, denn die Qualität war nicht besonders. Aber immerhin noch gut genug, um zu erkennen, dass die Frau die Perücke abgenommen und sich der Brille entledigt hatte.

»Das ist Barbara Rutzo!«, entfuhr es mir. »Wie bist du an die Fotos gekommen? Und was hat sie in dem Hotel gemacht?«

»Sie hat einen der Kerle umgebracht.«

»Die Fotos? Woher hast du sie?«

»Die haben doch die Termine im Internet miteinander

vereinbart. Ich bin dann dahin, hab gewartet und geknipst. War ganz leicht.«

»Warum hast du der Polizei keinen Tipp gegeben?« Der Bengel war wirklich cool. Zu cool. Seelenruhig zuzusehen, wie Menschen ins Jenseits befördert wurden – dazu gehörte schon was.

»Keine Bullen. Aber wir machen einen Deal«, schlug Guido vor. »Ich sage dir alles. Gebe dir die ganzen Beweise, die ich gesammelt hab. Aber ich will was dafür!«

»Und was?«

»Dass du dafür sorgst, dass meiner Mutter nichts passiert!«

»Wieso? Was hat die denn damit zu tun?«

»Nichts. Doch sie hat es halt gewusst«, erklärte Guido.

»Sie hat Barbara gedeckt? Hast du deshalb nichts gesagt?«

»Moment.« Guido wandte sich wieder dem PC zu und ein anderes Foto erschien auf dem Monitor. Eine ähnliche Szene wie vorhin: eine Frau mit dunkler Brille – diesmal mit einer roten Perücke, die ein Hotel verließ. Ihr Mantel klaffte auf und darunter trug sie ein rotes Korsett, das den Busen betonte. Dann noch ein weiterer Schnappschuss: dieselbe Frau mit blonden Haaren – Gudrun Ottawa, die Moderatorin.

»Sie sind zu zweit?« Ich atmete schwer.

»Siehst du doch.«

»Mann, Guido! Wie bist du dahinter gekommen?«

»Ich hab bei Mama in die Favoriten geguckt und den *Hexenhammer* gefunden. Mit denen hatte sie Kontakt. Und dann hab ich die Seite geknackt. Ich zeige es dir!«

Guido tippte wie wild auf meinem PC rum, ich konnte ihm nicht folgen. Nach einigen Minuten befand er sich im Mail-Account von *Hexenhammer* und präsentierte einige E-Mails von *Hexenhammer*-Kundinnen, die sich sehr konkret danach erkundigten, wie sie ihre Probleme lösen konnten. Diese Probleme hießen zum Beispiel Rüdiger, Manfred oder Karl-Wilhelm.

www.Hexenhammer.de präsentierte eine ultimative Lösung: den Auftragsmord – gegen Geld.

Ein Rundum-sorglos-Paket mit integriertem Alibi. Für dringende Fälle gab es sogar Preisermäßigung oder eine sozial verträgliche Ratenzahlung.

»Was hat deine Mutter denn nun damit zu tun? Hat sie auch mitgemacht? War sie in den Hotels?«

»Nein, war sie nicht. Hab ich doch schon gesagt!«

»Na gut! Und wie geht es jetzt weiter?«

»Ich gebe dir das Material auf der Diskette. Die Fotos und so. Und du gibst das den Bullen.«

»Ach, Guido! Wenn das so einfach wäre!«, seufzte ich. »Warum hast du dich überhaupt in die Sache reingehängt?«

»Wegen meiner Mutter. Ich will, dass es aufhört. Und dass die beiden verschwinden. Damit Mama endlich ihre Ruhe hat!«

»Was heißt das? Das klingt ja nach Erpressung!«

Guido schwieg.

»Wird deine Mutter erpresst?«

»Null Ahnung!«

»Weiß deine Mutter eigentlich, wo du dich rumtreibst?«

»Nö.«

»Meinst du nicht, dass du sie anrufen solltest, um ihr zu sagen, dass es dir – na ja – einigermaßen gut geht?«

Der Junge schüttelte den Kopf.

»Ich versteh nicht, warum du nicht mit deiner Mutter geredet hast.«

»Mit der kann man nicht reden«, meinte er verstockt. »Hast du noch ein Bier?«

Ich holte ihm eins. »Wer hat eigentlich während der Pilotsendung die K.-o.-Tropfen in die Drinks gemixt?«

»Weiß ich doch nicht! War nur eine gute Gelegenheit, den Zettel loszuwerden.«

»Klar. Wo hast du dich denn in der Zwischenzeit rumgetrieben?«

Ich bekam keine Antwort. Er setzte die Flasche an den

Hals und trank. Und ich hatte nicht mit der Auswirkung von Gerstensaft auf den Organismus eines Sechzehnjährigen gerechnet. Guido wurde müde und wenig später sank sein Kopf auf die Polster des Sofas. Ein leises Schnarchen sagte mir, dass der *Stramme Hengst* für heute genug hatte.

Ich zog ihm die grässlichen Schuhe von den Füßen und wäre fast von der Wolke, die daraus aufstieg, in die Knie gegangen. Irgendwo hatte ich noch eine Wolldecke, ich legte sie – naserümpfend – über ihn.

Eberhard hatte meine mütterlichen Aktivitäten wohl beobachtet, denn er saß plötzlich in der Tür. Bildete ich mir das ein oder hatte er ein fettes Grinsen im Gesicht?

»Ich weiß schon, was du sagen willst«, nahm ich ihm den Wind aus den Segeln. »Jetzt verirrt sich schon mal ein Kerl in meine Wohnung und dann stinkt er infernalisch.«

Kerl? Der fällt doch unters Welpenschutzgesetz, spottete der Kater.

»Danke, dass du mich drauf hinweist«, nickte ich. »So was nennt sich *Strammer Hengst!* Möchte nur mal wissen, woher er das Foto hatte, das er mir damals geschickt hat.«

Welches Foto?

»Na ja, du weißt schon«, druckste ich. »Als du voller Neid vom Tisch geflüchtet bist.«

Neid? Das war helles Entsetzen über so viel Stillosigkeit!

»Stillos fand ich das Foto nicht. Ganz im Gegenteil«, kicherte ich albern.

Wir sollten schlafen gehen, meinte der Kater streng, *du kriegst verbal ja noch weniger auf die Reihe als sonst!*

Ausgetrickst

Schon im Bett liegend, schickte ich Peter Jansen noch eine SMS. Er sollte der Hecke Bescheid geben, dass es Guido gut ginge – ohne zu verraten, von wem diese Information stammte –, und mich keinesfalls anrufen. Jansen schrieb zurück: *Muss dich dringend sprechen!* Ich antwortete: *Morgen. Okay?*

Vielleicht waren diese Vorsichtsmaßnahmen ja übertrieben, aber sicher war ich mir da nicht.

Natürlich war an Schlaf zunächst nicht zu denken. Mein Hirn dampfte mindestens genauso wie Guidos Füße. Wie konnte ich Kaligula und auch Brinkhoff davon abhalten, Ada Hecke für die Morde mitverantwortlich zu machen? Laut Guido hatte sie alles gewusst und die beiden Frauen gewähren lassen.

Und: Was wussten Rutzo und Ottawa von Ada Hecke, dass sie sie bei der Stange halten konnten? Ein Gefühl sagte mir, dass Peter Jansen vielleicht eine Antwort auf diese Frage hatte.

Irgendwann schlief ich dann doch ein. In meinen Träumen ging es genauso turbulent zu wie in meinem Leben. Ich wachte mehrere Male auf, weil ich dachte, ein Geräusch gehört zu haben, schlich durch die Wohnung und schaute im Wohnzimmer nach, ob Guido noch da war. War er, wie mir Schnarchen und Geruch nachdrücklich bewiesen.

Gegen acht war ich dann richtig wach. Noch im Nachthemd ging ich ins Wohnzimmer, riss die Balkontür auf und lüftete. Guido lag in Embryohaltung auf dem Sofa.

»Aufstehen!«, trompetete ich.

Nichts rührte sich.

»Guido! Aufwachen!« Ich wollte meine Nase schonen und ihm nicht zu nahe kommen.

Endlich bewegte sich was. Der *Stramme Hengst* brauchte wohl eine Weile, um zu kapieren, in welchem Stall er sich gerade befand.

»Ich bin es! Maria Grappa! Und bevor du irgendwas sagst, verschwindest du im Bad und duschst dich. Aber gründlich und mit viel Seife, ja? Meine Wohnung stinkt wie ein Iltisbau!«

Meine Ansage war wohl ziemlich klar gewesen, denn Guido stand auf, murmelte »Morgen« und stiefelte aus dem Zimmer.

»Und zieh die dreckigen Klamotten nicht wieder an!«, rief ich ihm hinterher. »Ich geb dir was Frisches zum Anziehen! Aber beeil dich! Ich muss gleich zur Arbeit, sonst krieg ich Ärger mit deiner Mutter.«

Als ich das Wasser rauschen hörte, ging ich in die Küche. Eberhard saß bereits vor seinem Fressplatz und wartete.

»Hallo, mein süßer Löwe!«, begrüßte ich ihn. Er hatte wohl auf dem Küchenstuhl übernachtet und das Kissen mit seinen Haaren verschönt.

Ich warf die Kaffeemaschine an und machte die Milch heiß. »Pass mal eben auf, dass nichts überkocht«, bat ich den Schwarzen. »Ich muss dem Jungen was zum Anziehen raussuchen.«

Irgendwo lag noch eine Jeans rum, die mir nicht mehr passte, und ein paar einfache T-Shirts hatte ich auch immer in petto. Sogar ein Paar Socken konnte er bekommen, nur Herrenunterwäsche besaß ich nicht.

Die Milch! Ich raste in die Küche, doch es war nichts passiert. Eberhard war auf die Arbeitsplatte gesprungen, hatte sich neben die Kochplatte gesetzt und beobachtete brav die Oberfläche der Milch.

Die Badezimmertür öffnete sich und Guido stand vor mir – in ein Badetuch gewickelt.

»Na also«, meinte ich, »ich habe dir was zum Anziehen ins Wohnzimmer gelegt und hier ist ein Sack für deine Klamotten. Schmeiß sie auf den Sondermüll.«

Den kurzen Befehlston verstand er. Wohl jahrelanges Training. Wenig später saßen wir am Tisch – er in einem blauen T-Shirt, der alten Jeans und mit feuchten Haaren.

»Und jetzt müssen wir drüber reden, wie es weitergehen soll«, begann ich.

»Haben wir doch schon«, sagte Guido kauend. »Du kriegst die Diskette und machst damit, was du willst.«

»Wenn alles stimmt, was du sagst, werden Rutzo und Ottawa behaupten, dass deine Mutter ihnen geholfen hat. Eine Frage ist ja immer noch nicht geklärt: Warum haben die beiden diese Kerle umgebracht?«

»Sie bekamen doch Geld dafür!«

»Das allein kann es nicht sein. Auf meinem Konto ist auch immer Ebbe, dennoch käme ich nicht auf die Idee, gewerbsmäßig Männer zu killen. Das Motiv ist ein bisschen dünn.«

»Das können die Bullen ja dann rauskriegen!« Guido griff nach der Wurst und legte sich drei Scheiben aufs Brot.

»Ich mach dir einen Vorschlag«, sagte ich, »du kannst erst mal hier bleiben. Ich stopf deine Klamotten in die Waschmaschine und heute Abend, wenn ich von der Arbeit komme, sehen wir weiter, ja? Würde dir das irgendwie helfen?«

Der Junge nickte.

»Immerhin kennen wir uns ja nun schon eine ganze Weile«, erinnerte ich mich. »*Strammer Hengst* trifft *TV-Frau* und erzählt ihr die tollsten Storys. Warum hast du eigentlich so tierisch den geilen Bock gemimt?«

»Spaß eben«, murmelte er und wurde rot.

»Wusstest du von Anfang an, wer ich bin?«

»Klar. Du hast ja die Leute für die Show gesucht. Und ich wusste von Mama, dass die bei ihrem Sender läuft.«

»So!« Ich stand auf. »Ich mache mich jetzt fertig und fahr zur Arbeit. Was machen wir mit der Diskette? Wie viele Kopien hast du?«

»Keine. Nur die hier.«

»Okay, dann behalt sie hier. Ich will sie nicht mit ins Büro nehmen. Zu riskant. Und – wenn du an meinem PC spielst, sei vorsichtig. Es kann sein, dass die Bullen nicht nur deinen, sondern auch meinen Rechner im Visier haben.«

»Die Typen hab ich noch immer ausgetrickst!«, protzte Guido.

Verschwunden und verscharrt

Als ich die Stufen zu meinem Büro hochging, kam ich an Ada Heckes Räumen vorbei. Beherzt klopfte ich, eine Männerstimme sagte: »Herein!«

Die Sekretärin war nicht da, es war der Königspudel, der im Vorzimmer thronte, und er sah wieder aus wie aus einem Modejournal entsprungen. Im Zimmer lag der Geruch eines neuerdings angesagten Herrenparfums. Unmut stieg in mir auf.

»Ist die Chefin da?«, fragte ich einigermaßen höflich.

»Klar. Um was geht es denn?«

»Das sag ich ihr schon selbst.«

»Tut mir dann Leid.« Thaurus von Massenberg lächelte maliziös.

Mein Unmut verwandelte sich in Wut. »Was tut Ihnen Leid?«

»Dann geht es nicht. Ich kann Sie nicht zu ihr lassen. Sie will nicht gestört werden.«

»Pass mal auf, du manieriertes Arschloch!« Ich hatte völlig vergessen, zu welchen Grobheiten ich in der Lage war. »Du setzt dich jetzt wieder brav hin und feilst dir die Fingernägel rund. Oder meinetwegen eckig. Ich geh da jetzt rein – und du wirst mich nicht daran hindern. Hast du das gerafft?«

»Aber ...« Er stellte sich mir in den Weg.

Ich schubste ihn weg. »Fick dich ins Knie!«

Ich drückte die Tür zu Ada Heckes Büro auf. Sie war nicht allein. Peter Jansen war bei ihr. Als die Chefin mich sah, zog sie ihre Hand aus seiner.

»Gut, dass du kommst, Grappa«, sagte Peter. »Setz dich doch. Ich habe Ada gerade erzählt, dass mit ihrem Sohn alles okay ist. Stimmt doch, oder?«

»Klar.« Ich ließ mich auf einen Stuhl fallen. »Ich habe

ihn dazu gebracht, gründlich zu duschen, und ihm was zu essen gegeben.«

»Und wo ist Guido jetzt?«, fragte sie.

Die Hecke war mal wieder kalt wie eine Hundeschnauze. Das Kostüm saß perfekt wie immer, das Make-up gab ihrem Gesicht den überirdisch matten Glanz und jede Haarsträhne war natürlich an ihrem Platz. Mir war nicht klar, ob es Bewunderung oder Abscheu war, die ich beim Anblick dieser Frau empfand. Als Mutter hätte ich sie bestimmt nicht gern gehabt.

»Machen Sie sich keine Sorgen«, sagte ich überflüssigerweise, denn sie machte sich bestimmt keine Sorgen um ihren Sprössling. »Guido ist in meiner Wohnung und erholt sich von drei Flaschen Pils.«

»Und warum kommt er zu Ihnen und nicht zu mir? Sind Sie seine Mutter oder ich?« Ada Hecke hatte ihre Stimme ein wenig erhoben.

Holla, dachte ich, diese Frage passte nicht zu Madame Contenance. Jansen warf mir einen warnenden Blick zu.

Ich beschloss, mich sensibel zu gebärden, und sagte: »Das müssen Sie mit Guido klären. Wahrscheinlich glaubt er, dass die Polizei Ihr Haus observiert.«

»Das tut sie auch«, erklärte Hecke. »Und sie haben mich nach meinen Alibis gefragt. Für die Tage, an denen die Männer ermordet worden sind.«

»Ich glaube nicht, dass Sie eine Mörderin sind. Aber ich vermute, dass Sie zwei Mörderinnen decken. Sie wissen auch, wen ich meine. Und Ihr Sohn weiß es auch.«

»Wer sind die beiden?«, mischte sich Peter Jansen erstaunt ein.

»Rutzo und Ottawa wechseln sich ab«, antwortete ich. »Die beiden betreiben eine Agentur. Sie heißt *Hexenhammer.* Ich glaube, dass Ehefrauen, die ihre Männer killen lassen wollen, die Agentur beauftragen. Alles läuft übers Internet. Guido hat Fotos gemacht, wie die beiden die Hotels verlassen.«

»Warum tut der Junge das?« Heckes Stimme war heiser, auf der Stirn glänzten Schweißperlen. »Warum nur?«

»Er vermutet, dass Sie von den beiden erpresst werden. Und er will ganz einfach, dass das aufhört«, erklärte ich. »Er hat mir die Diskette nur unter der Bedingung gegeben, dass Sie da rausgehalten werden. Er will Sie von den beiden Frauen befreien ...«

»Ich werde nicht erpresst!«

»Dann verstehe ich nicht, wie Sie schweigen konnten!«

»Kann ich mit Guido reden?«, fragte sie.

»Das ist schwierig. Ich habe ihm verboten, ans Telefon zu gehen, weil ich befürchte, dass die Polizei meinen Anschluss abhört.«

Ausgerechnet jetzt klingelte auch noch mein Handy! Kaligula – verriet mir die Nummer im Display.

»Herr Dr. Kaligula!«, sagte ich, damit die anderen wussten, wer dran war. »Was gibt es?«

»Ich wollte dir nur erzählen, dass ich gerade in deiner Wohnung war. Seit wann gibst du dich mit sechzehnjährigen Jungen ab?«

»Arbeitest du neuerdings für die Sitte?«, bemühte ich mich, cool zu bleiben. »Ich nehme an, du hattest einen Durchsuchungsbefehl?«

»Hatte ich. Ich bin schließlich ein Profi. Den Jungen habe ich kassiert. Mal hören, was er zum Besten gibt.«

»Ich sitze in diesem Moment seiner Mutter gegenüber«, sagte ich. »Du weißt, dass Guido minderjährig ist und du ihn nicht verhören darfst. Pass auf, was du tust!«

»Natürlich. Kannst du mir Frau Dr. Hecke mal geben?«

»Ich frage sie, ob sie mit dir sprechen will.«

Sie wollte. Ich reichte ihr mein Handy.

»Wo befindet sich mein Sohn?«, fragte sie. Und einige Augenblicke später: »Ich bin gleich da!«

Hecke gab mir das Telefon zurück, drückte die Sprechanlage und befahl dem Königspudel, eine Verbindung zu ihrem Anwalt herzustellen.

Jansen und ich verabschiedeten uns.

Im Vorzimmer saß Massenberg mit rotem Kopf. Er hatte bestimmt mit dem Ohr an der Tür gehangen.

»Verdammt«, sagte ich, als Jansen und ich draußen im Flur standen. »Wenn Kaligula die Diskette gefunden hat, fällt ihm die Aufklärung des Falles sozusagen in den Schoß.«

Vergraben

Das Chaos in meiner Wohnung hielt sich in Grenzen. Noch nicht einmal die Tür war aufgebrochen und auch dem Kater war nichts passiert. Lediglich das Arbeitszimmer war durchwühlt.

»Ach, Löwe«, seufzte ich. »Ich hätte mir einen Wachhund anschaffen sollen statt eines Katers. Der hätte sein Heim verteidigt!«

Und läge jetzt erschossen in der Ecke, behauptete Eberhard.

»Der Wille zählt, nicht das Ergebnis!«

Das Ergebnis zählt, widersprach das Katzenvieh, *und das kann sich sehen lassen.*

»Allerdings. Guido und die Diskette sind in den Händen der Bullen. Tolles Ergebnis!«

Nein. Die Diskette ist noch da. Ich habe sie versteckt.

»Eberhard! Du redest wirres Zeug!«

Stimmt aber.

»Ja, klar. Du hörst die Polizei kommen, denkst sofort an die Beweise, nimmst die Diskette in dein Mäulchen und versteckst sie. Komm mir nicht so! So einen Blödsinn streicht die Lektorin mit tödlicher Sicherheit aus dem Text!«

Kann ich verstehen. So ist es ja auch nicht gelaufen.

»Eben. Pluster dich nicht so auf!«

Dann komm mal mit!

Der Kater lief aus der Küche Richtung Bad, ich folgte verdutzt.

Das Ding ist im Katzenstreu, ich hab's zugescharrt.

»Ich glaub dir kein Wort!«

Nimm's raus, forderte der Kater, *ich muss sowieso mal.*

Eberhard hatte nicht geschwindelt.

Ich pulte die Diskette unter dem Katzenstreu hervor: Sie war zwar etwas angestaubt, aber weder feucht noch sonst wie beschädigt.

Ich musste die Diskette in Sicherheit bringen und ich wusste auch schon, wie. Ich steckte sie in einen Umschlag, schrieb Tom Pinys Privatadresse drauf, verließ das Haus und ging zum Auto.

Als ich losfuhr, folgte mir eines jener unauffälligen Autos, die sonst im Polizeipräsidium auf dem Hof standen. Kaligula ließ mich also observieren! Wie, zum Teufel, sollte ich den Umschlag in den Briefkasten werfen, ohne dass mich jemand dabei beobachtete?

Ich dachte nach und mir kam eine brillante Idee. Kaligula würde es nicht einfach mit mir haben!

Zum Glück war in der Bäckerei Schmitz nicht viel los.

»Tach auch!«, sagte ich.

Es dauerte nicht lange, bis Anneliese Schmitz den letzten Kunden bedient hatte. »Wie isses?«, kam es prompt.

»Könnte besser sein.«

»Dachte ich mir.«

»Wieso?«

»Sie sehen nicht gut aus. Ärger mit dem Schwatten?«

»Nein. Der Kater ist brav. Ich hab die Bullen am Hals. Sehen Sie den Wagen da draußen?«

Die Bäckersfrau guckte unauffällig zur Straße.

»Was wollen die von Ihnen?«, flüsterte sie.

»Reine Schikane. Tun Sie mir einen Gefallen?«

»Klar.«

»Packen Sie mir vier Brötchen ein. Ich gebe Ihnen im Tausch einen Umschlag. Aber niemand darf das wissen.

Würden Sie den für mich wegschicken? Ich muss mich wirklich drauf verlassen können. Es geht um Leben und Tod.«

»Mach ich!« In Anneliese Schmitz' Blick glomm eiserne Entschlossenheit. »Niemand wird was merken. In echt!«

»Sie müssten aber noch eine Marke draufkleben!«

»Mach ich.«

»Ich hol jetzt mein Portmonee raus. Und Sie geben mir die Brötchen. Dann dreh ich mich so, dass uns niemand von der Straße aus beobachten kann.«

Mit fliegenden Fingern griff die Bäckersfrau nach dem Umschlag und versenkte ihn im Ausschnitt ihres weißen Kittels. Tom Piny hätte bestimmt seinen Spaß, auf dem mächtigen Busen der Bäckersfrau transportiert zu werden. Irgendwann – wenn diese Geschichte vorbei sein würde – würden wir uns sicherlich köstlich über die Szene amüsieren.

»Geht heute noch raus!«, versprach sie. »Können sich drauf verlassen.«

»Danke«, lächelte ich. »Was sollte ich nur machen ohne Sie?«

»Nun machense mal halblang, Frau Grappa! Is doch eine Sache der Ehre!«

Mit der Brötchentüte in der Hand verließ ich die Bäckerei – meine Verfolger ignorierend.

Im Auto sitzend, rief ich Jansen an und verabredete mich mit ihm, einfach so. Man konnte ja nie wissen, wer mithörte.

Revolte und Schweigen

Wir hockten im *Henker* zwecks Lagebesprechung. Erst jetzt merkte ich, wie erschöpft ich war, obwohl ich schon Unmengen Kaffee in mich hineingeschüttet hatte.

»Die drei kennen sich von früher«, erklärte Jansen. »Vor etwa achtzehn Jahren arbeiteten alle drei bei einer Zeitung. Die Rutzo war Fotografin, die Ottawa freie Mitarbeiterin und die Hecke Volontärin. Drei junge Frauen am Beginn ihres Arbeitslebens. Alles lief ganz normal. Zuerst.«

Welche Horrorgeschichte erwartete mich wohl? Ich sah es Jansens Gesicht an, dass er aufgewühlter Stimmung war.

Für alle Fälle bestellte ich einen Viertelliter Rotwein, obwohl es erst Mittag war. Manche Dinge lassen sich nur so ertragen, dachte ich.

»Vor siebzehn Jahren gingen die drei in ein Gefängnis, um eine Reportage zu machen. Eine schöne menschliche Story über den Knastalltag für die Weihnachtsausgabe. Doch leider bekam die Reportage eine unvorhergesehene Wendung. Einige der Häftlinge planten nämlich genau an diesem Tag eine Revolte. Es kam, wie es kommen musste. Die Häftlinge nahmen die drei Frauen und einige Wärter als Geiseln, um ihre Freilassung zu erpressen.«

Der Wein kam. Die Kellnerin stellte ihn auf den Tisch und fragte, ob wir auch etwas essen wollten. Nein, ich würde keinen Bissen runterkriegen, bevor ich nicht das Ende der Geschichte gehört hatte. Jansen bestellte ein paar Brezeln.

»Drei junge Frauen in der Gewalt von Männern, von denen viele schon jahrelang einsaßen und die nichts mehr zu verlieren hatten. Die Revolte dauerte insgesamt achtundvierzig Stunden. Dann stürmte ein Sondereinsatzkommando den Knast. Es gab Tote. Und du kannst dir sicher denken, was die Männer den drei Frauen in diesen Stunden angetan hatten.«

Ich konnte es mir denken und kaltes Entsetzen kroch mir den Rücken hinunter.

»Diese Kerle haben sie immer und immer wieder vergewaltigt und erniedrigt.«

»Hör auf!« Mir war schlecht.

»Nun verstehst du vielleicht, warum die drei von Männern nichts mehr wissen wollen. Warum sie sich seit dieser Zeit gegenseitig stützen, sich helfen, dass eine die andere mitzieht und für sie lügt, wenn es sein muss.«

»Sind die Männer bestraft worden?«

»Natürlich. Aber das spielte bei diesen Verbrechern eh keine Rolle mehr. Der Öffentlichkeit gegenüber ist die Geschichte vertuscht worden. Vergewaltigung von drei Journalistinnen – das wäre ein Fressen für die Boulevardblätter gewesen!«

»Die Hecke muss aber danach noch einen Mann an sich rangelassen haben, oder? Guido ist doch erst sechzehn.«

»Nein. Sie hat keinen Mann mehr danach gehabt«, erklärte Jansen hart.

»Du meinst ...?« Mir blieben die Worte im Halse stecken.

Jansen nickte. Ich griff mein Glas und trank es leer. »Warum hat sie nicht abtreiben lassen?«

»Sie war im Krankenhaus. In der Psychiatrie. Ich weiß nicht genau, was da passiert ist. Jedenfalls war es irgendwann zu spät für einen Schwangerschaftsabbruch.«

»Weiß Guido davon?«

»Ja. Er hat das Tagebuch seiner Mutter gefunden.«

»O Gott. Der arme Junge. Er liebt seine Mutter und glaubt bestimmt, dass sie ihn hasst.«

»Sie hasst ihn nicht«, behauptete Jansen.

»Was soll denn jetzt werden?«, fragte ich.

»Ada versucht, Guido freizukriegen. Sie hat bisher verhindern können, dass er vernommen wird – er ist schließlich erst sechzehn. Aber es kann sein, dass sie die Diskette bei ihm gefunden haben. Mit den Beweisen.«

»Nein. Haben sie nicht.«

»Was?«

Ich trank mein Glas leer. »Ich habe die Diskette. Die Polizei hat nichts in der Hand! Absolut nichts!«

»Du hast die Diskette in deiner Wohnung?«

»Nein. Ich habe sie in einen Umschlag gesteckt und sie an Tom Piny geschickt. Mit einem Hinweis, dass er sie sich nicht ansehen soll, dass sie wichtig ist und dass ich ihm vertraue.«

»Du hättest sie auch mir geben können!«

»Nein. Kaligula weiß doch, dass du und die Hecke befreundet seid. Du solltest damit rechnen, dass dein Telefon und du überwacht werdet. Mich lässt er auch beobachten.«

»Du konntest doch mal gut mit ihm«, erinnerte sich Jansen. »Vielleicht kannst du ja mit ihm reden.«

»Und was soll ich ihm sagen? Dass er Mitleid haben soll? Dass er fünf Morde vergisst, weil die Opfer es vielleicht verdient haben und die Täterinnen sich an allen Männern rächen müssen und nicht ganz dicht sind?«

»Zum Beispiel.«

»Das macht der nie. Der ist ehrgeizig. Kaligula braucht Erfolge. Er lag mit seinem dämlichen Profiling bisher nämlich total daneben. Das wurmt ihn ohne Ende.«

Kein Mitleid

Am Abend kehrte Guido Hecke nach Hause zurück. Seiner Mutter war es tatsächlich gelungen, ihn freizubekommen, ohne dass er vernommen worden war.

Jansen teilte mir das kurz und knapp mit, als ich schon wieder zu Hause war, ohne mit mir über den Fall zu reden. Ich war erleichtert. Jansen deutete allerdings an, dass Dr. Kaligula total erbost sei.

Fast tat mir der Profiler schon wieder Leid.

Ich überlegte, ob ich Kaligula anrufen und mit ihm reden sollte. Aber mein Vertrauen zu ihm war völlig dahin. Mir fiel plötzlich ein, was diesem Mann fehlte: Mitleid und Verständnis. Nicht alles im Leben lässt sich halt mit wissenschaftlichen Mitteln bewältigen.

Eberhard merkte, dass ich angeschlagen war, und schlich noch leiser als sonst durch die Wohnung.

Irgendwann klingelte mein Handy. Es war Piny.

Ich musste aufpassen, dass ich mich nicht verplapperte und ihm von dem Umschlag mit der Diskette erzählte, den er morgen in seiner Post finden würde.

»Hallo, Süßer«, begann ich betont munter. »Alles okay bei dir?«

»Wo bist du?«

»Zu Hause.«

»Gut. Ich habe grad einen Hinweis von einem Informanten bei der Polizei bekommen. Es gibt einen neuen Toten.«

Jenseits von allem

Ob Dr. Julius Kaligula Mozarts Klarinettenkonzert A-Dur gemocht hätte? Bestimmt nicht, dachte ich, die Musik war mitleidvoll, innig und vielleicht ein bisschen kitschig. Sie passte schon besser zu Meryl Streep und Robert Redford in dem Film *Jenseits von Afrika.* Er wirft mitten in der abendlichtdurchfluteten Savanne das Grammofon an und Mozarts Klarinette macht in bester Soundqualität nicht nur die Wildtiere schwach, sondern bringt auch die Frau dazu, sich dem Manne hinzugeben.

»Scheißspiel!«, murmelte ich und verdrückte ein paar Tränchen.

Ich nahm mein Telefon und rief Brinkhoff an. »Wie ist es passiert?«, fragte ich.

»Er hatte Frau Rutzo zur Vernehmung bestellt. Er muss ihr wohl ziemlich zugesetzt haben. Jedenfalls zog sie plötzlich eine Pistole und erschoss ihn.«

»Wurde sie vorher nicht durchsucht?«

»Nein. Solche Vorsichtsmaßnahmen ergreifen wir nur, wenn es irgendwelche Anhaltspunkte gibt, dass so was geschehen könnte.«

»Und niemand konnte das verhindern?«

»Es ging alles blitzschnell. Und es war eine ganz normale Vernehmung. Wir haben sie noch nicht mal auf Video aufgenommen. Kaligula hatte ja eigentlich nichts in der Hand. Sie hat ihn mitten in die Stirn geschossen.«

»Was ist mit ihr passiert?«

»Sie blieb ganz ruhig im Zimmer sitzen und ließ sich festnehmen. Ohne Widerstand. In der Zelle jedoch bekam sie einen Nervenzusammenbruch. Jetzt liegt sie im Gefängniskrankenhaus«, berichtete der Hauptkommissar.

»Er muss Barbara irgendwie provoziert haben. Er hat mir mal erzählt, dass er Worte wie Fallbeile einsetzt. Darf sie Besuch bekommen?«

»Nein. Nur der Anwalt darf zu ihr. Frau Dr. Hecke hat ihr sofort einen besorgt.«

Pudel ade!

Am nächsten Tag bekam Tom Piny die Diskette mit den Beweisen. Er befolgte meine Bitte, sie nicht anzusehen, und wir trafen uns vor dem Sender, wo er sie mir wieder zurückgab. Es machte keinen Sinn mehr, sie der Polizei vorzuenthalten – jetzt, wo Kaligula tot und Barbara Rutzo festgenommen war.

»Neugierig war ich ja schon«, bekannte er. »Hat das Ding was mit dem Mord an dem Profiler zu tun?«

»Nicht direkt. Ich erzähl dir's später. Danke jedenfalls! Es geht doch nichts über gute Freunde.«

»Trauerst du um ihn?«, fragte er – überhaupt nicht neugierig.

»Ich bin traurig«, gab ich zu. »Über seinen Tod. Aber auch über die Umstände und die Wirrungen, die dazu geführt haben.«

»Du redest über seinen Tod, als seiest du zwölf und dein Pony sei dir eingegangen«, meinte Piny.

»Ich kann im Moment nicht besonders klar denken«, gab ich zu.

»Versteh ich, Grappa. War ein bisschen viel für dich. Ich habe übrigens gehört, dass die Rutzo alles gestanden hat. Auch die anderen Morde.«

»Hat sie das?«

»Du bist nicht gut informiert, Grappa-Baby.«

»Mag sein, dass mich die Trauer um mein Pony in meiner Aufklärungsfreude etwas hemmt«, griff ich seinen Gag auf. »Aber ich werde mich bessern.«

Nachdenklich ging ich in Richtung meines Büros. Die Tür zu Ada Heckes Vorzimmer stand halb offen.

»Packen Sie Ihre Sachen, und lassen Sie sich hier nie wieder blicken!« Das war Heckes Stimme und sie war lauter als gewöhnlich. Aus dem Zimmer drangen ein paar hektische Geräusche und einige Sekunden später stürmte Thaurus von Massenberg aus der Tür an mir vorbei – die Pudelfrisur im Sturmlook.

»Was ist denn da gerade passiert?«, fragte ich und steckte den Kopf durch die Tür.

»Frau Grappa!« Ada Hecke atmete durch und sagte dann: »Kommen Sie doch rein!«

Das ließ ich mir nicht zweimal sagen.

»Sie haben ihn gefeuert?«, fragte ich überflüssigerweise.

»Allerdings. Ich habe was gesucht und raten Sie mal, was ich in seiner Schreibtischschublade gefunden habe?«

»Keine Ahnung!«

»K.-o.-Tropfen! Massenberg hat die Show gesprengt!«

»Was?!«

»Er hat es zugegeben. Weil er Sie hasst und mich und Jansen und den ganzen Sender. Der hat einen echten Knall! Ich hab den Typen angezeigt.«

»Gut. Dann kriegt er seine gerechte Strafe. Hoffe ich wenigstens. Kann ich mit Ihnen mal was anderes besprechen?«

»Natürlich. Kommen Sie!«

Sie ging vor und schloss die Tür hinter sich.

Wir setzten uns in die Besucherecke.

»Stimmt es, dass Barbara alle Morde gestanden hat?«

»Ja.«

»Sie wissen doch aber, dass sie nicht allein schuldig ist. Wollen Sie das zulassen?«

»Barbara wird keine hohe Strafe bekommen, dafür werde ich sorgen. Außerdem kann man ihr nicht alle Morde anlasten. Sie hat gute Alibis.«

»Und wie soll das gehen?«

»Ein paar Morde bleiben halt unaufgeklärt.«

»Sie sind wirklich eiskalt.«

Ada Hecke machte eine jähe abwehrende Bewegung. »Sie haben keine Ahnung, wie oder was ich bin«, sagte sie dann.

»Um wen geht es Ihnen eigentlich? Wollen Sie Frau Ottawa schützen? Oder sich selbst?«

»Sie kennen doch unsere Geschichte«, sagte sie und sah mir direkt in die Augen. »Wenn Sie die Diskette, die Guido Ihnen gegeben hat, an die Polizei weiterreichen, wird alles wieder aufgerollt. Und etwas hat Herr Jansen Ihnen nicht erzählt, weil er es nämlich nicht weiß. Ich habe Guido als Erinnerung an jene beiden Tage, aber auch Barbara hat ein Andenken. Sie ist HIV-positiv seit jener Zeit. Zum Glück ist die Krankheit noch nicht ausgebrochen.«

»Und Gudrun Ottawa?«

»Sie ist in psychologischer Behandlung. Hat immer noch schwere Depressionen.«

»Das tut mir wahnsinnig Leid«, meinte ich betroffen. »Ich weiß wirklich nicht, was ich tun soll. Eigentlich fühle ich mich immer der Wahrheit verpflichtet – dachte ich.«

Ada Hecke atmete tief durch. »Ich bitte Sie, die Diskette zu vernichten, Frau Grappa! Mehr kann ich nicht tun – als Sie herzlich zu bitten. Entscheiden müssen Sie selbst.«

Provokation und Wahrheit

Wie wichtig war Wahrheit wirklich? Die Opfer waren eh tot – und um sie war es vielleicht nicht schade – Kaligula ausgenommen. Er hatte einen bösen Fehler gemacht und die möglichen Reaktionen von Menschen, die sich in die Enge getrieben fühlen, völlig unterschätzt.

Von Jansen erfuhr ich, dass der Profiler von der Gefängnisrevolte gewusst und Barbara Rutzo mit ziemlich widerlichen Bemerkungen gereizt hatte – so hatte sie es zumindest ihrem Anwalt erzählt.

Ich saß in meinem Zimmer im Sender, wollte nichts sehen, nichts hören und schon gar nichts denken müssen. Doch es ging kein Weg daran vorbei! Ich musste mich entscheiden – und zwar bevor mir die Entscheidung aus der Hand genommen wurde.

Unschlüssig ging ich im Zimmer auf und ab, mit mir und der Situation hadernd. Warum hatte ausgerechnet ich diese verfluchte Diskette am Hals?

Weil du dich immer in alles und jedes reinhängen musst, gab ich mir selbst die Antwort.

Zu allem Unglück regnete es draußen auch noch in Strömen. Der Wind peitschte das Wasser gegen das Fenster und die Menschen auf der Straße suchten Schutz unter Schirmen oder Vordächern.

Ein Taxi fuhr vor und hielt direkt vor dem Haus. Die Tür ging auf und Guido stieg aus. Er hatte keinen Schirm und der Sturm hätte ihn fast von den Füßen geholt. Tapfer kämpfte sich der Junge zur Tür vor, die Miene verkniffen, denn er bekam den Regen direkt ins Gesicht.

Ich hatte Guido bei meinen Überlegungen ganz vergessen! Ich hatte keine Ahnung, wie viel er wirklich wusste über seine Herkunft, aber wenn es in der Zeitung stehen würde, bekäme er jede schreckliche Einzelheit präsentiert.

Nein, das wollte ich nicht. Außerdem gehörte die Diskette ja sowieso ihm. Ich nahm sie und verließ mein Zimmer. Er war bestimmt bei seiner Mutter im Büro.

Ja, er war dort und Ada Hecke war gerade dabei, ihn mit einem Handtuch abzutrocknen. Ich stand im leeren Vorzimmer. Die beiden bemerkten mich nicht, so vertieft waren sie miteinander.

»Wenn alles vorbei ist, mein Schatz, fahren wir in Urlaub. Nur wir beide. Und wir bleiben ganz lange weg«, sagte sie zärtlich.

Guido sagte nichts, hatte die Augen geschlossen, denn sie wischte ihm gerade die Stirn trocken. Er lächelte versonnen und es sah aus, als wollte er diesen Augenblick für immer festhalten.

»Ich hab zu wenig Zeit für dich gehabt«, redete sie weiter. »Und ich weiß, dass du mir das übel genommen hast. Und dass du glaubst, dass ich dich nicht wirklich liebe. Aber das ist nicht so!«

Mann, dachte ich, diese stolze Frau macht ihrem Sohn eine Liebeserklärung und ich war Zeugin. Vorsichtig trat ich ein paar Schritte zurück, wäre fast in einem Gummibaum hängen geblieben, doch ich schaffte es, ohne Gepolter aus dem Zimmer rauszukommen.

Draußen klopfte ich laut an die Tür. »Frau Hecke?«

»Ja, bitte!«

Sie hatte Guido noch im Arm, als ich das Zimmer betrat. »Hallo, Guido«, begrüßte ich ihn. »Alles klar mit dir?«

»Logo!« Er guckte mich an – supercool natürlich.

»Ich hab gesehen, wie du aus dem Taxi gestiegen bist«, erklärte ich, »und ich wollte dir was geben, das du bei mir vergessen hast.«

Ich reichte ihm die Diskette. Er verstand sofort, Ada Hecke ebenfalls.

»Sie gehört ja dir. Und es ist die einzige. Ich habe keine Kopien davon gemacht.«

»Danke!«, stammelte der Junge überrascht.

»Danke!«, kam es auch von seiner Mutter.

Gedächtnisschwund

Wochenende. Noch nie hatte ich es so dringend gebraucht wie dieses Mal. Auf dem Weg nach Hause hatte ich in einem Feinkostladen allerhand Neckisches gekauft, mich mit Champagner und ein paar guten Rotweinen zur Auswahl eingedeckt, Eberhards Lieblingskäsesorten erstanden und ein bisschen Tatar und Hähnchenbrust. Ich hatte dem Kater ja versprochen, unseren Jahrestag nachzufeiern – wenn der Fall gelöst wäre. Und das war er ja nun – wenn auch nicht so, wie ich es mir gewünscht hätte.

»Hallo, Kater!,« rief ich durch die Wohnung. *»A table, s'il te plait!«*

Der Tisch war nicht besonders wörtlich gemeint, Eberhards Essplatz befand sich natürlich nach wie vor auf dem Boden – aber zur Feier des Tages hatte ich ihm mehrere Schälchen mit verschiedenen Leckereien und dem Käse hingestellt.

Der Schwarze galoppierte heran. Natürlich hatte er schon spitzgekriegt, dass irgendwas lief, sich aber nicht getraut, an der geschlossenen Küchentür zu kratzen. Wenn er wollte, konnte er sich durchaus manierlich benehmen.

»Was sagst du?« Klar, dass ich gelobt werden wollte.

Mal sehen. Muss erst probieren.

»In Ordnung. Dann guten Appetit, Löwe!« Ich prostete ihm mit einem *Rosso de Montalcino* zu. »Auf dass wir das nächste Jahr ebenfalls überstehen!«

Doch Eberhard hatte die Nase bereits tief in den Schüsseln. Auch gut. Männer haben halt keinen Sinn für Romantik, dachte ich. Aber im Grunde waren auch mir ein gutes Essen und ein toller Wein lieber als kitschige Sprüche.

Es fehlt Musik zum Essen, bemängelte der Kater, *um den Appetit anzuregen.*

»Stimmt«, sagte ich. »Hast du einen Vorschlag?«

Muss überlegen.

»Dann beeil dich. Sonst leg ich einen meiner Sampler auf. *Kuschelrock* oder so.«

Das ist eine Drohung! Nimm Vivaldi. Das Flötenkonzert Il Gardellino.

»Glaubst wohl, den Distelfinken singen zu hören?«

Ja, wenn die so dumm rumträllern, denken die nämlich an nichts und lassen sich besser schnappen. Also mach! Steht direkt neben deinen Quattro Stagioni.

Kurze Zeit später schmetterte der *Gardellino* seine Töne durch die Wohnung. Leider hatte das Konzert drei Sätze, danach war es aber auch wirklich gut mit der Trillerei!

Musikalisch einigermaßen erhöht und kulinarisch sehr befriedigt brachten wir den Abend zu einem perfekten Ende: Zum Schluss waren alle seine Näpfchen und alle meine Teller leer. Niemand hatte uns stören können, Handy und Telefon hatte ich ausgeschaltet.

»Ach, Kater«, seufzte ich – satt und ein wenig beschwipst. »Ich wünschte, ich könnte die letzten Wochen irgendwie vergessen. Warum kann ich nicht auch mal eine Amnesie kriegen, wie jeder moderne Mensch?«

Amnesie? Bei dir wäre das doch ein Upgrading!

Ausklang

Langsam kehrte Ruhe in Bierstadt ein. Nein, die Ruhe kehrte bei mir ein. Vielleicht lag es auch daran, dass meine letzten Tage bei *TV Fun* angebrochen waren. Ada Hecke und Guido waren auf Tour gegangen – mit einem Wohnmobil durch die USA. Die beiden würden einige

Wochen wegbleiben, was ihrer Beziehung bestimmt gut tun würde.

Barbara Rutzo würde wahrscheinlich mit einem blauen Auge davonkommen. Sie hatte für die Morde Alibis, ob sie nun richtig oder falsch waren, wusste ich nicht. Lediglich die Tat an Kaligula würde man ihr zur Last legen – der Anwalt bastelte an einer Verteidigungsstrategie.

Bierstadt war also wie immer. Stimmt nicht, es fehlte doch noch etwas ...

Beschwingten Schrittes ging ich über den Rathausplatz. Es war Abend und es dunkelte schon gewaltig. Vor mir lag der große rote Kasten des Rathauses. Davor stand eine künstlerisch gestaltete Säule, eines der vielen ästhetisch umstrittenen Kunstwerke, die das Stadtbild zierten. Die Säule trug auf ihrer Spitze eine goldene Weltkugel, in die in mehreren Sprachen das Wort *Friede* eingraviert worden war. Deshalb wurde das Teil – zielsicher, wie wir Bierstädter in unseren Bezeichnungen nun mal sind – *Friedenssäule* genannt.

Ich umstöckelte das Kunstwerk elegant und bewegte mich auf das Rathausportal zu. Die Tür war fast immer geöffnet, denn im Parterre lag die *Bürgerhalle*, der Saal für die Bürger eben, und die hatten ja wenig davon, wenn sie die Halle nur während der amtlichen Öffnungszeiten betreten durften.

Plötzlich durchfuhr es mich heiß. In dem Bürotrakt des Oberbürgermeisters brannte Licht – und das um diese Zeit!

Ich legte einen Zahn zu und fragte den einsamen Mann, der den Informationsschalter betreute: »Was brennt denn da oben für ein Licht?«

»Wo?«, fragte er höchst interessiert zurück.

»In Nagels Büro.«

»Nagel?«

»Mann! Das ist der Oberbürgermeister von Bierstadt!«

»Ach so. Bin nur die Aushilfe. Keine Ahnung, was der

da noch macht. Gehen Sie doch hoch und fragen! Zweite Etage mit dem Fahrstuhl.«

»Sie lassen mich einfach so hochfahren?« Ich fasste es nicht.

»Warum nicht?«

Ja, warum wohl nicht?

Der Lift beförderte mich in die zweite Etage. Beherzt ging ich auf die Bürotür zu, auf der in goldenen Messingbuchstaben *Der Oberbürgermeister* stand.

Ich trat ein, das Vorzimmer war leer und dunkel, doch rechts von mir schimmerte Licht. Nach ein paar Sekunden der Überlegung hatten sich meine Augen an die Dämmerung gewöhnt und ich ging forsch auf die Lichtquelle zu.

Dann sah ich ihn. Der Mann saß korrekt gekleidet an dem großen Schreibtisch, neben sich einen ungeheuren Berg Akten aufgetürmt. Er hielt den Kopf gesenkt, studierte ein Stück Papier und hielt einen silbernen Kugelschreiber in der rechten Hand.

»Herr Nagel«, rief ich, »was in aller Welt machen Sie denn hier?«

Jakob Nagel hob langsam den Kopf. »Was ich hier mache, Frau Grappa? Sie können ja mal wieder Fragen stellen ... Ich arbeite! Einer muss doch das Chaos beseitigen, das Sie auf den letzten zweihundertachtundvierzig Seiten angerichtet haben!«

Krimis von Gabriella Wollenhaupt

Grappas Versuchung
Der erste Krimi mit Maria Grappa ISBN 3-89425-034-8
Reporterin umkreist charmanten Bösewicht.

Grappas Treibjagd
Der zweite Krimi mit Maria Grappa ISBN 3-89425-038-0
Wer ist der angesehene »Onkel Herbert«?

Grappa macht Theater
Der dritte Krimi mit Maria Grappa ISBN 3-89425-042-9
Geheimbund kontrolliert Kulturleben in Bierstadt.

Grappa dreht durch
Der vierte Krimi mit Maria Grappa ISBN 3-89425-046-1
Nackte Tatsachen in Bierstädter Filmstudio.

Grappa fängt Feuer
Der fünfte Krimi mit Maria Grappa ISBN 3-89425-050-X
Griechische Mythen werden Wirklichkeit.

Grappa und der Wolf
Der sechste Krimi mit Maria Grappa ISBN 3-89425-061-5
Spannendes Duell im Umfeld eines Plutoniumschmuggels

Killt Grappa!
Der siebte Krimi mit Maria Grappa ISBN 3-89425-066-6
Schönheitschirurgie und Satanismus

Grappa und die fantastischen Fünf
Der achte Krimi mit Maria Grappa ISBN 3-89425-076-3
Toter Teppichhändler und Erpresserbande

Grappa-Baby
Der neunte Krimi mit Maria Grappa ISBN 3-89425-207-3
Die menschliche Reproduktion zwischen Himmel und Hölle

Zu bunt für Grappa
Der zehnte Krimi mit Maria Grappa ISBN 3-89425-224-3
Provence: Ein Toter im Melonenfeld und ein unbekannter van Gogh

Grappa und das große Rennen
Der elfte Krimi mit Maria Grappa ISBN 3-89425-232-4
Wer meuchelte die drei prominenten Sozis im Bierstädter Wahlkampf?

Flieg, Grappa, flieg!
Der zwölfte Krimi mit Maria Grappa ISBN 3-89425-256-1
Wilde Tiere, tote Callboys und aggressive Neonazis

Grappa und die acht Todsünden
Der 13. Krimi mit Maria Grappa ISBN 3-89425-267-7
Tödliches Festmahl für sieben Männer und Frauen

grafit

»Pegasus«-Krimis von Ard & Junge

Das Ekel von Datteln
1. Band der PEGASUS-Serie ISBN 3-89425-426-2
»Gründlich ausrecherchiert - darum sehr realitätsnah - ist die Szenerie an den Schauplätzen des kriminellen Geschehens.« (Ruhr-Nachrichten)

Das Ekel schlägt zurück
2. Band der PEGASUS-Serie ISBN 3-89425-010-0
»Tempo, Spannung, der milieusichere Blick in die rauhe Herzlichkeit des Revier-Genossen-Filzes.« (Manfred Breuckmann/WDR)

Die Waffen des Ekels
3. Band der PEGASUS-Serie ISBN 3-89425-021-6
»Genial springen die Autoren zwischen mehreren Handlungssträngen, spielen mit der deutschen Sprache wie mit Verdachtsmomenten; so entsteht Lesevergnügen vom Feinsten.« (SCHNÜSS, Bonn)

Meine Niere, deine Niere
4. Band der PEGASUS-Serie ISBN 3-89425-028-3
PEGASUS, das berühmteste Videoteam zwischen Marten, Oespel und Lütgendortmund, deckt kriminellen Organhandel auf.

Der Witwenschüttler
5. Band der PEGASUS-Serie ISBN 3-89425-044-5
Doppelmord in Recklinghausen: Die Opfer sind der Umweltminister von NRW und seine Geliebte. Private Rache oder Terror?

Totes Kreuz
6. Band der PEGASUS-Serie ISBN 3-89425-070-4
Panik in Datteln: Zwei Altenpflegerinnen werden ermordet, ein altes Ekel nervt und Zivi Kalle Mager ruft PEGASUS zu Hilfe.

Straßenfest
7. Band der PEGASUS-Serie ISBN 3-89425-213-8
Punker-Happening beim Straßenfest in einer spießigen Reihenhaussiedlung - es gibt Tote, PEGASUS filmt und Lohkamp ermittelt.

Glatzenschnitt
8. Band der PEGASUS-Serie ISBN 3-89425-257-X
Skinheads vergewaltigen eine Türkin – danach setzt das große Sterben bei Mitgliedern der ›Heimatfront Ruhr‹ ein.

Krimis von Jan Zweyer

Glück auf, Glück ab
ISBN 3-89425-212-X
Der erste Krimi mit Rainer Esch
Der Fahrsteiger Klaus Westhoff wird tot aufgefunden. Selbstmord, sagt die Polizei. Doch warum? Stefanie, Rainer Esch und Cengiz Kaya stoßen auf eine dubiose Investmentfirma.

Alte Genossen
ISBN 3-89425-221-9
Der zweite Krimi mit Rainer Esch
Die lukrative Tour für Taxifahrer Rainer Esch ist die letzte Fahrt von Jürgen Grohlers: Er wird erschossen. Und Esch wird fortan bedroht.

Siebte Sohle, Querschlag West
ISBN 3-89425-230-8
Der dritte Krimi mit Rainer Esch
Mord auf der siebten Sohle! Ein Bergmann wird tot aufgefunden. Schnell findet die Polizei einen Verdächtigen mit Gelegenheit und Motiv.

Tödliches Abseits
ISBN 3-89425-234-0
Der vierte Krimi mit Rainer Esch
Ein toter BVB-Anhänger, ein toter Bayern-Fan, ein toter HSF-Freund: Meuchelt ein fanatischer Schalke-Fan die Anhänger der Konkurrenz?

Georgs Geheimnis
ISBN 3-89425-242-1
Der fünfte Krimi mit Rainer Esch
Rentner Pawlitsch will wissen, ob sich Esch im Presserecht auskennt – und am nächsten Tag hat der Anwalt das Mandat eines Toten.

Tatort Töwerland
ISBN 3-89425-253-7
Der sechste Krimi mit Rainer Esch
Insel Juist, Weihnachten. Spekulanten streiten mit Ökos um einen Golfplatzbau. Und Rainer Esch gerät in einen Interessenkonflikt.

Glänzender Tod
ISBN 3-89425-263-4
Versicherungsdetektiv Jean Büsing sucht einen für tot erklärten Kunsthändler und gerät zwischen die Fronten von Kunstmafia und Geheimdiensten.

Krimis aus Europas Süden

Sandrone Dazieri: ***Ein Gorilla zu viel***
Deutsche Erstausgabe ISBN 3-8425-503-X
Mailand: Eigentlich soll ›Gorilla‹ Sandrone nur verhindern, dass Alices Punkerfreunde die Party der Industriellenfamilie stören. Doch alles läuft aus dem Ruder und am andern Tag ist Alice tot.

Sandrone Dazieri: ***Keine Schonzeit für den Gorilla***
Deutsche Erstausgabe ISBN 3-89425-514-5
Cremona/Turin: ›Gorilla‹ Sandrone soll die wahren Hintergründe des Mordes an einem jungen Albaner herausfinden und einen Verleger beschützen, der um sein Leben fürchtet.

Guillem Frontera: ***Das Mallorca-Komplott***
Deutsche Erstausgabe ISBN 3-89425-507-2
»Spannung zeichnet den Krimi aus, der Mallorca ganz anders zeigt, als wir es aus den Reiseprospekten oder vom ›Ballermann‹ her kennen.« (Emsdettener Volkszeitung)

Jorge M. Reverte: ***Gálvez stößt an Grenzen***
Deutsche Erstausgabe ISBN 3-89425-521-8
Madrid: Journalist Julio Gálvez soll Fremdenführer für eine japanische Kollegin spielen. Ein Handtaschendiebstahl und der Verlust wichtiger Dokumente wecken Gálvez' Spürsinn. Dann tauchen die Leichen zweier marokkanischer Kinder auf und Gálvez bekommt es mit der chinesischen Mafia zu tun.

Giampiero Rigosi: ***Nachtbus***
Deutsche Erstausgabe ISBN 3-89425-522-6
Bologna: Die schöne Beischlafdiebin Leila wird von Polizei und Mafia gejagt, weil sie ein kompromittierendes Dokument entwendet hat. Auch der Nachtbusfahrer Francesco will ein neues Leben beginnen ...

Jacques Vettier: ***In eigener Sache***
Deutsche Erstausgabe ISBN 3-89425-500-5
Nizza: Die Untersuchungsrichterin Carole Ménani wird beinahe Opfer einer Vergewaltigung. Der Täter macht auch weiter auf sich aufmerksam und zwingt die Juristin, einen alten Fall wieder aufzunehmen.